喜欢阅读

黄岳年◎著

国家图书馆出版社

图书在版编目（CIP）数据

喜欢阅读 / 黄岳年著 . -- 北京：国家图书馆出版社，2017.8
ISBN 978-7-5013-6175-5

Ⅰ . ①喜…　Ⅱ . ①黄…　Ⅲ . ①随笔—作品集—中国—当代
Ⅳ . ① I267.1

中国版本图书馆 CIP 数据核字（2017）第 181952 号

书　　名 喜欢阅读
著　　者 黄岳年　著
责任编辑 邓咏秋

出　　版 国家图书馆出版社（100034 北京市西城区文津街 7 号）
（原书目文献出版社 北京图书馆出版社）
发　　行 010-66114536　66126153　66151313　66175620
66121706（传真）　66126156（门市部）
E-mail nlcpress@nlc.cn（邮购）
Website www.nlcpress.com →投稿中心
经　　销 新华书店
印　　装 河北三河弘翰印务有限公司
版　　次 2017 年 8 月第 1 版　2017 年 8 月第 1 次印刷

开　　本 710×1000（毫米）　1/16
印　　张 16
字　　数 160 千字

书　　号 ISBN 978-7-5013-6175-5
定　　价 58.00 元

序

朱晓剑

最初认识黄岳年兄，是在网络上，彼时我尚未读到他的著作。且从“河西第一读书种子”说起，那是《书人》杂志上朋友写他文章的标题。当时觉得这个名号，给人的印象不大美好。当今社会，称得上“博学多才”的，都少见，“读书种子”“第一”，组合在一起，真是不多见。看过之后，就从网上找来他的作品读。

这种阅读，因对人的不熟悉，或许更客观一些。他的文章多与读书、地方文化相关，寥寥数语，可见人文风味。岳年兄又好书法，窃以为，比时下的一些书法家要好。如此，才有了持续关注的动力。

2010年，第八届民间读书年会在成都举行。那次参会的都是各地的爱书人、高手，我这才有机缘得以结识岳年兄。此次活动，聊天的机会也还不多。在活动快结束时，他还给我题写了几个字，被我奉为墨宝，这才有了难得的书缘。在我的印象中，在活动的过程中，不管去参观金沙博物馆，还是跟朋友们闲聊，他都随身带着个本子，不时记下这样那样的话语。这些，后来都变成了一篇篇文字。真是难得。他写文章，不是印象记那种肤浅的记录，当得上有情有味。

两年后，我在天地出版社主编“读书风景文丛”，岳年兄给以支持，《水西流集》就顺理成章成为其中的一部。他给了不少与文章相关的插图，精美，且有趣味。可惜的是，由于某种原因，却一幅都没用上。从此，我们的交往逐渐多了起来。

这种往来看似简单，却也是书友之交，淡如水，无需太多名利上的考虑。在《水西流集》出版之后，他又陆续写出了不少读书文章，洋洋洒洒，各有趣味，结集便是你看到的这册《喜欢阅读》。

岳年兄勤奋，这几年除了写书之外，还为乡贤编辑文集，这就可看出了他对文化的态度，不只是一种热爱，而是骨子里有着书香气。

爱书家这些年似乎也时常被提到。爱书、看书、写书，能做到这一步的也还是少。说到底，爱书可以随意，看书也可随便，但要写出一篇篇好文章，那就需要识见，需要洞察阅读的“秘密”。这“秘密”当然没有多少神秘可言，不过是多读多看罢了。

爱书家大都有个性。从文字、言谈举止中，大致可看出一个人是否有意思。我所说的“有意思”，是带有思想的意味，不是肤浅的那种荤笑话，或酒桌上的八卦，而是读书中读出真意、性情，作文写出自己的态度，而不是人云亦云，或拉大旗作虎皮，看上去很光彩夺目，却内里空虚。

以此来看，岳年兄读书也好，写文也罢，其路数有些像传统书话，但又有个性。他不是就书谈书，而是从书里看到了一个世界的复杂。如他写韩映山，既涉及文人间的交往、作品和人品，甚至与家人之间的关系也有所论及。再如他写书友交往、书缘，都各具个性。作为“社会人”的读书人关注现实，或许更能称为岳年兄的文章特点。

至于《喜欢阅读》里的种种妙处，读者不妨自行阅读，或许能发现更多有趣的地方。

是为序。

2016 年 6 月

以善为师　以书为师

（代自序）

旧的一年将要过去，新的一年就要到来。想和不想，走的都要走，来的也要来，无关乎人的性情，也不关事的发展。既无可奈何，也欢欣鼓舞。

说说展望吧。新的一年里，学问会增多，年龄会增加，认识的人、要做的事，都会更多，这是好事。更好的事，应该是收入应该会增多一些。不过多和少，也没有啥。多有多的难处，少有少的快乐。钱，那是永远也挣不完的；而花，也应该永远也会有。人生在世，大家都在挣钱，在花钱。谁也没有闲着。多了多花，少了少花，惜物惜福，就是有福。

且先乐着。乐与不乐，日月都要经天，江河也要行地，何妨快乐着。如何快乐？最好是有一个信仰。有了信仰，就会多拯救的力量。近来看书，觉得六信蛮有意思。何谓六信？说是信自、信他、信因、信果、信事、信理。相信自己，本来无一物，何处惹尘埃？相信别人，世上好人多，何况众生本来是佛啊，要相信大多数人是好的，大家都会帮助我们的。要相信因果。有因必有果，谨慎着，周全着，清白着，小心驶得万年船，小心无大错。要相信事出有因，存在的就是合理的。存在的就是合理的吗？要是不合理，就存不住啊。信为道源功德母，要近道，要进步，无信是不行的。人无信不立呀。呵呵，原来信，居然是如此地要紧。不但要信，还要诚信。如何诚？过去是要磕头作揖请的，现在不搞这个了，就是磕头作揖也不灵，那么就修心，打心底里做起来吧。如此说来，快乐其实也简单：不假外力，本自天成。我的快乐我做主，且举杯，共祝愿：心想事成，吉祥如意。

说过了快乐，该说幸福了。幸福也是自己的事。按活到了九十九岁的方于教授的意见，要为多数人做事。在做事中，快乐就来了，幸福也就来了。感恩和珍惜不仅仅是心态，那是智慧。有智慧的人，还能少了幸福？缘境无好坏，幸福只唯心。相随心转，福从心来。一个要好的朋友曾说："对于任何来找我的朋友和学生，我都会'应酬'，我宁愿自己不去写作论文，也要搁下笔来，去和他们吃吃烧烤、喝喝啤酒。有几次在夜里酒馆小酌之后，有些学生说他们的人生将要改写。我自然无意去改写他人，劝其独立撰写人生，但留出些空闲，做一些这样的'应酬'，甚至我从他人的身上，也学到了很多很多。"我说，此菩萨心肠也，所谓功德无量，颂的正是这类事。这当然都是真幸福。自然，此类小酌，都是我的朋友自掏腰包请同学们客的。"乐其友而信其道"，我也愿意向朋友学习，做一些力所能及的事，幸福自己，也幸福别人。

几年前，我引过陈老莲除夕夜写下的话："但愿明年吉祥事，各人多读数行书。"读书就吉祥吗？不一定。但要再问一下"还有什么比读书更好的"，就不好说了。"万般皆下品，唯有读书高。"以书为师，老调重弹，算不得高明，但无法之法，也算是一法。呵呵。

正要收尾，有学生送来自制的新年贺卡，上写"主善为师"，这是《尚书》里的话："德无常师，主善为师。善无常主，协于克一。"后来晏子说，以善为师者无憾。我同意晏子的意见，书此为祝，不亦宜乎！

以此为新年献词，祝福自己，也祝福朋友们。

2017 年 1 月

此应天涯社区闲闲书话清扬版主之约所写之新年献词也。某年余《元旦试笔》云："不嗜烟酒不嗜茶，诗书万卷福我家。天命之年余何事，自开心颜种莲花。"《喜欢阅读》付梓，乐事也。再添"以书为师"数字，移置卷端，以代自序。又及。

目录

附录

韩映山论

以孙犁为师的人，得其真传者少。分灯而传，韩映山是其大者。

映山后期，与孙犁晚年，有大相同。读书趋上，冰雪情操，渐渐远去，也渐渐留得青山般的作品。

孙犁很看重韩映山。韩映山少年时，受孙犁奖掖，中年时，孙犁不遗余力地给予扶持，后来则一直被孙犁欣赏。得其看重如斯者，罕有其匹。有信为证，有书为证。孙犁给韩映山写了多少信？推测是二三百封，现在还在的有一百五十余封。孙犁一生写信不计其数，韩映山是收信最多的人。

韩映山给孙犁写了一本书，书中的人和事，还有思考，至今没有超越者。

真的师徒之谊，如今很罕见了。韩愈云，师道之不传也久矣。然而孙韩之间，却温暖地保留着。那年，韩映山挨整了，路人侧目，孙犁来了，伸出温暖的手。一握之下，深情传之久久。生长于平原上的孙犁喜欢石子，韩映山就到处找石子，找到了雨花石，他想着的，就是如何带给老师，让他看看。孙犁病了，韩映山在《留得残荷听雨声》里说："孙犁一病十年，最初连书也不愿读了。后经疗养，渐渐有所好转，但创作完全停止。他把寄存下的稿费，用来买书，主要是一些古书。他深居简出，甘于寂寞，埋头苦读，博览群书。晚年，他的散文，之所以写得那么好，跟他那几年读古文有密切的联系。他的古文底子，打得很坚实。"这些话，抵得上多少不着边际的议论。和朋友聊天，说起了一个熟悉的作家，小说也写了十几年，作品也有数百篇了。再问都读一些什么书？答曰：《小说选刊》。天啊，作家要是这样当下去，该会是个啥样子呢？对孙犁"启自童年，讫于白发”的读书生涯，韩映山是心悦诚服、照着去做的。他说：“我们还是要多读书，多练笔，花‘笨’功夫！”他以自己的勤勉去读书，去创作，留下了光彩照人的作品。韩映山的书里说，只有如孙犁般的苦读书，才会收获如孙犁一样的好作品。

韩映山是大师孙犁的见证者，特别是以“耕堂劫后十种”为标志的“新孙犁”的见证者。孙犁搁笔后，各种各样的说法从来没有停止过，但隔靴搔痒的居多。

而韩映山，才是孙犁真正的知音。荷花淀一脉，韩映山为绍其光者。学我者生，似我者死。韩映山，是学孙犁者。孙犁评韩映山创作的时候对他说：你还是有你的风格的。这是肯定，也是实话实说。清正素朴，公正无私，孙犁师徒的浩然正气和道德文章，经过时间的考验会传下去。孙韩二人，是相互辉映的高山流水。他们是荷花淀莲花化生的儿子，处下不卑，登高不晕。他们的著作，是美丽荷花淀最为动人的魂魄。

孙韩是一面镜子，能照落人世的尘埃。孙韩是一所大学，可提升无量的学人，遇到者，会有许多欣喜。

韩映山歌颂真善美，维护好传统，师法孙犁，走向博大精深。这是荷花淀派开山大师孙犁踏出的金光大道。晚年刷新，孙犁成了与周氏兄弟等五四新文学第一代作家并列而毫不逊色的一代宗匠。而韩映山以读书为底色的创作，也渐入佳境。可惜天不假年，韩映山没有来得及像晚年孙犁那样，桑榆朗照。要是韩映山再住世三十年，那将是另一番景象。

然而历史，也会照拂好人。韩映山读《耕堂读书记》的时候说，孙犁对书法、绘画、篆刻、石雕也颇有兴趣。他把孙犁的兴趣和爱好，带进了自己的作品里，也带回了自己的家里。韩映山更多的福气，是留在了儿孙身上。他的儿子大星，曾经获赠过孙犁给的印谱。孙犁于大星，多所嘱咐。孙犁用的印章，也多是大星刻的。孙犁说这个大星，慢慢会成为大家。现在看来，是应验了。大星篆刻，气象万千，汗漫磅礴，已卓然成家。大星的女儿韩阳，则秉持家风，师法名家，在绘事上精益求精。由于大星，孙犁关于篆刻和艺术的卓见得以传了下来。大星之爱，换来了大师度人的金针。后人获观，会感念的。

三秋堂主人韩大星，为父亲编辑整理出版了《韩映山文集》。司马迁曾对将要辞世的父亲司马谈说：“悉论先人所次旧闻，弗敢阙。”司马迁做到了，大星也做到了。韩映山的福气，不是人人能有的。

看见韩大星不平常的文字了，我按歌而问：

兄自莲池来，应知弥陀事。

今日海会时，九品著花未？

2013年5月2日下午写。窗外牡丹盛开，玉兰争艳，西北风景，得似三月江南否？

想起韩映山

作品和人品

在纪念孙犁诞辰一百周年的时候，想到韩映山，是很自然的。韩映山《孙犁的作品和人品》出版，是孙门大事。孙犁的书，给人们留下了美好的印象。但更多的人真正要了解孙犁，还得看韩映山的这本书。

那个时候，一个人直接写孙犁，又写了这么多的，几乎没有。一辈子相师，一辈子学，一辈子写，用文字为老师留住了这么好的身影神情的，也似乎不多见。

在人们传说的孙犁四大弟子中，韩映山是唯一为老师专门写了书的人。即便是在孙犁离开已十多年的今天看来，《孙犁的作品和人品》这本书，也依然显得光芒四射、美丽动人。那是因为，韩映山写出了一个有血有肉、栩栩如生的孙犁。韩映山说过："趁着孙犁健在的时候，记下了有关他的一些事迹，并让他过目审视，以免出现谬误和虚造。"当孙犁知道韩映山要写他的时候，就立即去信，诚恳地提出了"最有用的建议"：把性格上的缺点也写进去。后来，在报纸上见到韩写的《修书》，孙犁又去信说："写得很好，有些真实感。写这种文章，最怕添油加醋，也怕只讲道理。主要应写被记人的言与行，而且最好是多记些无关紧要的小事，从中表现出他的为人做事的个性来。"好一个"多记些无关紧要的小事"，这简直就是写人写事的金科玉律。在这样的真经指引下，韩映山写孙犁，就入情入理，可传可颂了。

韩映山和孙犁的友谊开始于 1952 年。那时，韩映山还是保定一中的二年级学生，是十七岁的青年，因为爱好写作，有了满意的文字后寄往《天津日报》的“文艺周刊”，负责副刊版面的责编正是孙犁。而孙犁在来稿中发现了一篇题为《鸭子》的小说，作者署名韩映山。一年后，孙犁下乡路过保定，省文联主任远千里邀请他顺便在红星剧场讲学。做完报告，同学们伸着小本让孙犁签名，孙犁问大家是哪个学校的，听说是保定一中后，他就问：“韩映山来了吗？”一中的学生把韩映山推到了孙犁的面前，他们握了手。接下来，就有了两人与生命相始终的通信来往，韩映山成了孙犁一生中写信最多的人。孙犁写给韩映山的信约有二三百封，经过“文革”浩劫，现存的还有一百五十余封，被映山哲嗣韩大星珍藏着。韩映山在《孙犁的作品和人品》后记里说：“从我青少年时期，从我爱好文学开始，是孙犁同志把我引上文学之途的，这是我没齿难忘的。尤其在六十年代初，我贫病交加之际，他生活寂寞之时，我们的交往是频繁的，从中我是受益匪浅的。我敬慕他的才华，更敬慕他的为人和品格。”据韩大星说，看这些信的时候，“还记得当年父亲展开信件时照例要念给母亲听的情形，听母亲说，父亲可以背诵好多孙老信的内容。心之所系，情因文存。一整天里父亲心情会很好，也顾不上和我们几个兄妹发脾气了”。孙犁和韩映山两人相差二十岁，漫漫人生里，或见面，或通信，商榷讨论。在孙犁，是奖掖后进；在韩映山，是师从文宗，创作发展。他们一同经历了文学与生活的欢乐与苦楚、沉醉与拯救。

人文版《孙犁全集》中，收入了韩映山的大儿子韩大星给编辑者段华提供的一封长信。信是 1993 年 11 月 23 日孙犁致韩映山的，过去一直没有公开发表。信中讲了孙犁晚年因一封信而惹来的麻烦。麻烦发生了，反击的文章一篇篇扑面而来，一向冷静的孙犁一忍再忍，终于忍不住了。从 1994 年 8 月 15 日开始，到 9 月 20 日结束，他连续写了八篇文章，对某位作家进行了反击。这在他一生中是第一次，也是仅有的一次。读了孙犁给韩映山信的人会知道，孙犁实在是忍不下去了。此处虽然称为写文章，其实就是把他平时读到对方文章时随手记下的感想连缀成篇而已。据段华《孙犁晚年的一场论战》所述，那次论争难说对与错，只是双方对对方的理解有偏差罢了，但对孙犁先生而言，似乎受伤害的程度更大一些，对晚年日常生活和写作的影响更消极一些。晚年的孙犁，每一个阶段写文章都对题材、体裁有侧重点，而写杂文却以论战作收笔，不能不让人扼腕和叹惜。

在孙犁来信的鼓励下，韩映山的优秀作品《水乡散记》《紫苇集》《绿荷集》《串枝红》《满淀荷花香》《明境塘》等井喷而出，蔚为大观。这是关于荷花淀的文学纪，作者必然会成为"荷花淀"文学流派的中坚作家。孙韩之间的通信，是当代文化史上的重要资料，大星为这些信的保存和出版用尽了心思。最近，他告诉我说，孙犁写给韩映山的信收入了新版的文集。这是一个好消息。

谈论孙犁的人品和作品，离开了韩映山就说不好。读韩映山的书，会感受到他义薄云天、真诚质朴的人品。而这些，又和孙犁及其作品对韩映山的影响是分不开的。

《韩映山文集》

在孙犁诞辰一百周年的时候，《韩映山文集》五巨册出版了，这才是对孙犁和荷花淀派最好的纪念。书稿弄好后等了六年才出版，其中的曲折可以不表，然而如古老故事中说过了的："一切皆是最好的安排。"如今孙韩二人都归了道山，《韩映山文集》却在尘世间如九品莲花般盛开，璀璨耀眼，这应该是孙犁最喜欢看见的。天上的师徒，也该会举杯相庆吧。题外说一句，百花版《孙犁文集》也在今年出了新版。有了《孙犁文集》的朋友，没有《韩映山文集》的话，感觉起来，是有些煞风景呢。

抽一个半天，天或阴或晴都行，沏一盏友人手摘的碧螺春明前茶，打开《韩映山文集》品读，真是好享受。韩映山谈孙犁的作品和人品，孙犁谈做人和作文，点点滴滴，如春风化雨，润入心田。

1994年3月23日，孙犁在《天津日报》上发表了《读画论记》，有八千字。这是他病后写的第一个长篇。文中有针对性地说：“人要自趋下流，别人是挽救不了的，艺术家亦然。有些人是‘作法自毙’，也不值得同情。”那年4月份，看到文章，在惊喜中的韩映山问老师，洋洋八千字，你写了多长时间？孙犁答，写了一个星期。韩映山又问，看没看一本畅销的关于性问题的书？这一问，引发了孙犁关于青年作家变坏的议论。孙犁玩笑地说，映山一直没变，是不是因为老也不红？红了以后，没准也会变的。韩映山把老师的话奉为圭臬，专门写了一篇文章，题目就叫《红与变》。韩映山警示自己，要经得住清苦和寂寞，经得住污蔑和凌辱，冷也能安得，热也能安得，风里也来得，雨里也去得。

二十年过去了，没有变的韩映山所留下的书，值得我们深味。

韩映山在《找着自己的路》里说，他的写作，是在孙犁的影响下找着了正路的。他说，看了孙犁在《天津日报·文艺周刊》上发表的《风云初记》，以及他的文学短论，“我才如大梦初醒”。就这样，韩映山找着了自己的写作之路。之前，他回忆学生时代见过孙犁后，“写作的路，就这样开始了。”现在，他说这是“一条光明健康的路，一条切实可行的路”，在这条路上，他用自己坚实的脚步，留下了数百万字的精品。

孙犁给韩映山的四本书题写了书名。从1978年到1986年间，只要印书，韩映山都要请孙犁写书名。在韩映山，是尊崇老师，以老师的字为书添光彩；在孙犁，是对韩映山有求必应，喜欢韩映山的文字，是对映山的鼓励。《紫苇集》的书名孙犁题写了两次，一次出版社给丢了，只好请孙犁再写，很快，孙犁就写来了。这情分就是放在更为便利的今天，都是不可想象的。

现在看来，韩映山的这些作品，本身也已经成了典范。一部《韩映山文集》，就是一所文学院。关于写作和做人的十八般武器，是应有尽有、琳琅满目。有心的人，会从中找到自己所需要的养分。《韩映山文集》里有多篇谈苦修苦练的文字，其中说多读精读，说学习的道路，说写作，都是过来人的切实之言，值得仔细体察。

韩映山和家人

韩映山在他的作品里，描写了许多人，有的是真实的，有的是虚构的。虚构的人物在小说里，真实的人物在生活里。生活里的人物，比如王国藩，关于工作的内容多，看过了也就看过了。看过了不能忘记的，是他写到的家人。

还在 1993 年，韩映山从保定文联主席的位子上退下来的时候，就计划写一部回忆他母亲的长篇，并撰写了这部回忆录的提纲和部分文稿。由于他的突然离开，留下了一个很大的遗憾。韩映山在《母亲的回忆》里曾说："母亲姓苑，乳名叫敏，因为她长得秀美，人们就把敏叫成了美。她是我外祖母最小的女儿。"媒人三妗子"为她介绍了北街一位姓韩的人家。韩家祖上做过提督一类的官员，眼下虽然败落了，但也算是书香门第，尚有点家底，吃着点房租，家境也还可以"。"母亲一连生过八个女孩，只活了三个。到四十五岁时，母亲才把我生下来。母亲痛苦地笑了，感到很光彩，我似乎给她争了口气。三位姐姐，长得都十分俊秀。大姐小名叫庆，学名叫蓉媛；二姐小名叫钟，学名叫惠莹；三姐小名叫得弟，学名叫惠兰。"韩映山姐弟是母亲拉扯大的。由于战乱，韩映山的母亲带着婆婆和映山姐弟投奔了他的外祖父。乡下的舅舅们"让"出几亩地让他们耕种。找好中人，把地正式买下来后，他们瞒过了韩映山的父亲，"因为他如果知道是花钱买的，那么一旦他玩钱输了，就会把地再卖了。地产文书上，是署的我的名字。母亲把文书藏起来，一直没敢让父亲知道。为了全家的生计，母亲操碎了心"！"年龄大点了，我就学种地，耕耧锄耪，练筋骨，长知识，增才干，与土地结下了深厚情意。汗水浇灌着土地，土地哺育着我的成长！使我的幼小心灵上留下了深深烙印：盘中餐，来之不易；农民辛勤朴实的品质，是多么可贵！这一切都感谢我的母亲，她不仅给了我生命，还给我创造了这样一个锻炼人的环境。”

《母亲的回忆》之外，韩映山还在他的著作里多次写到母亲。

初中毕业后的第二年，他的母亲患了半身不遂，那些日子里的韩映山，是愁困的。除了干田里的活，还要承担一些家务。为了让母亲欢心，韩映山给母亲读《红楼梦》和《风云初记》。母亲说，《红楼梦》里的人，说话说得咋恁么好，和我们说的一样嘛。母亲和儿子一样，也喜欢孙犁的作品。见孙犁以前，韩映山已经读过了那时能找到的全部孙犁作品，说给母亲听过后，母亲觉得这些书写得合情入理，很真实很贴切。那一段日子，韩映山写作的情绪很低落。人生困顿中的他，把侍奉母亲和读书结合起来，在文学中找到了慰藉，没有沉沦下去。1956 年夏季，韩母去世。最喜欢韩映山，也最喜欢听他说书，给他鼓励最大的母亲走了。好在韩映山的文学之路已经越来越宽，他到了河北省文联的《蜜蜂》编辑部工作。

在韩映山留下的文字中，《妻子的故事》很特别。他打算第一章以“爱心”为题写妻子的时候，妻子嘟囔着嘴说：“你敢写！”但他还是写了。妻子叫曹小兰，年轻时为了一个承诺，她为离开人世的堂姐拉扯着两个孩子，却引来蜚短流长：“做了好事，竟招来了这么多的烦恼。”哭过了，也吵过了，婚后，丈夫韩映山也开解了，曹小兰成了书里的人。关于妻子的第二章题为“养鸡”。乐由鸡生，祸因鸡起，福也还是鸡造。养鸡送鸡，人间烟火味十足。不同寻常人家的，是韩家没人宰鸡，只好把鸡送人。但世上没有白费的精神，他们是投之以公鸡母鸡，人家报之以大米大葱和葵花籽儿。要知道，那年月，这些都是好东西。后来的楼房，也是因为在莲池院里养鸡被领导看见，以为不雅，要让作家搬家所得。鸡之贡献，不可谓小。第三章是说妻子的书法。“她每天写一至二篇，笔画儿也有了劲儿，有客人来，便赞她，越写越好。有时我也和她研讨书法，有如写作，应先向名家学习，要博采众家之长，慢慢方可写出自己的笔体。不能一开始就任意为之，大谈‘违师背典’，自诩‘创新’云云。艺术，总是要先继承，后创新，此乃规律也。她点头称是。前些天，大小子大星，送她一枚篆刻。她写了字，再钤盖上一枚红红的图章，倒挺像回子事儿。”映山哲嗣大星，于《三秋堂铭》中颂其母云：“家慈曹氏，竭虑殚精。持家劳苦，慧质宽容。相夫教子，厚泽丰功。”

在《孙犁的作品和人品》里，有专门一节，题为《关于篆刻》。以鲁迅为师的孙犁，是艺术通才。但孙犁关于篆刻的见解，却是通过与韩映山的交往和通信保留下来的。就孙犁研究而言，这是填补空白的。这其中的一个关键人物，是韩大星。据大星说，自己当初学刻印时，父亲极力反对，后来却态度大变，仿佛来了个百八十度的大转弯。父亲转变态度的标志，就是开始帮大星到处搜罗资料，并向孙犁写信求书，时间约在1975年。当时为留个纪念，大星剪下有字的信皮，夹在了书中，最近家里装修，才又翻出这两本书，也发现了孙犁的来信和手迹，可谓弥足珍贵。

没有韩大星的喜欢篆刻，就没了这些孙犁关于篆刻的论述。

舐犊情深，韩映山很喜欢大星。父子连心，大星在父亲身后，于侍奉好母亲外，也做了别人不能替代的事。他和弟弟妹妹一起，董理父亲作品，出版了《韩映山文集》，复请名家写碑阳碑阴，刻写父亲一生的成就。墓碑文曰：

公讳映山，一九三三年五月生于高阳，一九九八年五月逝世于保定，享年六十有六。

公生而颖异，于文学似有宿悟。负笈保定一中时，即心仪孙犁先生文风。后得亲炙，不辱师门，著作等身，卓然名家，为“荷花淀派”之中坚，当代文学史宜有其一席之地也。公文尚清质，事细而旨沉，言淡而意远，有春芽破土、夏荷出淤之致。刺而不伤，乐而不淫，于三百篇之旨别有心会，世事民心盖有深慨焉。尤其商潮波荡中，恪记作家之责，心静如水，不作媚时附势之笔，葆其本色，当世之文士中有文骨者也。公德韶量雅，性谦和仁厚，奖掖后学，以为己任，蔼蔼然有长者之风。古人云：人生有三不朽。公于立德、立言，可谓得之矣。公之德，口碑在焉。公之文，固知将随日月而益新也。德配曹氏，淑朴慈惠，妇宜修备，公之成就，得其助多矣。

如孙犁悬记，韩大星已是当世篆刻名家，且精于翰墨，深谙撰述、书法三昧，名满天下。大星有女，亦承家风，大星自豪地说：“爱女韩阳，陶陶凤城。醉心彤管，绿竹倚风。”映山公泉下有知，当回眸笑慰矣。

2013 年 4 月 29 日晚间写定

风华三月芸书香

3 月 8 日下午三时许，收到孙卫卫兄的短信：

黄老师，晚上六点我们先在现代文学馆见面。如何到达？1. 地铁 2 号线在“安定门站”下车，从东北口出，再乘 125 路到“文学馆站”下车即到；2. 地铁 5 号线在“惠新西街南口站”下车，再乘 125 路到“文学馆站”下车即到；3. 地铁 5 号线在“惠新西街北口站”下车，往南走到十字路口，再往东走十分钟即到；4. 地铁 13 号线在“芍药居站”下车，从西口出，往西走到十字路口，再往北走 300 米即到。

细心而温暖，心里一热。

晚间，应卫卫兄约，和安武林及鲁迅文学院作家班的朋友见面叙谈。

出地铁惠新西街北口站，出租车把我送到了文学馆旁的鲁迅文学院的门口。卫卫和新疆作家俞虹迎接了我。

吃饭的地方是一家中式餐馆。上得楼来，安武林兄和在鲁迅文学院学习的作家们都已经在座。我迟到了，多不好意思啊。好的是大家都还不在意，对迟到了一个多小时的我给予了宽厚的欢迎。正好十个人，完美的一桌。落座后，我们举杯，为今天的聚会、为三八节干杯。

菜是好菜，人是好人，相聊甚欢是自然的。

这个时候，赠书题签是最好的活动。卫卫和安兄各送完了一袋书。好得很。我之所得，自然不少。特别中意的，是安武林的《爱读书》。这是麒麟传媒尚书房策划的精装书之一，前不久卫卫兄赠送的《喜欢书》，和这书是姊妹本。坊间热议，好评如潮。

作者在侧，好友同桌，幸何如之。捧着书，我请武林兄题签。安武林提笔，在扉页上留下了洒脱的字迹："一脉书缘，温暖你我。赠岳年兄。武林。2013.3.8。"我心有不足，说这么好的朋友，这么好的缘分，岂可错失？于是大家也都捉笔，依我的要求题签。武林兄刚赠的书，正好做了题名的佳册。卫卫兄首先响应，题下了"以书会友"的祝愿。重庆的曾维惠接着写道："爱书，爱生活。"北京的孟飞写的是："爱读书！"这是书名呀，可见我们这帮人心性之通。喀什的杨秀玲写出"快乐读书"四个字。新疆的刘慧敏留下了"书是心灵的甘泉"的墨宝。江西宜春的喻红写了"读书，爱读书"的心声。郑州作家奚同发写下了"书生活之甘"的字样。我相信，鲁院作家们的题字和他们的签名，都将是不可多得的珍迹。

策划了"小小说"文丛的出版家尚振山，是尚书房麒麟传媒的老总，他最后给我签名的时候，就写的是"尚书房"三个字。递过来的名片上，这几个字是贾平凹写的。尚兄说："这是用了平凹先生书房的名字，当时请他题字，他写了'尚书房'给我，公司也用了这个名字，后来才知道，他的书房名字，也是这个读音。"言谈间充满了感谢的意思。

我说，这册《爱读书》值钱了。要是拍卖，不会是天价吧？武林兄哈哈一笑说，从五百起价。我说，难哪，想降下来都难。开心之极，获得赠书的朋友们也纷纷请孙卫卫和安武林题签。大家乐了，我们举杯，共贺良辰美景。

不只是饮酒。我记起来，得留下忆念的照片才是，于是用手机拍了起来。比我更有准备的是写出了《最后一颗子弹》的作家奚同发。他的相机很好，于是我们的拍照就上了层次。卫卫兄在一边题字，稍稍辛苦些的，是安武林，他的位置比较好，于是安老师和美眉曾维惠就做了道具，供大家陆续拍照。

最后的合影是一定要有的。奚同发兄的相机拍过后，我还请服务员用我的手机也拍了。真是尽兴。

欢娱的时间总是很短。三八节的夜晚，在地铁和公交将要停运的时候，我们分别了。卫卫开车，送我和尚振山到了地铁口。

我们挥手，感谢卫卫兄。卫卫为我准备的沉甸甸的袋子里，还有湖南出版投资控股集团和兄弟文化出版的“重现昨日经典，再读木刻珍藏”套装。这书附有一套木刻藏书票，很是珍贵。书也好，由鲁迅作序的《一个人的受难》和叶灵凤作序的《光明的追求》《我的忏悔》《没有字的故事》组成，即当年的良友木刻连环图画之一、之二、之三、之四，是对中国版画具有拓荒意义的作品。另外，还有尚书房新出的“小小说”文丛数种。聂鑫森先生的新书《守望》也是其中之一，这是当下最优秀的小小说集。聂先生在书的后记里说，他对有着极大热情和独到眼光、对小小说出版极为关注、成就斐然的出版家肃然起敬。

又十八天之后，安武林说，“后天我要见他，送他一批书”。他说的是孙卫卫。“巴金的《随想录》、孙犁的《耕堂读书记》《邵燕祥文存》。”

我说：“呵呵，都是好书。卫卫和武林，是一个整体。”

“烂书送不上去。”安武林说。我感叹道：“一对好友，艺林佳话呀。”武林兄自然客气地说了谢谢。

“嗯，他也是高境界的人啊。”我赞道。

“送他不满意的书，他会和我生气。哈哈。”安武林应和着我说。

我说：“所谓佳话者，正是如此者也。呵呵。”

安武林回道：“难得一知己，呵呵。”

我在心里念出了鲁迅书何瓦琴的句子：人生得一知己足矣，斯世当以同怀视之。

2013 年 3 月 26 日

我读《初版本》

一

友人询问数次，问：书收到了没？没办法的时候，我就只好说，再等等吧，估计马上就到了。这一等，半个月过去了。友人继续说，托亚马逊寄出了，没办法签名，只好以后补上。我说：呵呵，不要紧的，有书就好。

又过了半个月了，友人继续问：收到了吗？我依旧说，还没呢，再等等，也许马上就到了。友人去查了发货情况，跟踪调查的结果是，11 月 30 日，货到了张掖，结果是签收，经办人是常来给我送邮件的小白。

这就奇怪了。

想到了 31 日那天，我收到的一本书。内容上写的是“礼品”，是一本关于管理学的书。我有些纳闷，又没有订这本书，为什么会收到这样的“礼品”呢？纳闷归纳闷，但常常有朋友寄书来，忙碌之中，这事也就搁在一边，没顾上深究了。

好在书和包装的盒子都在。友人的查询，引起了我的高度重视。于是拿出书来，细看，拿过盒子，又细看。这一看，看出蹊跷来了：这不是我要的东西嘛，我怎么就收了？邮局怎么就给了我？

答案只能是一个：忙啊，大家都昏了头。

送包裹的邮局糊涂，我也糊涂。要是当时仔细看一下，不就没问题了吗？

于是，带着书，我直奔邮局。

邮局的工作人员已经受到了拿单子取货客户的质疑，当然是前几天。但由于没有了货物，也只好让货主回去，说再等等看。

终于，她们等来了我。我递上这给错了的包装盒，还有里面的书。

工作人员告诉我，可能是两个单子的尾号是一样的吧。

原来如此。我连忙说是。

很快地，一个女孩儿取来了我自己的书。

如久别重逢的老友一般。我打开，是两本李传新的新著《初版本》，一本给我，一本送朋友。

二

书是蜜蜂文库的枕边书系列之015。封口折页上的介绍说："李传新，1953年生。湖北十堰人，1984年开始从业新华书店。编辑过《书友》《崇文》等内发报刊，著有《拥书闲读》等。"

文字简洁，是其一以贯之的风格。

我曾不止一次地说过，朋友中有传新兄，是我无量的福气。得其提携，是我莫大的幸事。没有他，我到不了天涯社区。套一句话说，没有他，我还会"在黑暗中探索更长的时间"。呵呵，扯远了。

《初版本》是专门谈"十七年"（1949—1966）版本的书，有拓荒的意味。老早知道他关注这个方面，也知道他如痴似醉地收集这一类的书及其资料，写过不少好文字，只是没想到这么快就结集出版了。从作者在世界读书日写于深圳的序言里知道，这是青岛薛源推介的结果。

《初版本》里的文章都是在《藏书报》等报刊上刊载过的。集中起来再读，还是有耳目一新的感觉。从吕剑的第一本书到孙犁的著作，从发行量达三千万册的《欧阳海之歌》到风靡一时的话剧名作《霓虹灯下的哨兵》，从《敌后武工队》到《保卫延安》，从梁斌的《红旗谱》到姚雪垠的《李自成》，整个“十七年”文学作品如数家珍，依次从眼前掠过。要知道，拿着书的我们，便是在那些个故事的浸润中度过了童年的。当年是吃着鸡蛋了，现在又有了下蛋的鸡可看，对于有窥视爱好的大众，《初版本》自然是有趣的书。

还不仅仅是这些。《初版本》里收录了大量的书影，虽不免有蒙尘的时代影子，可那份简单清新相对于时下的繁冗杂陈，也不失为一种借鉴和提醒。

作者的视角值得推许。谈杨沫的《青春之歌》时，书里有这样一段话：“至于林道静的前夫于永泽，坊间盛传指张中行，而作者与张相识于一九三一年，在一起生活过几年时间。‘文革’中，专案组欲从张那里找到批判杨沫的‘罪证’，岂知张中行回应：‘那时候我不革命，杨沫是革命的。’杨沫获知，十分感激、感慨。”在精确的考辨叙述之外，人情活跃于字里行间，不乏真意。这样的行文不在少数，翻检时刻，随处可见。

持读《初版本》，解得开很多不知道的谜。

三

《初版本》在卓越亚马逊网上销售，摘录那里的介绍文字，“立此存照”：

图书描述 出版日期：2012年8月1日。《初版本》是“十七年”文学版本史话的选本，介绍1949年10月至1966年4月当时引起读者广泛关注的文学作品的初版图书，囊括那个历史时期各种体裁。“十七年”文学中成就最为突出的“三红一创、青山保林”等长篇小说和其他名作名篇在中国当代文学史都有专门的章节论述，《初版本》中提及的版本不少是作者的“第一本”藏书。《初版本》根据第一手资料梳理初刊、初版本，厘清了其中的版期误植，更对每本书的作者、内容、写作背景做了简介，较详细地介绍了文学作品的初版、重版等版本源流。这些初版书影很好地展现出“十七年”文学作品的封面设计风格和风貌。

《初版本》编辑推荐：百多幅建国初期的图书初版书影轻松把读者带回那个激情四溢的年代，既让年轻读者能够领略从前的那段历史风貌，也让年老的读者感慨回味起自己的年轻岁月。朴实的行文风格亲切、自然，与已满是岁月斑驳的书影相得益彰。每一幅书影都是当年的那一批老艺术家所作，不仅使读者了解文学作品的写作背景，同时也欣赏到艺术家们不同时期不同的艺术风格，有一种沧桑的怀旧感。对广大图书收藏爱好者有很好启发和借鉴作用。

对了，这书的责编，是雷燕青氏。

2012 年 11 月 12 日上午

大音希声原野美

最近几天，一直在读湖南作家吴昕孺的《原野》。诗人龚鹏飞在以《天地石头唯在真》为题的序言中说："这是一部真正的大诗。"龚鹏飞把吴昕孺比作创作了"至今仍是好声音"《圆圆曲》的吴梅村。

和昕孺兄订交，倏忽已届七年。虽然见面只有一次，但友情，却已深深。有事的时候，会麻烦昕孺，往往能如愿。每隔一段时间，总要收到昕孺兄的馈赠。每有新书出版，总要先睹为快。想到这份情谊，心里就感到很暖和。

昕孺在湖南长沙，我在甘肃张掖。千山万水，原不搭界。可是缘分，却不能说浅。历史上，曾有过张掖和长沙联系多的时候。那是"湖湘弟子满天山"，收复新疆的时代。清代诗人杨昌浚在去新疆的途中，写下过名诗："大将筹边尚未还，湖湘子弟满天山。新栽杨柳三千里，引得春风度玉关。"诗颂左宗棠入疆，立功于万里绝域的故事。左公在进军新疆期间，曾驻节张掖。他还命令将士在通往新疆的大路上夹道植柳，连绵数千里，绿如帏幄，人称"左公柳"。前一段日子，和钟叔河先生通话的时候，钟老说他的叔祖作为左宗棠的属下，当年也到过张掖。说来有趣，我现在赖以谋生的所在，也是湘军将领、后来做了甘肃提督的周达武在其任上创办过书院的地方。我和昕孺兄的交往，自然不属于大将筹边之时，但由于历史渊源的承接，也算是于史有征了。因为昕孺，我曾和长沙研究文史的老专家，进行过关于郭嵩焘作品的研讨。我还和周南中学的同行取得了联系，接上了姊妹友好学校的连线。

读《原野》，我感到张力很足。

昕孺在《后记》中说："2010 年，在写了百余首十五行诗之后，我决定暂停对这一诗体的写作。从这一年下半年开始，我萌发了写一部长诗的念头。当年，便写下了《原野》第一、二章的初稿。直至 2013 年 6 月定稿，前后整整三年时间。长诗为什么取名《原野》？因为，原野是母性的，是敞阔的，有无穷的生命力，她是美的载体，是爱的源头，是万物的故乡。"

《原野》之序曲云：

你懂得它
便拥有它

你不懂它
它依然存在

《原野》之终曲云：

你懂得它
它就是你

你不懂它
它仍是你

大音希声原野美。古代的湖南，出了屈子，出了贾谊，出了王船山。近代的湖南，出了曾文正，出了毛润之。现在的湖南，有钟叔河，有吴昕孺。这是我心里的湖湘文明图谱。寒斋插架的珍籍中，湖湘籍作者的著作，算得上触手皆琳琅。这一本《原野》，破空而来，无论如何，会是值得我认真读的诗书。

按照龚鹏飞的意见，读吴昕孺的诗，"当然需要中国文化的知识背景，需要对萨特的存在主义哲学和福柯的后现代主义、后结构主义有一定的了解，需要对世界文坛、世界诗坛的瞭望并了然于胸，需要对诗歌语言有踏石留印、抓铁有痕的感悟力。”这可是比较麻烦的要求。愚钝如我，恰恰对这些都不甚了了。

然而，我还是要读吴昕孺的诗。

他写了三年的诗，我翻了三个小时。三个小时，我也没有翻明白。我只觉得，我读得剑拔弩张，我读得大雪纷飞，我读得春风化雨，我读得流星奔月。树叶，一片片落下，村落和桥梁，一个个掠过。

当然翻不明白。人间烟火和十月的陷落与上升，出罗岭和穿越梦境，植物志还有时光书，石头记和爱的变奏曲，云与山，善和美，聚合在一块儿，成为一座富矿，开采，是需要时间的。然而收获，也将会丰厚无双。

没什么啊，仁者见仁，智者见智。我欣赏那句诗“佛教徒看见每一片树叶上/都有一个菩萨”。我看见了——

在每一片叶中
看到我们
在每一滴水中
看到我们
在每一个梦中
看到我们
在每一块绿色中
看到我们
在每一团光影中
看到我们
在每一个故乡中
看到我们……

书，翻着还不够，我再打开昕孺阁，这是诗人在天涯开设的博客。长诗《原野》，就在其中连载。在博客上，我留下话来：心是热的，诗是热的，时光也会是热的。诗人雪鹰说：洋洋洒洒几万字，最后结束几句话，韵味留长！江南雪儿说：我听到喧哗的声音，教堂的声音，内心的声音，原野的声音。听孺说：你听到的都是真实的声音、真切的声音……朋友说：一条街巷，一个舞台。作者说：是啊，人生的舞台，也是时代的舞台。

“器宇轩昂，大气磅礴，犹如交响乐章”“大家气象，堪称完美”。南来北往的人们，不吝把美好的颂词献给这首长诗。

我说，好作品要慢慢品。在风晨雨夕，在忙闲之间，读一段，思索一段，读一节，击节一次。那里面，什么都有的，诗人说：

爱着

就是

永恒

不同的时候，长诗《原野》，会带给我不同的感知。我，是高兴的。

2013年9月25日傍晚

王稼句的《书生风味》

酷暑天读到姑苏寄来的《书生风味》，我跟朋友说，真大佳事也。闻说东南多雨，西北地震，天下炎炎，而甘州独得清凉，于宁静中殊觉不安也。

把玩王稼句《书生风味》，所得颇多。文字是编年的样式，有一序一跋，与知堂的书颇为相近。内里文章，则多写实。随笔怎么写，年来颇多踌躇，思之再三，总有不得要领的感受。现在对着《书生风味》看，或许有了答案。

《书生风味》里的文章，第一篇是2009年7月29日写的，第二篇是8月3日写的，第三篇是8月9日写的，先生的勤勉，于此可见。最后一篇写于2011年12月5日，由此知道，《书生风味》里所收的，是最近几年的文字。自然，这不是稼句先生这几年著述的全部。应该说，这只是集在"文化人生"这个丛书里的文字而已。说实在的，仅这两年多些的时日里，先生写出并结集出版的文字，我见到的，也至少有三种以上。

看似是不拘一格，随意写来的，先生也一再谦和，说是"杂格咙咚的文字"，但实际上却是极难写出的好文字。这些年，稼句先生的作品，都"以写作时间的先后为序"结集出版。这样的编法，比较有名的是周氏兄弟，无论是鲁迅的《且介亭杂文》，还是知堂的《永日集》，都是好样子。《书生风味》后记里引用知堂老人《中年》一篇中的句子说："年纪一年年的增多，有如走路一站站地过去，所见既多，对于从前的意见自然多少要加以修改。这是得呢失呢，我不能说，不过，走着路专为贪看人物风景，不复去访求奇遇，所以看得比较平静仔细一点也未可知。然而这又怎么能够自信呢？"话说得再低调不过，也再明白不过了，那一路上看人物看风景的不错感受，结晶出如此这般的好文字，大众是享受着的。

去年秋天，也曾获观精美绝伦的《桃花坞木版年画》巨册，这是稼句先生经年潜心姑苏文化的大成果。在版画史上空前绝后的“姑苏版”，是以桃花坞木版年画为代表的。由于他的书，我们这些原本无缘佳构的读者，得睹大量的图幅，眼福大饱。《书生风味》中收入了一篇《论“姑苏版”》的专文，这可是随心所欲不逾矩的王氏笔墨中少有的严肃文字。翻检文末的结稿日期，是2011年12月25日，而《桃花坞木版年画》书末的后记是2011年11月30日完稿的。一向倾力推介姑苏文化的王稼句，在这些文字的编排上，是费了心思的，《论“姑苏版”》一文，亦为《桃花坞木版年画》的精粹所在，那是得此而及彼、有美互补的物件，看书的朋友，有福了。

2008年8月12日，夏日，午后，有点困乏、借书聊遣瞌睡的王稼句，读《全明词》分卷薄本，看见徐士俊《贺新郎》一阕，突然眼前一亮，精神一振，原来他看见有题“赠王月生，名桂”的字样了，这可是许多记述中没有的事。写有名作《板桥杂记》的余怀诗云：“月中仙子花中王，第一姮娥第一香。”那是一个有名而且鲜艳极了的故事：崇祯十二年，“己卯岁牛女渡河之夕，大集诸姬于方密之侨居水阁。四方贤豪，车骑盈闾巷。梨园子弟，三班骈演。阁外环列舟航如堵墙。品藻花案，设立层台，以坐状元。二十余人中，考微波第一，登台奏乐，进金屈卮。南曲诸姬皆色沮，渐逸去。天明始罢酒。次日，各赋诗纪其事。”微波是王月生的字，余怀为之写下了“月中仙子花中王”的华章，近四百年后想见其人，便是御封，也仍会是“美人”。和许多名士一样，王月生遭逢了甲申之乱，最后的结局不好。但国破家亡，金瓯尚损，一介女子，如何可以得脱。念及此，又有幸甚至哉的感叹。

难得写人的王稼句先生，在《书生风味》里写了几个人。《大学之父》说的是张百熙。中日甲午战争爆发后，张百熙曾严劾李鸿章“阳为战备，阴实主和”。

1902 年 1 月，时任吏部尚书的张百熙兼任管学大臣，专门负责京师大学堂的恢复事宜。这是对现代中国影响极大的事件。《清史稿》称，“张百熙以人望被斯任，于是海内欣然望兴学矣！”据王稼句先生述，张百熙主持后的大学堂，首开兼容并包的风气，并流传了下来，学生们独立思考，以自由精神和强烈的社会责任感参与国家政治的意识传统，后来在五四、抗日救亡等运动中得以充分体现。《葵园先生》写的是著名的湘绅领袖、学界泰斗王先谦。葵园先生王先谦曾任国子监祭酒、江苏学政，做过湖南岳麓、城南书院院长。王先谦因疏劾李莲英而得直声，在当时被目为清流中坚。他在四十七岁时卜筑长沙城东荷花池，留下《皇清经解续编》《虚受堂文集》等浩瀚文字，以“贤学政”之名，流芳青史。王稼句说：“辛亥革命至今一百年，对于悠悠历史长河来说，还是距离太短。对人也罢，对事也罢，远一点可以看得更清楚，于葵园先生王先谦来说，自然也不例外。”《邃谷先生》写著书满架、门厅广大、老来健旺、海内钦敬的来新夏教授，末句说“真想北赴津门，到邃谷楼上拜晤先生，那北窗外正是一片苍翠的浓阴。”

信笔摇曳又不枝不蔓的文字，打开来就舍不得放下。书生风味日月长，且共清茗茶一杯。消此永昼，其乐云何。

2013 年 7 月 27 日

巴金、《点滴》和周立民

1935 年 2 月，旅居日本的巴金编定了一本散文随笔集，取名为《点滴》。那天正落着雨，巴金的文字中也带着些许寂寞的愁绪。七十三年后的 2008 年 9 月 29 日，在上海的巴金故居里，周立民也编了一册书，就用了巴金这本随笔集的名字《点滴》。不同的是，这回的《点滴》，是一本刊物。这份刊物，自那一年创刊后，到今天已经是第五个年头了。现在，二十四本刊物摆放在我的案头，做我轻松身心的清供。刚刚还收到了巴金故居寄来的《点滴》2008—2012 年全文数据光盘版，这是巴金故居向《点滴》作者馈赠的厚礼。

这是要感谢的。近年来，周立民为巴金、为文化忙忙碌碌，办杂志、办巴金故居，不遗余力。他不经意间完成的，是我们对巴金认识的升华。与许多人一样，巴金的激流三部曲，曾深刻影响了我的情感世界。和鲁迅一样，巴金几乎对读者的每一封来信都写了回信。据统计，巴金写出的信有七千多封，其中相当一部分信就是他写给读者的。读巴金著作的时候，我没有给老人家写过信。原因是我曾经很热切地给一位自己所钦佩的学者写信，热切中等待，却一直没有下文。要是那封信是写给巴老的该多好。一笑之余，我就想，那样的话，我现在或许就有了把心交给读者的巴老的手迹了。

巴金一生，以说真话做善事为归宿。便是在身后，他的书、他的故居也一如既往地发光发热，温暖着人间。据说，巴金写给唐弢的两页题词，拍出了两百多万元的高价。那不过是文人间最平常不过的交往而已，这么一摞钞票丈量下来，贫寒惯了的文人士子们，大约都会无语。这大概是他生前没有想到的。

在巴金故居里，资料是不少的。虽然大量的资料都去了现代文学馆，但巴金生活的气息，全息式地都存在于此间。巴金随手赠给黄裳的书里，就有“文革”中黄裳被抄走的书。对于晚华夕照中的生命，这是何等厚重的礼品。这些，在故居里是展示着、述说着的。

周立民在《点滴》创刊的时候说：

“我们每个人都有着更多的思想，更多的同情，更多的爱慕，更多的欢乐，更多的眼泪，比我们维持自己的生存所需要的多得多。所以我们必须把它们分散给别人，并不贪图一点报酬。否则我们就会感到内部的干枯，正如居友所说：‘我们的天性要我们这样做，就像植物不得不开花一样，即使开花以后接下去就是死亡，它仍然不得不开花。’”（巴金《谈心会》）巴金先生一辈子都在实践着这样的诺言，我也愿意追随他的志愿——尽管，我的力量是那么微小，但大家的力量汇聚到一起就很值得期待了。那么，请快快加入进来吧，您的一点一滴的支持都是对我们的莫大推动和鼓励！（《点滴》2008 年第 1 期《写在前面的话》）

把更多的爱散播开来。巴金是周立民找到的人生的金钥匙。为人的文学，为了真善美而写作的巴金，值得倾心。“即使在今天，一个人在少年时代如果遇到了巴金的作品并能认真地阅读、体会它们，亦是他的人生之幸。”周立民说，巴金给中国留下了二十六卷本的不朽著作和十卷本的精彩译著。巴金毕生以文学传达的真善美，他的精神和人格力量，对于正在努力建立“公平、诚信、包容、创新”城市价值的国际大都市上海，弥足珍贵。其实，即便是对整个世界，这样说也是对的。如果说，巴金故居是纪念巴老的一个物质博物馆，那么《点滴》，就是建立在远远近近的心里装着巴金文字的读者的精神世界里的一座精神博物馆。

《点滴》在继续发扬着巴金的精神，传递着巴金心里的爱。在 2011 年第 6

期的《点滴》上，有黄裳的《永玉来访》：

> 我提起永玉做过的有意义、有文献价值的“好事”如为陈寅恪在庐山立墓，永玉说，“我拉了个热心的大官，曾任江西省委书记的毛致用上庐山，他帮了大忙。一起上庐山，山上人以为我们来度假，三个钟头内办完事我们就下山。在植物园安放了骨灰盒。原来陈散原那座楼房并没有退还”。接着永玉用墨水笔画了“松林别墅”的速写。
>
> 陈寅恪归葬庐山，傍父亲散原老人故居“松林别墅”而安息，是文化界一件大事。可是不见于书报记载，此文此图，足为典据。

《点滴》上有许多这样的文字。

这可不是小事啊。《点滴》之善，善莫大焉。由于这个缘故，我再去庐山，便会去植物园，看一看在《王观堂先生纪念碑》里写出了如下句子的陈寅恪先生：“士之读书治学，盖将以脱心志于俗谛之桎梏，真理因得以发扬。思想而不自由，毋宁死耳。……惟此独立之精神，自由之思想，历千万祀，与天壤而同久，共三光而永光。”巴金意愿中的事，《点滴》都在搜索着，努力着。

巴金的《随想录》写了四十万字，周立民的《〈随想录〉论稿》写了三十四万字，这也该是他追寻人生真谛的记录。他说这是《随想录》注疏本的长长的导言。我想，这却又是陈寅恪“独立之精神，自由之思想”的一个写照。因为，就《随想录》而言，这是一个现代知识分子与庞大体制抗争、寻找自我的宣言，是他心灵煎熬、挣扎又寻求突围的记录，是一位孤独老人寻求理解和自我救赎的心灵独白。这是小看不得的。周立民是七十年代出生的人，他的巴金研究正在黄金之年，路正长。假以时日，在巴金故居里完成的《随想录》注疏本，会成为让我们这个社会惊喜不已的大成果。值得我们期待的，自然也只会更多，更多。

晚年巴金在看过卢梭像后，回到旅馆，说自己老是在想四十六年前问过自己的那句话：我的生命要到什么时候才开花？“这个问题使我苦恼，让我可以利用的时间只有五六年了。”

这是功成名就的巴金啊。第一次从法国回来，他写了五十年，第二次从法国回来，怎么办？他说至少也得写上五年，十年，也得写出两三部中长篇小说啊。

巴金生命的最后时间，没有再做别的事。他把宝贵的桑榆之光，用来讲真话了。在世道人心被金钱和虚伪严重侵蚀的今天，我们有生命的时间，可以不讲真话吗？这很可怕。

我觉得，今天周立民所做的，正是巴金所想要做的。与时并明的《点滴》所播撒的，正是从巴金心里流出的种子。有幸能读到每期《点滴》，是亲近巴金文脉的好途径。

2013 年 9 月 13 日傍晚

文川藏书票

林伟光曾写过《崔文川的藏书票》，说姑苏名士王稼句很喜欢崔文川的藏书票："他的藏书票，每一款的创作，其实都别具匠心，总花费了心思，努力地呈现了不俗的艺术面貌。崔文川痴迷藏书票，收藏的各类精妙的藏书票不少，浸淫此中，聪明的妙思与日夕的揣摩，使他的藏书票创作，极富艺术魅力。而丰富的收藏，却也滋养了他的赏鉴慧眼，他从众多的藏书票名作中获取了丰厚的艺术营养，潜游于艺海，博取众长。这是一个有容乃大的艺术家，创作中有传统也有现代，有民间的生动也有文人的清逸。我十分诧异，总想着崔文川是怎么奇怪的另类人物，就如此巧妙地把民俗与文人的意趣那么和谐地统一在他的创作之中。"崔文川给林伟光做了藏书票，但他不认识崔文川，缘悭一面。林伟光只见过崔文川一个自画像，他穿着已经成了古董的长衫，青衫一袭，圆的金框眼镜，大分头，是"五四"时期翩翩少年的样子。林先生也见过吴以徐作画的正面崔文川像，画中人执拗中有些忧郁。

说起来，我可是比林先生幸运。我见过崔文川，我们还很投缘地聊了天，成了朋友。那是一个热爱生活、洒脱干练的青年艺术家形象。他也为我买了王稼句编的《中国现代名家读画美文》。龚明德先生正好在侧，就为我在书上题了签："此书印得艰难，但终于印出了，也是对稼句仁兄劳作的支持。本书作者的友人并本书责编龚明德，二〇一〇年十一月十九日全国第八届民间年会上。"

那次会面，崔文川给我留下了深刻的印象。在《成都吟》里，我写下了题为《崔文川》的句子：

久慕崔文川，山水颂陕甘。

从今明月夜，千里可婵娟。

在后面的小注中，我说“崔文川是充满意趣的性情中人。读书年会安排参观金沙遗址，崔文川见到好书《中国现代名家读画美文》，就又相购。我也忍耐不住，从而买之。书后来得责编龚明德题签，遂添喜庆。文川既搞藏书票，又搞火花收藏，还出杂志编书，都精到，都成了气候。豪爽和热情，是崔文川的特点。我得其精绘藏票一套，欢喜踊跃，复为友人再索，文川欣然允诺，并相约为我专门制作”。索要的那套藏书票寄给了喜欢读书的朋友，朋友也得以分享那份特别的欢乐。

那以后不久的一个下午聊天，文川兄通过 QQ 发来了弱水轩藏书票电子版。图案是古色古香的，人从秦汉来，书见意气中。“弱水轩存书”几个字着实惹眼。见着的朋友，都说是宝贝。我后来在一篇文字里写道：长安乃文化渊薮，文川则书林骄子。得其书，幸事也。弱水轩藏书票，文川兄已经为我制作，近来见到的许多书和杂志，也都是由文川兄设计的，精雅别致是共同的特点。

据《喜欢书》的作者孙卫卫说，崔文川博客公告栏上下面这段有意思的话：

喜欢看书，也经常买几本，签名本、毛边本也有些。

火柴盒子、藏书票比较多，也帮朋友做一些，好玩。

主编一本杂志叫《艺术画刊》，国油版雕摄影都发。

有事您吭气，看能否帮点小忙，但不要找俺借钱哈。

现在，崔文川是名满天下的多面手了。在西安历史文化的熏陶中，他带着全国的书香，愈来愈有味道。这不，崔文川写出了《趣味藏书票》一书，据沈阳的朋友说，他“一次就买了五本，送给三个朋友各一本，因为好几家网站都售罄了。看到朋友拿到书乐得那个样子，我老开心了。”前些天，北京石刻艺术博物馆举办藏书印与藏书票联展，书里的精灵和藏书的魂魄结合在一起，想一下都羡煞人也。抢眼的，还是他的杰作。崔文川特意制作了“最是春天好读书”的联展纪念藏书票，看见的人心里痒痒的，“春天时节好读书”的题字和火红热烈的画面，有“京西小故宫”之誉的北京五塔寺，五塔——也就是北京艺术博物馆所藏明永乐间成祖为印度高僧班迪金所建的金刚宝座塔为主要图案。五塔原是代表五方佛主，那是国宝在藏书票上，佛主在藏书票上，这崔文川，眼界真是高。

今天，文川兄又给我设计了一个藏书票的样张。主图案是我们甘肃的飞天，翩翩而飞，吴带当风。既传统又现代，也生动也清逸，在春风三月天，获此尤物，美不胜收。这该是不远处的敦煌宝藏，来到了我的书案吧。

我说，讲藏书票制作，崔文川或是域内第一。呵呵，要是哪天再和写了大量藏书票著作的台湾吴兴文先生见面，我就报告这一心得。倘获先生首肯，我这枚票子，就更值钱了。且浮一大白，遥谢崔文川。

2013年3月27日初稿，28日改定于春光明媚中

岁寒新书暖

第一次和传友兄见面，是在包头。那一次，我们和全国的读书人在草原上谈论书和书的故事，我在他的暖石斋赏书，我们在一个屋子里住了四天。我心里就想，爱书重友的这个人，不简单。

后来，我们又在山丹见了第二次面。那一次是一个深夜，他到了山丹，离我住的张掖有六十公里开外。他们的司机已经连续开了七个小时的车，不能再走了。电话过来，我驱车前往。山丹夜话，我们如久别的兄弟一样，兴高采烈。

传友兄主持《包商时报》编政的时候，已为全国的读书人所道。主要原因有二：一是因为传友兄为人好，朋友们一传十十传百，渐渐大家都熟悉了；再就是因为《包商时报》副刊的“包商书声”。钟叔河、姜德明、来新夏、沈昌文、韦力等大家，《张中行私下的话》《最近的几本枕边书》《书痴奇遇》《寻找老版本》《温暖的书衣》等书话美文，在传友的报纸上，常常能和天南地北的爱书人见着面。

在草原，传友曾请我吃风行四海的小肥羊涮羊肉。彼时传友谈如何下料，讲肉入锅子只有若干秒最好，当时我未以为意，后来多次体验，确有道理。心里就想，传友以“阴山老饕”为网名，对吃必有研究，他用心获取的信息，传出来又多了特别的味道：他是想把自己感受过了的好东西，拿给大家一起分享呀。

传友谈饮食文化的那些文字，我已经在《包商时报》上读过了一些，又在他的博客上读了不少。当时曾想，要是把这些文字弄到一起，该有多好，那要惠及多少美食家。有一天，听到了传友兄要将他已刊文字结集的消息，心里高兴。聊天中得知，传友兄把发表在《包头晚报》《包商时报》等处谈饮食文化的文章收拢并交给中国青年出版社了。对中青社，我还是怀有好感的。八十年代初，我读的不少书都是那里出版的。现在，朋友的书也在那里出版了，这是多好的事。喜欢传友的文字，又深知其为人，聊天时我对其文字有如下品题：

> 民以食为天。家常饭居然也吃出个境界，着实不易。质之传友兄，则曰“食不厌精，脍不厌细”，大道也。嚼得菜根做百事，坦途也，至情也，至性也。有辞易而有情难，翻检《吃情岁月》，可知两难化一，人生归元。诚哉斯人，信乎是书。美食家案头，安可少此清供？养生者有心，亦可手执斯编。寻常百姓读来，必也津津然有味，而心生欢喜。

现在，《吃情岁月》出版了，传友把这些话印在了书的封底。拿着书，意外之喜不言而喻。望着目录上“吃情岁月、海鲜漫谈、葱之爱、难忘野菜、闲聊食补、杂陈五味”这些做了小标题的文字，益发觉得先前的想法是对的。这册谈“吃”的书，六十八篇文章是写在哲学的底子上的，是发乎情而止乎美的。似乎每一篇，都可以成为饭后茶余的谈资。你看，传友和朋友们吃膏蟹，两次吃不到蟹黄，心里置气，记忆深刻。落笔成文的时候，就成了规劝：当人们都讲诚信了，你就可以少学点食品知识，可现在，还就不行。传友爱葱，我也喜欢，他一篇《大葱笔管真叫鲜》，让我读得忘乎所以。天哪，他从姑父处学来的手艺，我闻所未闻，过些天，见着了传友，拽着也得吃这一口。笔管，就是我们说的鱿鱼呀。“三月三，荠菜胜灵丹”。传友写《又到春暖采荠时》，讲自己在烟台吃到了姨母的荠菜饺子，后来在包头也见到了荠菜，他迁新居，请朋友们尝荠菜饺子的故事。他说到了《诗经》里的荠菜，说到了白居易的华章和苏东坡的荠菜羹。为了方便大家，传友还开出了自己搜罗到的三份荠菜食谱，他恨不得让天下人都能尝到自己的美味。真是菩萨心肠，推己及人。传友的书里有两篇文章谈的是同一种海鲜美食，一篇题为《柔肝补肾话海红》，一篇题为《“东海夫人”春养人》。海红即淡菜，雅号“东海夫人”，是海蚌的一种，又名贻贝，煮熟去壳晒干而成，因煮制时没有加盐，故称淡菜。淡菜味道极鲜，营养也很丰富，它富含蛋白质、碘、钙和铁，但所含脂肪却又很少。海红以身干、色鲜，肉肥者为佳。传友两度撰文，可见他的偏爱。文以载道，他是愿意朋友们都壮实呢：“现在，有的男性朋友对什么伟哥、三宝双喜感兴趣，媒体上也大事炒作，吃这些东西难免不产生副作用，而用我们的地产食品进行食补，则既经济又安全，何乐而不为呢？”

不只是文字美好。《吃情岁月》的插图和装帧也别具特色。那是一个叫月光的插画师专为传友的书做的。清清爽爽，雅俗共赏。朋友说，这么这么地喜欢月光姑娘的画儿。我想，这是因为我们希望透过我们的食材传递给大家的，和月光画的这些小画儿传递给大家的，都是一种细碎却闪耀微光的小幸福。我在月光的画日记里读到了她的心声：“小时候觉得过年的气氛很浓的，各家都是早早开始准备年货，忙着做蛋饺、做爆鱼、炸肉圆。感觉这忙忙碌碌的过程里，就有了过年的富足喜庆味道。”合着这样的人做这样的画，配上这样的文字，原就是勾魂的吧？这书放在枕边伴我，已经八天了，且写下这些文字，聊志开心。

也有些遗憾。这书上的字号小了些，读起来费眼力。再版的时候传友要坚持一下，让字号稍大些。

呵呵，“《吃情岁月》并不贵，你可以买来看看”。乐吾乐以及人之乐，我会给见着的朋友们说说这话。

2014 年 1 月 21 日傍晚写毕。新书扉页上数日前题识云：岁寒新书暖，翰墨说深情。

情在书里书外

《我曾经侍弄过一家书店》是马国兴新印的书。书甫一出，熟悉的朋友纷纷订阅，“读了都说好”。附录有云：“《我曾经侍弄过一家书店》(及增补) 刊发于《读库 1005》《读库 1100》之后，引发不少读友回应”，殆非虚语。

看过张立宪的编辑手记，那份严格和精准，是留下好文字的大匠作为。《我曾经侍弄过一家书店》的取名，就是“阅读书店”系列文字经过张立宪“读库”式改造的产物，是点啥成金的那种。

当然仅仅靠书名，要勾去读书人的魂魄，还难。傅彩霞读了《我曾经侍弄过一家书店》，有札记文字，题目为《风雨长亭温暖心》，借董桥《今朝风日好》里的文字收尾，说“书店再小还是书店，是网络时代一座风雨长亭，凝望疲敝的人文古道，难舍劫后的万卷斜阳”。一点不错，马国兴的书，是舍不下的温情，是挥不去的云彩。

《我曾经侍弄过一家书店》由“书店传”“偏见书”“书生活”三辑组成。

在“书生活”中的《出书记》里，马国兴说：“书来到我们手上，就好像我们去了远方。我书架上的书，大都是我游访各地书店或旧书摊的结果。有了时空的间距，许多书我已淡忘了当初请它们回来的心情，但每当仰望这个队列，即便不翻阅，胸中是盈盈的欣悦，思绪也随之四散蔓延。书架上分明不再只是书的陈列，也有着过往岁月的铺排，让人感叹。”11 月 11 日光棍节，人们疯了一样地在网上购物，我的日记里，写下的是这样一些话：

取回了应该是昨天到的中通邮件，是郑州马国兴兄寄来的书，计有精装本《我曾经侍弄过一家书店》一册，《微博天下》第一季毛边切边各一册，《百花园》(2012.10)一册，半月刊《小小说选刊》(2012.21)一册。马国兴是早就想见的人，《我曾经侍弄过一家书店》是早就想看看的书，这回有了联系，且有好书到来，是意外之喜。马国兴题签云："黄岳年君悦读：书来到你的手上/就好像我去了远方。马国兴，壬辰冬初于郑。"名字前是一小方马字金文朱方印章。《我曾经侍弄过一家书店》跋中说："文字真是奇妙，让我们能够在现实生活之外，构筑属于自己的精神生活，而且可以和别人分享。"真不错啊，我也通过文字，给自己构筑了一个属于自己的精神世界，在这个世界里，我拥有了属于自己的真实而又贴心的朋友。

别具一格的马国兴版"手抄报"，也收到了，是今年第4期，总第68期。这份报纸，也是闻名已久，但久未触手的。现在呈现在眼前，似乎也是熟悉已久的老朋友了。文字是在网上读过了的，真容到了眼前，更多的是喜悦。"纸上读我"啊，久违了的朋友。

这是一个充实的下午，因了马国兴的书。

我给马国兴复信：大著今日拜收，喜不自胜。大名早已深植心田，文字沾溉亦多，良可叹赏。冬日天寒，兄书不啻雪中炭至也。红炉雪夜，沦茗佳册，此兄书所赐之胜境也。月年于河西拱手，遥谢盛情，并颂吉祥如意！马兄回复：见笑，请批评。

批评何敢，学习倒是真的。他谈《读库》时述说的张立宪的"三三制"，是我早就服膺了的："三分之一的时间编稿，三分之一的时间学习，三分之一的时间交际。"这是生命的大智慧。想起邓拓那题为《生命的三分之一》的杂文了。邓拓文字阐述了工作、学习、休息之间的关系，他举了《汉书》里古人把夜晚当半个白天工作的例子，举了"秦始皇躬（亲自）操文墨，昼断狱（案件），夜理书”的例子，举了师旷劝七十岁的晋平公点灯夜读，拼命抢时间，争取宝贵生命不至于浪费的例子。那些例子对爱书的人来说，真是鼓舞。曾经在心里多次念叨过的西谚云：“要活得好像明天就要死去一样。”这都是好的。不过，马国兴张立宪的阐释更科学，好操作。如我这样的懒人，依样画葫芦就会有收获。

沈昌文说马国兴是爱书、爱文化爱得发疯的人，友人一石兄说还要补上“痴迷”二字，都说得对。《我曾经侍弄过一家书店》是痴迷境界的记录，对于一般爱书的人来说，只是向往之，就是快慰。在收到书的最初十天里，这书伴着我，时刻不离，真是在在处处。封面有些磨损，心疼了，就赶忙包一个书衣。其中看见他夜里在书店值班时候的遭遇，“凌晨三四点时，老鼠最为放肆。我没心情也没能力打它们，学几声猫叫，也是无济于事”，他在无可奈何中和老鼠战斗。胜负难说之际，读书的人是会心微笑的。马国兴在郑州三联的工作，说不上结出了正果，但那时种下的种子，却成就了一个真正的爱书人挥洒自然、情满书卷的人生。他和三联总店发展部龙希成的交往就很典型。

当时，三联建成的分销店，为别人做起了嫁衣裳，领导者派龙希成去郑州，马国兴是全程做了陪同的。接下来的事情是不了了之，但龙希成和马国兴相忘于江湖的生活却由此留下了痕迹。龙发给马的邮件记录了有十年跨度几近传说的神奇：“马国兴老友：网络把我们曾在人海中匆匆一见的老朋友，连起来了。期待我们能在北京或郑州见面，当以酒助兴！我是一个不安分的人，走了好多地方。离开三联后，就到银川自个儿读书，背罗素的英文；之后，到南方报业传媒集团，本来要进《南方周末》，当时（2000 年底）新办报纸《21 世纪经济报道》，我就当了这张大报的评论部主任；2005 年我入清华大学读博士，2009 年 7 月获得博士学位；2009 年 11 月到桂林广西师范大学当大学教师，教‘毛泽东思想和中国特色社会主义理论体系概论’，没有人喜欢的课，我用自己的知识和思想启发了很多学生；2010 年 9 月，我进入哥伦比亚大学全球中心（北京）工作。感谢你在日志里说了理解和支持我的话。真的期待能到郑州那个中原大地跟你喝酒说话。”

更奇的是由于这封信的公开，其后发生的故事。2010 年 12 月 23 日，龙希成短信说：“国兴，有一位朋友，不认识你我，一个偶然的机会看到你文章中提到我和我现在的单位，今天就来我们单位应聘来了。他现有工作其实很不错。”那位朋友和马国兴说：“不知道龙希成有没有告诉你？我看到你写的《我曾经侍弄过一家书店》，觉得挺有意思，就搜了一下你，找到了你的博客。博客里谈到龙希成在哥伦比亚大学北京中心，就接着搜这个中心，发现它在招聘，就投简历了。到了那里谈过之后才发现不合适。龙问我怎么知道他们中心的，我就跟他说因为你。有点意思吧？”马国兴回复道：“说过。他说你原来的单位也是不错的——看来你也是性情中人，想到即做到。的确很有意思。这就是网络的神奇。感谢网络。”

当然，书里也有颜如玉。那是让读者津津乐道的马牛之恋。谈工作谈出了爱人，蓝英年题签由牛桂玲完成，说起来都有意思。浪漫在马国兴的书里，这里不再饶舌。

书里和书外，网络与生活，写过《书生活》的马国兴，用《我曾经侍弄过一家书店》把它们编织在了一起。说起来，书已经是商品，张立宪有言，“商业是一件很伟大的事情，也是一件很好玩的事情。所谓的人文精神、普适价值、终极关怀，最终还是要靠商业来传播”。诚哉斯言。然而，商业如果指的是《我曾经侍弄过一家书店》这类好书，或许也还就成了另外一回事。

2012 年 11 月 20 日

天涯比邻

网上闲逛，见靳逊先生博客有文章发表，遂打开阅读，孰料先生文字，实录情谊。吟诵之余，感念莫名。抄以存念：

我的“一字之师”

靳逊

1

初看黄岳年先生用到“觻”字，真是读不出声来，赶紧查汉典，注释说“觻（读 li 和 lu）得，中国汉代县名，在今甘肃省张掖市西北”。于是明白了，原来是岳年兄所在学校的校名。我说读岳年之文，怎么就离不开字典呢？原来你从汉代走来，其文难免有一种远古洪荒的感觉。

我在塞外为岳年兄祈福：愿岁岁安康。

2

黄岳年回复说：这个觻字当地读乐，《新华字典》上读 lu，学校如此命名，是因为我所在的学校是在觻得书院原址上建的。文字经先生眼，幸事也。常常想写的好看些，然而做不好。劳先生费力，惭愧也。

3

这个“觻”字，我从1998年的《新华字典》上没查到，但从网上的《汉典》里却查到了。读音是两个，一个是 li，一个是 lu。用搜狗输入法，从这两种读音里找这个字都能找到。遗憾的是，我的《新华字典》上却没有。还有一个字是“鷐（chen）”，也是1998年的《新华字典》上找不到的。我还委托一位博友帮我查，他回复我：“靳先生，您问的那个字我查了我手头的《王力古汉语字典》和《康熙字典》都没有查到，很抱歉。”然书评人、小说家杨小洲已经用它了，小说《玫瑰紫》的女主人公就叫“晨鷐”，尽管我读《玫瑰紫》时读到晨鷐也读“chenchen”音，但这是懵事，字查不到总不是个事吧。看样子，我们的很多老字真是尘封已久，又到了重见天日的时候了。为了一个字问来问去，真是好玩。

4

我读文的时候，遇上不认识的字，比如这个“爨”，就查一下字典，读cuan，释：烧火做饭，分居各爨。过去我读书不这样，是随便读一个音就过去了，从新年开始，遇上不懂的绝对不装，让人家笑话。读文章嘛，弄懂是真的，弄不懂的，模棱两可的，糊涂的是自己。对自己不懂其意，而胡乱用时，更是脸红丢丑的。

理洵先生的文字，读后的感觉是不温不火的自在。

这样的例子多了去了，这仅是一点点，存念而已。五十岁的人了，仍像小学生那样认字、记字，仿佛回到了童年。

我于是在靳逊先生文后留言：

蒙先生厚爱，惭愧得紧。有先生，书林多许多趣味。近年感觉读书，眼睛要受损害，不读书，眼力也会衰减。倒是耐心增加了，往往能做一些琐屑的事，比如扫地、理书之类，权当是活动身心。晚间则习字，这时候，尘封的老字，往往来做朋友。先生说到了“爨”字，就有阮元称之为“滇中第一石”、康有为说已冠古今、端朴若古佛之容的《爨宝子碑》，还有《爨龙颜碑》，它们都是一千五百多年前的旧物。习字的时候，这些字会麻烦些，但会心处往往更多。这时候，想起先生，心里就不免有暖意升起来：“莫说相公痴，更有痴似相公者。”

晚间，靳逊先生复留言：

我读书读累的时候，也是理书，像包个书皮啊，用砂纸橡皮打磨一下脏了的书衣外观等等，高兴了还写几个字在上面。年轻时学的是建筑工程，描图时练过正楷，然长期不干字也荒废了，多年在纸上胡写乱画。有朋友说，自成一路，一个一个字写出来没觉得好，让他们排列在一起了，歪歪扭扭倒颇有趣味。过去没电脑时投稿，遇到不熟的编辑，校对上不去时印出字读不成句，十分恼火但也无法，有了电脑之后，倒省却了写字的劳作，书写与输入又成矛盾了，又是一阵苦恼。这些问题都解决了，眼又到了该花的年龄。

我于字是基础差底子薄，过去读音不准的字，写倒是能写出，意思也懂。用电脑后，知道字怎么写还不行，还要叫出名来，过去名不正时不用吭声，现在不吭声不行。而现在的字词典，是出了又出，有些字如出土的文物重见天日，有时所谓典籍的出版周期都不如网快，系统一更新，全球整个系统都跟着更新，有不更新者系统还提示督促你更新。所以，真是学无止境，学海无涯。这也多亏了网，使我们远在天涯的距离仍能促膝相交。甚慰我心呢。

我对毛笔字，是读的多练的少。过去有能书的老者跟我是书友，现在老人搬家到省会，距离远了，彼此见面就稀了，再说他年岁渐大，有时通通电话，礼节性问候一下，但像过去那么手把手传技于我之境已经不再。上天厚爱，让我通过网认识天下英雄豪杰，一展歌喉，真是快哉之幸事。

新春快到了，谨祝吾兄全家幸福安康，学业精进。

阳光灿烂中，复致意靳逊先生：

人生几何，浮生若梦。灯下促膝，天涯比邻。如切如磋，如琢如磨，如饮醇醪。生涯如此，夫复何憾。遥浮一大白，庶不负大好岁月，如歌行路。

昨闻有争政协委员之长书刊者，念及颜鲁公《争座位帖》，相去何止万里。说起来，似这般怀有闲云野鹤心情过日子，反倒来得自在。生当末法，读圣贤书，识仓颉字，诚如先生所说，“尚有好茶，一水就能尝得，并津津乐道，不亦快哉的”。也祝先生吉祥如意，阖府安康！

后来，我还曾有致靳逊的先生文字，并录于此：

致靳逊先生：

我们相隔千里，素昧平生，至今也没能谋面。因为读孙犁的书，我们的心很近了。天底下喜欢孙犁作品的人，心都很近。

大约在八十年代吧，《书林秋草》和《书衣文录》面世前后，我开始喜欢孙犁了。那时候，从图书馆里借出他的书，从书店里买回他的书，总是很高兴的。据说，那也是孙犁真正被读书界所认识所了解的开始时期。换言之，是《书林秋草》第一次以一个完整的队列把孙犁的书话、读书记展示在读者面前，让大家看到写小说、散文、文艺理论、杂文之外的另一个孙犁。那是一个新孙犁。当时，在三联出版的同类书里，我买下了重排本的陈原《书林漫步》、增订本唐弢的《晦庵书店》和黄裳的《榆下说书》。迷恋孙犁的我，动笔写文字的时候，自觉不自觉地就试图模仿。可惜，由于才和智都不够，最终是愧对这些书，愧对孙犁的熏陶了。

但是，喜欢孙犁的心思，却越来越浓，历久弥新。后来，当然买下了白话版的《孙犁文集》。这是至今常在枕边的书。《耕堂劫后十种》中，我只有绿色封面的《曲终集》小本书，密密麻麻地圈拉点画过后，一个朋友喜欢，就送给他了。我觉得自己已经领受了那么好的养分后，孙犁的书又遇到了知音，我是不可以私密起来的。多一个人读孙犁，这个世界上就会多一份温暖，该有多么好。

这两年，孙犁的热度升起来了。这是好事，我打心眼里感到高兴。但我写孙犁的文字反而少了。在更多的时候，默默翻书，细细体味，觉得或许更能贴近孙犁。比如，孙犁对《四库全书总目提要》的评价非常高，他说“这是一部非常伟大的学术著作”，认为一定会大兴于后世。孙犁是这部书在当代最大的知音。可惜，热闹中的人们多不大读这部书，便是所谓的读书界、书话界，都很少有人去翻这部真书好书，遑论研究。于是就想，孙犁是冷静的，也喜欢清静的书。孙犁身后，热闹中的我们，真能体味到他的良言的，还有限得很。按照孙犁的指引，就翻翻《四库提要》吧。或许，这对我更好些。

恰在这时候，看见了你写在叶超英《读书人靳逊》后的话：好书是需要反复揣摩着读才明白的，可惜的是，这种读书法，于喜新厌旧者来说，真的是一种负担，然而惟有如此的读书，才是真正的读书呢。我套一下再说，孙犁，也需要反复读，慢慢揣摩，会发现字字生辉，在安静处，那书会放出光来。

叶超英说，读先生的文章，就如听一位长者在拉家常，平和，朴实，娓娓而谈。诚哉斯言。

2013 年 4 月 28 日

下面是靳逊先生在新浪博客上贴出的文章：

致黄岳年先生的回帖

津门的罗文华兄，在他的博客上点名约写“我读孙犁”，小名忝列其中。我读孙犁不假，先生著述多年前就是我的枕边书，不过我是在心情不好或者浮躁的时候才从床头拿出一本孙犁的书随便翻翻的。多年读孙犁，有一好处：他能使浮躁降温，还能使冷漠的心变得温暖。有了《孙犁文集》（珍藏本）之后，在市面上看到又出版了新版本了，还是忍不住买一本回来。孙犁逝世十年了，停笔写作亦十八年了，可十八年来他的书却年年出新版，我也都买回来。人常吃一种东西会腻烦，可是读孙犁不同，是每读仍有新意。这种经验不但我有，十多年前，徐光耀老先生写信嘱咐我：于孙犁，“是熟读、熟读、再熟读”。你看看，一个仅比孙犁小十二岁、同属牛的，又是一个与孙犁几乎同时跻身抗日行列的老战士，还是在创作领域笔耕不辍的作家，他不但不轻看孙犁，反而“言必称孙犁”，可想他被孙犁征服到了何种程度，从中更能看出孙犁的分量。

有人说，孙犁的文章不像文章，是因为端架子的文章看多了，而看到孙犁不端架子的文章就有点轻视的意思了，这纯粹是污染的结果。我有一段时间不喝自来水了，买水喝，可等喝了一段时间之后，从化验室买来试纸一试，自来水却呈弱碱性，而买来的水却呈弱酸性。有点医学常识的人都知道，长期服食弱酸性的食品，会使身体抵抗力降低，是容易产生疾病危害健康的。婴幼儿的体内呈弱碱性，所以他健康活泼，人随着年龄的增加，因为不断服食酸性物质，旺盛的生命力会一天天变小，从而染病直至消失。我觉得，孙犁的书，于当下，是不是也有这么个理在里边呢？！

你说：“喜欢孙犁的人，眼前和心里，都会亮堂。”这话太经典了，至少说出了我的心声。你又说：“1966 年，五十三岁的孙犁在《金陵琐事》的书衣上写道：‘忆鼓捣旧书残籍，自十四岁起，则此种生涯，已四十年。黄卷青灯，寂寥有加，长进无尺寸可谈，愧当如何？’先辈是这样度日的，我们照着做，也自然而然。”我想，这就是学习，是接力，更是动力。

孙犁有一句话是：“文章写法，其道则一。心地光明，便有灵感；合情合理，就成艺术。”张璇女士作为孙晓玲的女儿，孙犁先生的外孙女，对姥爷的理解与解读，是有其独特角度与感情的。小时候因为距离近，又常去姥爷家玩，对姥爷的观察、在姥爷家玩耍的过程等细节，能传神地写出，是十分感人的。她的文章在刚刚出版的孙晓玲回忆父亲的散文集《逝不去的彩云》里已有收录，是理解孙犁难得的史料，值得期待。

2013 年 5 月

想生活在株洲

这册《书香株洲》封面的正中间，是凸出来的一方印章：我们株洲。多么自信，也多么自豪。株洲，是该自豪，该自信的。神农氏炎帝长眠于此，红拂在此，《梦溪笔谈》也写刻于株洲。岳飞来过，朱熹来过，徐霞客来过，李东阳把茶陵诗派融进了历史，还有朱、毛，也在这里第一次见面了。

株洲安得不骄？《书香株洲》是金色的，这是“我们株洲”的选择。作为南方最大的铁路枢纽和中国电力机车之都，株洲已经是湖南第二大都会，已成为最具活力的城市。在“三湘第一商圈”坐实后，三百九十万株洲人民以“我们株洲”丛书的方式，又一次向世人宣示：“我们株洲”不只有发达的经济，更有发达的文化，不只有坚实的硬件，更有坚实的文明。“我们株洲”不仅在推进着城乡的发展，更在缔造着自己新的文明。

《书香株洲》是“我们株洲”丛书之一。七十七篇文字分为“书香土地”“书香故事”“书香快乐”“书香卷册”“书香季节”五辑，说的是株洲人与书的故事。株洲的官员、作家、教授、记者、职工、护士，都是爱书的人。他们在书中讲述着自己的爱书故事，这些故事的后面，都是一个道理：大家把书当作自己的朋友，当作自己的良师，当作自己的亲人。株洲人爱读书、读好书、善读书，株洲人，是以书为师了。

培根说：“经验丰富的人固然能做事，也许还能洞察细枝末节，但统领全局和运筹帷幄的才干，则只是出自那些博学的人士。”多读书，做个博学的人，把叶圣陶“天地阅览室，万物皆书卷”的语言化为人生修为，或许是丛书主编阳卫国先生爱书的初衷。但作为担任领导职务的公务员，看来他更想把自己的所得和百姓分享。“万紫千红春满园”，他是要和同仁们一起，以“读书光荣”的良好社会氛围，把株洲送进天堂般的世界。博尔赫斯说“天堂应该是图书馆的模样”，书之所在，就是天堂之所在。

据说，株洲已经办了好几届的读书月活动，更多的株洲人看书的时间多了，打牌的时间少了，读书月已经成为株洲的一张文化名片。在株洲，还举办了以镜头记录“读书·读书人·读书场景”经典瞬间的读书月回顾摄影展。市民们在书香温馨中，感受着株洲的发展和味道。

株洲的百姓们爱书，这是株洲文明的基础。株洲的百姓们写书，这是株洲文化的层次。一个有胸襟、有境界的株洲，就是有底气的株洲。退休教师何明德在《取他山之石》中说：“一个有读书气氛的家庭中，每个成员都有自己阅读的侧重面，读后把感想，把所得说出来，就有互相交流，就会互相影响。”“不取书本知识，就没有成就的事业，甚至没有完美的人生，个人就不能成功，这是我读书的体会，这种体会是从家庭读书的长期积累中得出来的。”《书香株洲》把这样的体认集合起来，公之于众。有了相互交流的株洲书香，就格外沁人心脾。据彭雁在书中说，株洲读书馆的“图书以旧换新”、晒书会、赠书留香活动，都是常态化的。谢岳华那篇《奔跑的读书月》，告诉了我们读书月活动的实际半径：“读书月里的奔跑，提升的何尝不是自己的境界。”开过书店的郭淑珍写了一篇《我的书店》，做过节目主持人的郭倩写了一篇《梦里书香》，环卫工人张利娥写了一篇《〈小英雄戴碧蓉〉伴我一生》，文化馆的陈佳写了一篇《旧书情愫》。阳阳书店的店主欧阳玉英的话代表了大家的共同心声：面对书，“我的精神是富有的、快乐的、阳光的、充实的、积极向上的”！

株洲景炎中学教师兰祁峰在《亦换亦晒旧书情》里描述过一个动人的场景，那是 4 月 23 日世界读书日那天，太阳宫广场株洲第三次旧书交换会上的事。他用了水泄不通、摩肩接踵这样的词儿。书摊不计其数，男女老幼，各取所需。

交换会的成功举办，与一位叫舒凡的女孩分不开，她是总监。从照片上看，舒凡不过是一个文质彬彬的弱女子，但从株洲人的文字中，感觉她更是一位书香浸染已深的奇女子。那天的广场上，有一幅这样的标语：带一本书来聊天。兰祁峰说："作为这个城市的爱书人，我们无疑是幸福的。"

想去株洲了。

汤因比说，如果让我选择，我愿意活在中国的宋朝。学者刘东在他翻译的《蒙元入侵前夜的中国日常生活》〔（法）谢和耐著〕后附《译者絮语》中说："我最愿意去活一次的地方，无疑是在十世纪的中国汴京。对于天水一朝的文物之盛，我是那样的心往神追，因而苍天倘能独厚于我，让我每日都以宋瓷沏一盏香茗（杯中绝无化学污染），再开读一卷宋版书（其中绝少印刷垃圾），则此生复有何求？更何况，在那个产生了苏轼的时代，言路曾是何等的宽松自在，故果能生逢其时，即便无力去自逞坡仙之才，亦应有缘与他那一班文友兴会斗酒了。嗟乎哉！那样的场面，纵是'一笑相逢那易得'，却总该是'数诗狂语不须删'的罢？"刘东的心绪点染出的意象，和株洲有些仿佛。

株洲，有吸引力了。我说，要是可能，就去株洲生活吧。为了与生俱来的梦里书情。

2011 年 12 月 5 日午后

记住了株洲

株洲对我的吸引力有这样大，是没有想到的。

因为那册《书香株洲》的缘故，有所感，随手记了些想法，孰料竟引出一番特别的风景。

株洲爱书的人多，爱书而写关于书的文字的人，也还不少。这是株洲和别处不一样的地方。株洲的阳卫国（市委副书记）说："株洲要向巴黎学习，学习他们的文化经验，巴黎的旧书摊全世界有名。"湘江边的旧书摊在湖南也有名了，照现在的势头看，全国有名也是可以期待的。现在讲文化立国、文化强国，城市让最能代表文化的旧书业占一席之地，是一高着。株洲书友们爱书的劲儿十足。岳阳、长沙还有武汉，书友会的几位版主都常常去，店主们似乎都很熟悉了，那么这些地方的旧书，实际上也就都连在一起了。《旧约》上说，太阳底下无新事。智慧老人说，新思想都在旧书里。旧书摊带出的新文明，也许会成为株洲的名片。

舒凡是湘江边上旧书摊的倡议者，也是不停买书的一个真书痴。她说"做读书频道这两年，感情渐渐滋生。凡是与书、文化艺术相关联的内容，总想走近一些，再走近一些。通过株洲读书月、读书频道、书友会、旧书摊、周末书市、国学大讲坛等途经，越来越多的作家、书法家、画家走进了网络。我和读书频道的编辑总是竭尽所能，为收录株洲的文化动态、作家作品多方奔走。"看着她蹲着站着迷恋于书的馋相，不禁在心里赞叹。其实任何事情，人只要俯下身子，痴于其中，做不好的不会多。以"麻袋贩书"版主和"毕竟是书生"为代表的株洲书友们，多是有担当的热心人，他们打理版面、关注帖子、鼓励书友，在书香世界里添入温情，算得上功德无量了。书友会是藏龙卧虎的。“8楼布衣”的帖子《周叔弢和他的珍贵藏书》，是我见过的关于周氏的研究中最好的研究成果之一。周氏一生，算是波澜壮阔了，但其身后知音，却现身在株洲网上。张舜徽和叶德辉，是近代学术的大家，对其著作的关注和研究，在一定意义上说来，也是学术涵养的表现。我在一个帖子里说到了相关的版本，路过的书友看得仔细，将我记忆中的误差指了出来。我将华中师大写作了华东师大，一字之谬，何止千里。过错得以纠正，快何如哉。拙作一册到了株洲友人的手上，一句“爱不释卷，非常感谢”，让我倍感温馨。钟叔河先生曾经在写来的信里告诉我，写书的人，对于愿意翻翻自己书的人，总是心存感激的。好友易卫东也在株洲新闻网建了博客。卫东兄为人诚悫，文字干净，在这里天天见面，是令人高兴的事。他跟“麻袋贩书”版主预约，“我们来个约定：你贴一年贩书日记，我贴一年读书日记，一定很好玩的”。“麻袋贩书”版主答应了。舒凡放大了这个约定，我则说：“很精彩的约定。延伸一下，不只一年，当是一世，这可就大有可观了。”书友会上有不少学者和爱书人的书房风景照片，卫东兄贴出的是他“有不读斋”微风景。去不了那么多的书房，看着这些照片，也一定能染上些仙风。书友“书度年华”从帖子中知道易兄缺了一册范笑我的书，就主动寄发，并说：“书籍只有去到真正喜爱它的人手中，它的生命才真正开始焕发光彩。”

千百年来，湖湘文化的影响是巨大的。向往岳麓、神往韶峰的人，不只我一个。

细说起来，我的湘水之缘，不可谓不深。当年，湖湘弟子满天山的时候，左宗棠大人栽下的大柳树，屋檐外面就有几棵。我已供职二十五年的单位，也是湘军名将宁乡周达武创办的，百余年后，其后裔和我的往还，也还十分令人感怀。住在长沙的钟叔河先生，时常关心着我。近几年怕先生复信费神，不敢多去信了，但电话往来的问候是不能少的。通一次话，受益一回，机缘凑泊，当一谒廿楼主人。编辑《书人》的萧金鉴先生，是谊在师友之间的。还有《大学时代》的主编吴昕孺，文史专家梁小进，加上株洲的友人，湖湘之惠，洵非常也。

九年前，我去过湖南。岳阳、长沙、湘潭、益阳，八百里洞庭中的君山上，还有岳麓山，都留下了自己的脚印。要不是那年非典肆虐，我会去更多的地方。在精神上，王船山的著作，可以说是朝夕相处的；近几年常翻常新的书，曾文正之外，还有湘人叶德辉的著作、湘绮楼诗文集和日记。郭嵩焘为周达武的《剑水诗抄》写过序，但迄今我遍寻海内外，仍未找到《剑水诗抄》，这为我的周达武研究添加了难度。湘水深厚，抑或在某个地方存留着一百年前蜕园锓板的清刻本，待我一阅？

湖湘文化，大矣哉，美矣哉，壮矣哉。

前些天文章的题目，是“想生活在株洲”，说的是心里话。现在，国家经济发展了，高楼大厦到处都是，城市千人一面，然而真正的书香城市，在哪里呢？株洲开了这么好的一个头，应该是大有希望了。在市场经济的时代，让人间能葆有纯真和善良的途径，除了书，还有别的么？

“麻袋贩书”版主曾在拙贴后留言说：“如果哪天因为湘江边的旧书摊把张掖与株洲结成书香友好城市，那是何等盛事！”是好话，有“书生意气，挥斥方遒，指点江山，激扬文字”的美好，就祈愿吧。仁义在书册间，仁义在山河草野间，仁义在株洲新闻网，美事、盛事和盛世华章，都会一起到来。

2012年1月10日下午手机涂鸦，12日傍晚笔记本敲定

春联获奖记

春节给自己家门上写的对联，居然还获奖了，这是没想到的。

1月27日《太原晚报》15版“天龙文苑”刊载的春联赛启事，略云“本报创意自拟春联征联活动已开始，至2月12日结束。来稿请用200字以内的文字说明自拟春联里包含的故事或创作背景。届时，本报将邀请楹联专家评出佳联，其中一等奖1名，二等奖3名，三等奖10名”。

后来，我把日记中记录的文字寄给了报纸：

喜写春联过新年

要过年了，友人说对联要自己写，才算有文化。于是，拟出句子：“万卷诗书新日月，三千桃李沐春风。”砚墨濡笔，裁好洒金大红宣纸，书写上去，横额“福满人间”。

年三十，应约过访正在校核《敦煌金石录》《河西金石录》书稿的吴浩军教授。浩军兄妹三人奉老母亲在张掖过年，其乐融融。吴夫人上街购物了，吴母和浩军两妹在家，浩军儿子吴尧侍侧，吴家小妹的儿子咿呀玩耍。茶余话毕，硕士生吴尧铺好红纸，我为浩军写起了他拟的春联：“吾道一以贯之河清可俟，他乡久其居乎春回已然。”横批：“喜过新年。”为策安全，格子叠好后，我说用铅笔引一下，一引之下，结果多出一格。呵呵，险些出错。要是直接就提笔写上去，就麻烦了。浩军总结曰：按程序来，错了的就可以纠正，总体上就不出问题。

对联写毕，复写“福”字四方。我说，祈福迎祥，带福还家。携两方回家，午后与对门一同贴对联、挂灯笼，其喜洋洋者矣。

2014 年 2 月 7 日

2 月 8 日，《太原晚报》第 8 版刊载了上述文字。

2 月 21 日，《太原晚报》23 版“天龙文苑”刊出获奖消息云：

《太原晚报》有奖春联赛获奖名单

一等奖（1 名）顾桐

二等奖（3 名）黄岳年　梁志宏　蒋言礼

三等奖（10 名）常工　杨寰明　玄武　李开良　王秋英　任瑞玲　翟剑秋　冯海　介子平　蔡润田

请获奖作者携带有效证件，于 2 月 24 日至 28 日到新建路 78 号新闻大厦 19 层晚报副刊部领取奖品。

翻检了一下，1 月 28 日后，报纸上刊载了许多自拟的春联。于高手如林的征联者中获奖且为二等，一等又只有一个，幸何如之。而家门上有此春联，又多么好。

上述文字揭载于博客两个月后，吴浩军教授转载时有“再读这段文字，竟觉涵义隽永，故转贴于此，供朋友们分享”的按语。

次日，我上网浏览，在吴教授的转载后留言：明人陈继儒谈茗饮时说，一人得神，二人得趣。余与浩军交，可谓二者得兼矣。百善孝为先，浩军兄妹侍奉老母在张掖过年，至美矣，至善矣，故表而出之。此文眼也，幸勿忽之。天意假我之手，彰孝子贤孙之事，不亦宜乎？春联居然获奖，非有能也，实事至也。

2014 年 3 月 24 日

在家常早起

印象中，父亲总是早早起来，扫院子，洒水，然后去喂羊喂牛，然后去园子里侍弄他栽下的果树、种下的庄稼。后来我读朱柏庐治家格言，吃惊于这些句子，就似乎在说着父亲：“黎明即起，洒扫庭除，要内外整洁。既昏便息，关锁门户，必亲自检点。”

和我在一起的时候，父亲的话不是很多。但我们唠嗑的时候，他总会不时冒出一些就是今天想来也够得上经典的话，比如“好事年年有，但怕人老了”“十四十五头，月亮上来套早牛”“人勤春来早”“得让人处且饶人”“吃亏是福”“一锹挖出的井是个偏窑子（意思是会塌方，不能用）”等等。一辈子耕作的农民，大约很喜欢丰收吧。他的名字里有一个“峰”字，队里分粮食的时候，我们家的袋子上总写一个“丰”字，以便和别人的相区别。每每读到杜诗“在家常早起，忧国愿年丰”，我就常常想起父亲。这句子，也好像成了我的信仰。

据奶奶说，爷爷是给别人做雇工的人，请他做活的东家，很喜欢让爷爷干活。爷爷会把砍好的柴捆得整整齐齐，给城里的东家送去。东家会把蒸好的馒头，送几个给爷爷，爷爷揣回来，就是一家人的好吃头。父亲十二岁的时候，爷爷离开了人世。奶奶拉大了父亲，父亲对奶奶特别孝敬，是有名的孝子。父亲四十五岁的时候，七十三岁的奶奶去世。奶奶是我们村子里的长寿老人。

我家好客，是奶奶留下来的传统。奶奶是居士，年轻的时候，她常常去东山寺朝山。亲戚们来我们家，奶奶都会热情招待。走亲戚的时候，奶奶会带上我，在亲戚家住上十天半月。童年时代的我，跟着奶奶，开始感受到人间的真情和善良。父亲的朋友们常来找他喝酒、聊天，奶奶好像很鼓励父亲和朋友们交流，那些人来了，奶奶总是做好吃的，让大家吃好。那个年代，奶奶做出的长面，是很少见的美食。父亲去世的那天夜里，他的老朋友申老师陪着他，一直到了天亮。

有一年，我带着朋友去了父亲的果园。园子里的树上结满了果实，父亲笑着请大家品尝，临了又送给大家好多。父亲对我说，送人的东西，要挑最好的。不好的，就不能送，送出去的，是人情，是面子。

父亲喜欢养牛养羊。许多时候，他吆上羊群到滩上去放，说“放上三年羊，给个县官也不当”。那些年，牛和羊给生命困境中的他带来了许多安慰。

过年的时候，父亲会带着我们贴春联。家门上贴过了，父亲又写小对联，给拉拉车的车帮上贴。我记住了那上面写着的话：“日行千里，夜走八百。”

在生命的最后几年，父亲已经不能干活了。在我家的阳台上，父亲看我拿过来的书。他喜欢翻看石成金的《传家宝》和净土经书。他拿着书说：“这里面讲的，都是实话，照着做就好。”我知道，书里辑录了历代贤哲的话，是经史子集的精华，包罗了古往今来世事人情的万象。

我抄了朱柏庐治家格言，作为中堂，挂在老家的墙上。三弟回家，带着孩子念，讲给孩子听。我和儿子沟通的时候，常说的话，也是每天早起，认真做事，敢于吃亏，敢于负责，诚恳待人，开开心心。我说，这都是爷爷说过的话。

一年四季，每天早上六时许，我都要起来，冷水洗脸后开始整理内务，之后静坐，演太极数过，带着微笑开始一天的工作。到了晚上，就记下一天的日记，看看今天做了些什么。

2014 年 2 月 8 日

《诫子书》中有深意

在传统家训中，千古贤相诸葛亮的《诫子书》格外夺目耀眼。那是他五十四岁临终前，写给八岁儿子诸葛瞻的一封家书。后来，历代有志的人，都把诸葛亮的《诫子书》作为修身立志的座右铭。诸葛亮是品格高洁、才学渊博的父亲，对儿子的殷殷教诲与无限期望尽在《诫子书》中。这些智慧理性、简练谨严的文字，将普天下为人父者的爱子之情表达得如此深切：

夫君子之行，静以修身，俭以养德。非淡泊无以明志，非宁静无以致远。夫学须静也，才须学也。非学无以广才，非志无以成学。慆慢则不能研精，险躁则不能理性。年与时驰，意与日去，遂成枯落，多不接世，悲守穷庐，将复何及。

诸葛亮嘱咐儿子，要用节俭来滋养品德。不看淡名利就不能搞清楚什么才是你所需要的，就无法树立正确的志向。心不静就不能高瞻远瞩。学习必须静心，才识需要学习。不学习就无从拓广才识，不立志就不能学习成功。怠惰散漫就不能励精求进，偏狭浮躁就不能冶炼性情。年年岁岁时日飞驰，意志也会随光阴一天天逝去，渐渐地枯零凋落，从而不能融入社会，最后可悲地守着贫寒的居舍，那时后悔，哪来得及呀。

南怀瑾先生生前提倡诸葛亮的《诫子书》，讲说《诫子书》。《诫子书》在他的慈悲心怀中，大有深意。

诸葛亮不是道家，完全是儒家。他一生的学问精神，都浓缩在他这一封给儿子的信中。他自己在前方打仗，当丞相带兵，对儿子照顾不上。他对儿子的教育，留下来的，只有这一封信。然而这一封信，却胜得过千言万语。

“夫君子之行，静以修身，俭以养德”，求静是修身。人们修身养性，练瑜伽，打太极，搞书法绘画，搞艺术，搞打坐，都是练习学静。“非淡泊无以明志，非宁静无以致远”，这句话涵盖了中国文化中儒家、道家、佛家的学问。“夫学须静也”，求学问必须要练习静定，学静的功夫。诸葛亮教诫儿子，“才须学也”。才，就是做人的本事。做生意也好，做官也好，都得有学问才行。没有学问，就没有本事。

诸葛亮的信和文章都很简单。他那么大的学问，那么大的功业，流传千古的文章也就两篇，就是前后《出师表》。更多的时候，人们忽略了他的家书。其实，这封家书即《诫子书》，才是最重要的。诸葛武侯一辈子学问好，事情忙，写信也只有简单明了的几句话，但其中却有很大的学问。“夫学须静也，才须学也”，才能是靠知识学习得来的。“非学无以广才”，各种知识，宗教、哲学、科学、商业、经济、金融、社会教育样样学问要懂，否则你的才能广大不了。“非志无以成学”，求学问先要学静定，你可能读到了博士，也从外国留学回来了，但你的心境一点都不静，那么也可以说，你的学问不大。就算是你有了些所谓的学问，也做不好事情，成不了大气候。这样的人出息不会大。时下的许多人，或许已经是教授、博士了，但大家“慆慢则不能研精”。你几十年懒惰不用功，空话谈得太多，应酬太多，吹牛太大了，懒惰轻慢。要注意这个“慆”字、“慢”字，自满了，得少为足。“则不能研精”，就是说，你没有进步了。

要是一个人在少年时期背下了诸葛武侯的《诫子书》，弄懂了，也用了一辈子，那个好处就大了，成就也会很大。《诫子书》一字千金，力量非常大。“险躁则不能理性”，怎么叫险呢？偷巧，听一点就认为都懂了，告诉你，那一点点，都是冒险、偷巧来的，心浮气躁，不宁静，修养不够。诸葛亮教儿子，不可犯这个“险”字。躁也是不能理性，明心见性的学问你做不到，心性修养也做不好，靠冒险偷巧是成就不了事业的。要做大事，必须照规矩来，不能蹦蹦跳跳地玩聪明，自以为学问多了，这都不对。“躁”是足字旁，跳起来、虚浮。诸葛亮对儿子说的，都是教育问题、修养问题。

“年与时驰”，他说年龄跟着时间一下子就跑掉了，人就老化了。时间像马一样跑过去，光阴不听人的话。诗里说：“光阴最是无情手，抽尽青丝剩白头。”“意与日去”，我们人生的意气、志气，跟着年龄而老化，年纪大了，勇气没有了。“遂成枯落”，吩咐儿子好好读书，“遂”就是现在说的“就”，你马上就要老了，像枯叶一样落下去了。“悲叹穷庐”，老了自己再后悔，“将复何及也”，到那个时候，走投无路。汉代的乐府诗“少壮不努力，老大徒伤悲”，说的也是这个意思。我们民族儒、释、道文明教育的宗旨都在这篇《诫子书》中。

诸葛亮是东汉末期的人，他的这封后来做了家训的家书简单、明了、清楚，教育效果也很突出。蜀国到了最后，晋司马炎的部队打过去，要灭亡了。诸葛亮的儿子诸葛瞻绝不投降，真是满门忠烈。诸葛亮的孙子也是跟着父亲殉国的，三代忠孝。当然，诸葛亮还有庶子，他是有后人的。诸葛亮的教育，真的是德才兼备、文武双全。

一百多年来，我们的教育在目标设定上出了许多问题。许多讲法，其实只是一个方法论。现在，教育都要被挤扁了，全社会向钱看，大家都要自己的孩子考名校，挣大钱，都办得到吗？

诸葛亮的《诫子书》是中国儒家教育目标的浓缩。开头“夫君子之行，静以修身，俭以养德，非淡泊无以明志，非宁静无以致远”，就是千百年来我们国家民族教育的宗旨，教育的方向，教育的目标。诸葛亮是先说如何做一个人，再谈事业的。诸葛亮的儿子受的是这种教育，战斗打到最后没有办法支撑了，战死为止，绝不投降。这种文武双全的忠义之举，就是这种教育造就的。

2013 年 4 月 9 日

金石璀璨万年春

“方寸之间，气象万千”。篆刻乃中华艺术精粹，传统瑰宝。渊源既久，综合亦多。旁通书画，兼涉金石材质气韵，与夫镌刻技艺，更蕴含人品性格并文学修养，魅力无穷。近日读书，熏染印学，信手录出札记，以存忆念。

《四库全书》中的印学书

《四库全书》“艺术类”篆刻之属，收书二部，共九卷，即《学古编》和《印典》。《四库全书总目提要》谓：“扬雄称雕虫篆刻，壮夫不为。故钟繇、李邕之属，或自镌碑，而无一自制印者，亦无鉴别其工拙者。汉印字画，往往讹异，盖由工匠所作，不解六书，或效为之，斯好古之过也。自王俅《啸堂集古录》始稍收古印，自晁克一《印格》始集古印为谱，自吾邱衍《学古编》始详论印之体例，遂为赏鉴家之一种。文彭、何震以后，法益密，巧益生焉。然《印谱》一经，传写必失其真，今所录者惟诸家品题之书耳。”

元代的吾邱衍所撰《学古编》一卷，是专为篆刻印章而写的。该书首列《三十五举》，详论书体正变及篆写摹刻之法。次载《合用文籍品目》，一小篆品，二钟鼎品，三古文品，四碑刻品，五器品，六辨谬品，七隶书品，八字源，九辨源，凡四十六条。又以洗印法、印油法附于后。《提要》又说：“摹刻私印，虽称小技，而非精于六书之法者，必不能工。宋代若晁克一、王俅、颜叔夏、姜夔、王厚之，各有谱录，衍因复踵而为之，其间辨论讹谬，徐官《印史》谓其多采他家之说，而附以己意，剖析颇精。所列小学诸书，各为评断，亦殊有考核。”《学古编》被许为印学领域里最早出现的一部经典著作，对后来的篆刻发展，有上承秦、汉玺印，下启明、清流派印章的枢纽作用。明何震有《续学古编》二卷。清代桂馥有《续三十五举》《再续三十五举》《重定续三十五举》各一卷。姚晏有《再续三十五举》。可见《学古编》影响之大。

清吴县人朱象贤撰《印典》八卷，采录印玺故实及诸家论说，分原始、制度、赉予、流传、故实、综纪、集说、杂录、评论、镌制、器用、诗文十二类。该书虽嫌繁冗，然采摭既富，足备考核。在他之前，尚无古人集印事为书者。四库全书“姑仿《文房四谱》之例，存备一家”。象贤自称北宋朱长文后裔，故《印典》初刻附朱长文《墨池编》后。《墨池编》是朱长文编辑的继唐代张彦远《法书要录》之后又一部重要的书法理论总集，为研究古代书学的重要参考资料。

此外，四库存目中还载录了篆刻书五部二十四卷，即“艺术类”篆刻之属，五部，二十四卷，皆附《存目》。具体为：

明代杭州人来行学刊刻的《宣和集古印史》八卷

明代吴县人徐官撰《古今印史》一卷

明上海人顾从德撰《印薮》六卷

明代松江人何通撰《印史》五卷

清代胡正言撰《印存初集》二卷、《印存玄览》二卷

周亮工和《印人传》

印学一门必须要说到的还有周亮工。周亮工（1612—1672）是明末清初的著名学者、鉴藏家、印论家。崇祯十三年进士，官潍县知县。以卓异荐举至京师，值李自成之变，逃匿未出。后入清，官至户部右侍郎，终于江南督粮道。曾两

次下狱，被劾论死，后遇赦免。周亮工宦游一生，交游极广，博极群书，爱好绘画篆刻，工诗文。著作甚富，有近百种之多，因牢狱之灾，遂放火烧之，仅存《赖古堂集》《书影》《赖古堂印谱》《赖古堂诗文集》《闽小记》《印人传》《读画录》《字触》等十多种，又注重表彰同时代人著作，编选刻印有《赖古堂近代古文选》《尺牍新钞》等。《印人传》三卷，为周亮工生前未完成之书，死后由儿辈结集出版。这是中国历史上第一部记录印人的著作。《四库抽毁书提要稿》云："亮工喜集印章，工于鉴别。所编赖古堂印谱，至今为篆刻家模范。是书则谱之题跋，别编为传者也。首载文天祥、海瑞、顾宪成三印，次及其父、其弟、其友许宰，次则文彭以及李颖，凡六十人。附传三人，又不知姓名一人。其有名而无传者又朱简等六十一人。自宋以前，以篆名者不一，以印名者绝无之。元赵孟頫、吾丘衍等始稍稍自镌，遂为士大夫之一艺。明文彭、何震而后，专门名家者遂多，而宗派亦复岐出。其源流正变之故，则亮工此传括其大略矣。"傅抱石称周亮工为"中国印学史上最有关系而又最有贡献之人"。

周亮工与明末清初许多篆刻家、书画家的交往甚密，嗜印成癖，自云"生平嗜此，不啻南宫爱石"。爱印及人，便有了他为篆刻家立传的行为。有了他的劳动，大量的印学资料保留了下来。《赖古堂书画跋》一书，收有对研究明清书画史有重要参考价值的二十九则文字。关于印章之妙的论述，主要集中在他的《尺牍新钞》中。周亮工在《与济叔论印章》里提出了"印章之妙，原不一趣"的观点："仆常合诸家所论而折衷之，谓斯制之妙，原不一趣。有其全，偏者亦粹；守其正，奇者也醇。故尝略近今而裁伪体，惟以秦汉为师，非以秦汉为金科玉律也，师其变动不拘已耳。"周亮工追求印章篆刻的变化灵动，对历代印人能革新者推崇有加，此亦晚明张扬个性思潮的反映。李贽《焚书·杂说》云："蓄极积久，势不可遏，一旦见景生情，触目兴叹，夺他人之酒杯，浇自己之块垒，诉心中之不平，感数奇于千载。"周亮工以为，印人作品，亦含印人本色胸次。他在《又与济叔论印章》中说："绝去甜俗蹊径，是济叔本色，空夷浩渺，更可见济叔胸次。”只有变，才有生气，有生气则动人，动人则佳。其《答黄济叔》云：“世人所以不可传者无他，坐使人无所动耳。”

周亮工著述被从《四库全书》中抽出，《印人传》亦遭抽毁。这是乾隆禁书的结果之一。据乾隆五十二年（1787）八月十一日档：详校官祝堃签出周亮工《读画录》、吴其贞《书画记》内有违碍猥亵之处。猥亵处是因《书画记》中有《春宵秘戏图》，而周亮工《读画录》有违碍处。乾隆五十三年（1788）十月二十日档称：《读画录》因诗内有“人皆汉魏上，花亦义熙余”，语涉违碍，经文渊阁详校签出，奏请销毁，并将周亮工所撰各书，一概查毁，此系文渊阁缮进之本，其违碍语句已经原办之总校控改，全书应毁。原来“义熙”是晋安帝的年号，义熙十四年，安帝被大臣刘裕杀害。陶渊明在义熙之后的作品不再用此年号。四库馆臣认为周亮工此处以陶渊明来影射对新朝的不满。周亮工推重陶渊明，有“学陶”“陶庵”印，他的好友陈洪绶也曾两次以陶渊明《归去来辞》意所作画卷相赠。《闽小记》是周亮工在福建任上的杂著，共四卷，其中就有关于吴平子、林公兆等莆田印人的记载。此书遭禁，是因书中有怀明诋清处，书中卷四《鼓山茶》即称明为“国朝”等。周亮工最有影响的著作《因树屋书影》是他在任户部侍郎时因案入监狱时追忆生平见闻所作，所叙关于书画、篆刻方面的掌故、佚闻甚多，常为学者所资。

不过，周亮工的书虽有奏毁，实际只是撤出或扣除，陈垣在1936年版的《文献论丛》中刊载的《四库全书中的周亮工》中说：“撤出对著录言，扣除对存目言。今故宫此类书缮本既残留多种，可为未毁之证，故此等提要，应名‘四库撤出书提要’或‘四库扣除书提要’，较为得实。”

文彭：篆刻艺术的开山鼻祖

文彭（1498—1573），明代篆刻家。字寿承，号三桥，姑苏人，书画家文徵明长子。朝廷考试，文彭得明经第一，后来做了南京国子监博士。

文徵明是书画大家，在父亲熏陶下，文彭幼喜治印。他所用牙章，都亲自篆写，象牙很硬，自己刻不动，他就请南京刻工李文甫为他镌刻。李文甫善雕箑边，其所镌花卉，皆玲珑有致，彭以印属之，辄能不失笔意，故其牙章半出李手。此前，篆刻所用材质多为铜、木或象牙等物。

清代毛奇龄见友人高兆作《观石一录》，流传人间，遂自著《观石后录》，记其客福建时所得寿山诸石，一一详其形色，凡四十有九。据《四库总目》考订："古人印惟铜玉最伙。顾氏《印薮》或间注绿宝石印，亦不知其为何宝石。其以灯光冻石作印，则始于文彭，国朝初已久行于世，不待康熙七年陈自浴始采而鬻之。奇龄第据所见言之耳。"

据说在南京，一天文彭坐小轿路过西虹桥，看见一头驴子驮着两筐石在前面走，一个老汉肩挑两筐石随后。一会儿，那老汉与一商人怒骂起来。文彭上前询问，老汉说："他答应买我的石头，我把石头从江上运到这里，请他再给一些搬运费，可他就是不肯。"文彭仔细看了那些石头后说："你不要和他争了，石头我给你买下，搬运费我加倍给你。"文彭买得四筐石回来，把石锯开，其佳者即青田灯光冻石，稍差者，也是当时的老坑矿石。那时，这种灯光冻石是用来雕刻妇女首饰的，尚不知能刻印章。文彭用冻石自刻印章，发现效果很好，就自篆自刻了。从此，冻石被篆刻家广泛采用，给后来篆刻流派的发展提供了条件。印石文化传承不绝，青田人至今称青田石为"图书石"，称石矿为"图书洞"，称雕石为"刻图书"。

文彭用青田石治印，结束了我国二千多年的铜印时代，篆刻艺术进入了以文士为主体、个性为特征、名家辈出的石章时代。文彭之前，王冕虽发现了用石刻印，但没能流传开来，文彭用石刻印，带来了篆刻艺术的春天。清以后，篆刻艺术出现了万紫千红的局面。

文彭家学渊博，才华出众，诗文、书画、篆刻诸方面都造诣非凡，被后人尊为我国篆刻艺术的开山鼻祖。其治印论印，后人奉为金科玉律。文彭对六书深有研究，与何震主张篆刻必须精通六书，才能入印。其篆刻以秀雅为宗，妍媚清新。其白文追溯汉法，朱文章法疏朗，在宋、元遗意的基础上加以变化，篆法略呈方，显得质朴浑厚。造极处纯用方折结构，受汉印的影响颇深。刻印中讲究六书，篆文不涉怪诞，又能向秦、汉玺印汲取营养，刀情石趣，匀健雅致。他给当时的印坛带来了清新之风。冻石便于镌刻，边款可以由作者自刻。文彭首创边款刻制，他先在石面上书写行楷书，再依字迹用双刀刻成。他所刻的印上边款，汲取碑学之美，风神流动，特色鲜明。

在文彭、何震的倡导和影响下，篆刻之风大起，文人、书法家和画家都参加篆刻创作。苏州一带学习文彭的有陈万言、李流芳、归昌世、顾听等，后人称他们为吴门派。明人朱简称："自三桥下，无不从斯籀，字字秦汉，猗欤盛哉！"文彭以后，中国印学大大发展，四百年来，风靡环宇。

文彭刻的印在当时流传很多，但没有编成印谱。后世所流传的，伪品极多。万历年间，张灏把所藏印编为《承清馆印谱》，收有文彭刻的白文印十九方，惜这些印章原石，迄今未见。

说起文彭的被伪，纪晓岚在《四库全书总目》里讲了这样一个故事：江苏巡抚采进了无卷数的《蕉窗九录》，旧本题明项元汴撰。项元汴字子京，秀水人。家藏书画之富，甲于天下。赏鉴家所称项墨林者是也。是书首纸录，次墨录，次笔录，次研录，次帖录，次书录，次琴录，次香录。前有文彭序，称大半采自吴文定《鉴古汇编》，间有删润。今考其书，陋略殊甚，彭序亦弇鄙不文。二人皆万万不至此，殆稍知字义之书贾，以二人有博雅名，依托之以炫俗也。

呵呵，一成为祖师，就有被冒名之嫌。尽管后人也说，祖师是万万不至于这样的。说来也巧，今天，北京的友人说，他遇到骗子了，险些上当，吃着大亏。

2013年5月4日，假日赋闲，翻书怡情。按检艺事，觉瑰丽者皆出心源，须劳筋骨。窗外牡丹花发，绿树成荫，复念三生有幸，获观典籍名印，庆无量也。7日上午修订毕，晨间细雨飘过，花草一新。

孙犁印谱及其他

新出的百花版《孙犁文集》补订本，收入了孙犁致韩映山的一百六十一通信札，这是极难得的事。这些信由韩映山哲嗣韩大星整理面世，曾经历了一段不应有的曲折。孙犁论述篆刻的文字，多在写给韩映山的信札里。韩映山《孙犁的作品和人品》一书中，有专文做过介绍。

补订本《孙犁文集》广告语云：孙犁先生与百花文艺出版社的不解情缘，经由两代作家、三代编辑，历时四十余年赓续至今。书上各卷封面、封底上都使用了韩大星早年为孙犁先生所刻的“耕堂文字”篆刻。大雅风神，既为孙公所宝爱，也为后世所珍赏。大星弟韩金星亦幼习美术、痴爱摄影者。那张孙犁在书房里伏案写作的照片，是孙犁生前最喜爱的，照片后来在各种报刊上多次被选用，郭志刚《孙犁传》封面和新近出版的《百年孙犁》封面，也都选用了，这张照片是韩金星拍的。人生一世，有此佳作，也是艺术上的重大成就。成为经典，流芳百世的作品诞生不易，韩大星说：“舍弟也是碰上了。”孙犁病中，韩映山孙女韩阳专门为孙爷爷写了篆书大字“寿”和扇面行书“气贯长虹”，以怡长者心颜。韩门三代，亦孙犁之功臣，文化之津梁也。

韩大星自幼喜欢刻印章。他搜罗了许多石头，在保定莲池的九平方米、潮湿而又低矮的小南屋里，磨石刻印，孜孜不倦，坚持不懈，如痴如迷，刻苦钻研。数年之后，业绩卓异。他又广泛求师拜友，不久，经启蒙老师韩羽介绍，得到了名家李骆公的指教。又跟书画家张寅、王晓初联系请教，受益颇深。他也愿意给别人效劳刻印，搭了石头，白尽义务，毫无怨言。远近求索刻印者，逐日增多。这样，他也就有了名声。小屋，冬冷夏热。他白天上工，夜晚操刀刻石，不顾流汗冻手，嘎嘎刻刀声和沙沙磨石声伴着他的劳作。韩羽老师给大星的小屋命名曰“石屑斋”，并易苏东坡“我磨墨，墨磨我”字而为大星题写“我磨石，石磨我”墨宝，落款“大星撰韩羽书”。大星把这墨宝贴在破壁上，自我欣赏。

一次，映山公去津看望孙犁，把大星预先给孙犁刻成的两枚印章带去。孙犁看见了，非常高兴，接在手里把玩良久。他说：“在延安时，我也喜欢刻这个，但刻不好。”他摸挲着那石料又说：“这石头太硬，刻着一定很费劲。等我找点石头给他。以前，我还刻过木头的，也不易刻好。”

和韩映山在一起，孙犁谈了一些关于篆刻的知识。他说要给大星写封信。

韩映山在记述里说，“看得出来，孙犁对篆刻艺术，兴趣非常浓厚”。过了一会儿，孙犁重又戴上花镜，仔细地观看那印章，说：“自然，初学乍练，刻成这样，就不易了。但严格要求，差距还是不小的，有的刀痕，还嫌幼稚。一定要告诉他多多练习写字。书法和篆刻是相辅相成的。要向名家学习，这跟写作一样，要取法乎上。”

此后，孙犁在给韩映山写信时，经常会顺便谈谈有关篆刻的事儿。韩映山从孙犁的来信里摘录了下面的文字：

……小孩喜欢绘画、刻印，很好，以业余练习绘画为主，兼学刻印、书法。随时留意，随时请教，目前学习，也只能如此。

大星寄赠图章，我很喜爱，他在这方面，很有前途。近整理旧书，得到一部陈师曾印谱，准备让人给他捎去。因书系线装，很娇气，邮寄不便。

收到大星的信及印章，甚为感谢。大星治印，进步很快，慢慢将成名家。但戒骄戒躁，精益求精，多浏览名家印谱后从正途逐步创新。日常写字，可用毛笔，以便习字。我对此，全外行，我觉模汉印的数方都很好，先不急于别开途径。

附上写的字一幅。近来，求写字的人多了，我也很奇怪，上海也来求，并说我的字好，这真是见鬼了。不过，我也有求必应，自赔纸张，字幅不大，盖上三颗大印，都是大星给刻的。“耕堂居”，意义有些重复，因为堂就居了。大星对这些不大讲求，我觉得也没关系。他如有时间，还可以给我刻一颗三个字：“澹定室”或是“幻华室”，不忙，他高兴时刻就可以了。

今日捎来大星惠刻印章两枚，都很好。玉石质坚，刻起来很费力，但使人喜爱，今晚无事，我把玩了很久。年纪大了，一切都无兴趣，唯独喜欢这些小玩意儿，实在没办法。请转致我对他的谢意。篆刻事，与文艺同，要有名师，也要兼采众长，要有变化，不能拘泥。要师古人，也要通古今之变，不能墨守成规。但初学一定要严格地研究古体，不能任意为之。

我曾对韩大星说过他是得孙犁授记的艺术大家，得此法乳，三生有幸的话。孙犁“盖上三颗大印，都是大星给刻的”一语，说明了他喜欢大星篆刻的程度。

韩映山说，尽管孙犁同志一再自谦地说他对篆刻是个外行，可是读了他这些信中的话语，“内行人”都认为，这些话是很内行的。孙犁同志性格内向，一向“才不外露”，也从不在文章中卖弄知识。要不是大星给他刻印，韩映山一点也不知道他对印石还有如此深切的体会和见解。不久，他托一位女孩子给大星捎来了那部陈师曾的印谱。蓝布套，线装。书籍保存得格外整洁，好像新的一样。

呵呵，亦数代交情、历六十余年“赓续至今”了。在新出的《孙犁文集》里，我还看见了孙犁写给韩大星的两封信。其中之一说：

大星同志：六月十九日来信及附寄各件，均收到，甚为感谢！你的篆刻已经进入钟鼎甲骨领域，进步很大。但我以为篆刻文字，仍以汉印，即汉隶为主，因其既有古意，亦易认识。古文字自有其情趣，然非一般人所能辨认。

你立意为我刻制印谱，我当然高兴并感谢，但这一工程，既费力，又费料，望你慎重考虑，并从容为之，不要过劳为盼。

那应该是九十年代初期的事。

后来，这印谱是刻成了的。据大星说，上世纪九十年代初，他为孙犁刻印一百余方，包括孙犁原名、曾用名、现用名、笔名及作品结集名，颇想得到名家贾平凹赏赐的序文。经人介绍，大星给贾平凹刻了十二方印章。贾平凹给大星写了一封信，信里说："您的刻石非常好，内容好，刀功好，可见您的想象力是超群的。十多年来，许多人给我治过印，数目不下四十枚，但我却喜欢您的作品（虽然我对此门艺术不懂）。我平日酷爱石头，我感觉石头有灵性，质感极合心境，我又爱您的刀法，拙茂有味，我将珍贵这批宝贝。"但后来，却一直没有收到贾平凹写的序。大星怀疑有人在背后捣鬼，也许贾平凹根本就没见过要求他为孙犁印谱写序的请求，此事就没了下文。再后来，大星又找到河北省一位老作家，这人是从前大星家的邻居，印象里，他很欣赏大星。把印稿交给老作家的时候，他是满口答应的。半年之后，老作家打电话给韩大星，让去他家一趟。见面落座，老作家盛气凌人，首先就是一顿数落，说大星的刻印风格他很不喜欢，又把孙犁关于对美好事物看法的某篇文章特抄与大星。对大星的篆刻，孙犁的评价已见上文，这老作家大唱反调，动机缘何，不大好揣摩。面对嘲讽，大星嘴上没有辩解，但心里是不以为然的。请老作家写序的事也就泡汤了。大星说："现在我已经变得心灰意懒了，不想再在此事上下功夫。因为二十年前的作品，现在看来还有诸多缺憾，还要再修改，这是一项巨大的且费力不讨好的工程，罢了罢了。"

打心底里说，我还是希望大星把这部孙犁印谱整好，以飨同好。我手头有巴金故居周立民兄寄赠的一部《巴金印谱》，还有朋友给的一部《奥运印谱》，感觉都很好，颇耐把玩。我曾在一篇文章中说过，释迦三藏十二部经典，世尊有承问而说者，有无问而自说者，问与不问，都是佛祖慈悲心怀的流布：世出世问就有了普度众生的宝筏，惠及人间多矣。你韩大星也有功德无量的一部篆刻。这一部篆刻，引得孙犁先生金口玉言，妙笔生花，留下了关于篆刻艺术的诸多观照。甘露洒出，润泽苍生无数。后来者随缘会心，受益处也应无穷。大星兄好人好事做到底，为孙犁，为艺术，为人生，奉献出这部印谱，不亦宜乎！

2013 年 6 月 22 日上午写出。十天前母亲脑出血住院，菩萨保佑，脱离危险后于侍疾中抽空读写，获此文字，以为安心之处。

七印紫薇耀千春

今夕何夕？弱水轩可以张灯结彩。这也就是说说而已，真要是这么弄了，别人会说我神经出了问题。其实张灯结彩也好弄，屋子是装修过的，红灯笼是春节挂好的，彩灯，就是把开关一推，就会亮的。张灯结彩，是说喜事盈门呢。我且张灯。

喜从何来？

从三千里外来。从莲池来，从石家庄来，从韩大星府上来。

大星兄三秋堂印话上说，他给我治印七方。大星在他的博客上贴出了七方印章的印谱：古玺印式的黄岳年朱文附款“拟古玺刊为岳年兄。韩大星”。黄岳年印白文附款“岳年兄审正。韩大星于三秋堂上”。起首印是“甘州人”朱文。“弱水月年”有框白文，附款“凝重古厚，心中所想，乃得之，岳（年）兄以为何如？大星于庄上”。“黄岳年印”白文（此印之成，亦艺林掌故也：某日，大星兄说，为我治某印时，修改至最后的关键一笔，不慎失刃走刀，唉，一笔损毁，诸盘全完。我回应道，艺事难料，有时候所谓失笔，换一个角度或许又是眼目脑髓，兄大可释怀，一笑。一周后，大星兄又说，正是如此，镌制名章时因中距过宽，觉有分散劣势，乃于中间做一竖线，可补印之偏颇，可称神来之笔。现在观赏此印，见中间一笔，确乎独特，极富美学意蕴。）四面附款“弱水轩主人清玩。癸巳韩大星作。”“碧江钓月，柳岸瞑琴。”“山奔海立，沙起雷行。（明人袁中道袁宏道句）”“上善若水，厚德载物。”“弱水轩”白文，二面附款，一面释文，一面为“岳（年）兄教我。”；“弱水西流日月新”印，有框白文，二面附款，一面释文，一面为“岳年兄所命也。癸巳端节韩大星刻于三秋堂雨窗”。

大星兄并撰三秋堂印话一则，以述其事。真个是神完气足，金石万年。

大星博客人气很旺。第一时间跟帖的东鲁名士、盈水轩主人袁滨说：“沐手欣赏，把酒临风，其喜洋洋者矣。名家名章，相得益彰，珠联璧合，文坛佳话天下传。”袁滨并赋诗称许：

半年七枚印，妙手传情深。
栽下杨柳绿，纸上片片春。

雨兰、袁敏杰、易大经诸道友也都相继发言，表达了喜欢这批印的善意。

关于这些印章，大星兄在博文里叙述了我们订交以来交往的快乐之后说：“七枚拙刻用了大半年时光。”这是七月流火的半年。两年前，大星兄董理孙犁致韩映山公信札，我关注后引动大星兄心意。没想到今年三月，大星兄竟飨我以新版《韩映山文集》一盒五巨册。那是“苦等了六年”，只印了三百套，出版社落下了八十套后，市面上仅有的二百二十套之一，珍贵异常。见到珍宝的我，用文字记录了自己的心情：“孙韩二人都归了道山，《韩映山文集》在尘世间如九品莲花盛开，璀璨耀眼，这应该是孙犁最喜欢看见的。天上的师徒二人，也该会举杯相庆。题外说一句，百花版《孙犁文集》，也在今年出了新版。有了《孙犁文集》的朋友，没有《韩映山文集》，感觉起来，是有些煞风景呢。”看见我的文字，大星兄说“昨晚不寐，捧读华章。益见岳年兄文采风流舒适自在，观之不尽。很想为兄刻制图章二，一名印，另一请兄出句。弱水二字尽可做足文章”。（按：弱水是我故乡的大河，《山海经》上就有的，弱水月年我是至今使用的网名。）后来是大星兄远赴山东，开政协会，患病、住院，康复后西游长安。治印撰述，勤奋感人。印人如海，印石如山，看见的心惊，调侃中不无疼惜：“又给人刻这么多，你不怕你家韩阳削你？”韩阳者，冀中才女，大星之掌上明珠也。

这些图章中浸透的，是有甚于骨肉的知音之赏。大星兄说我们是无话不谈的至交，交往中“我们的友谊也与日俱增”，为我治印是“我衷心答谢的表示”。弱水何德，感得如此善缘。然而，数月之间，我们往还的短笺，仅字数即已逾万。平均起来，每天我们互相发出的文字，也得有二百字以上呢。普天之下，这样的情分，可得几人？

“噫！微斯人，吾谁与归？”

我曾说过，如孙犁悬记，韩大星已是当世篆刻名家，且精于翰墨，深谙撰述、书法三味，名满天下。弱水轩获此罕有之珍宝，安得不喜？于是歌曰：

> 治印七方，五章彩珍。虚往实归，小叩大鸣。金石永寿，灿若星辰。古今相续，日月流金。

一阕不足，复歌曰：

> 大匠之作，可传可亲。获而拱璧，三生有幸。可钤藏书，可印我心。宜我家室，紫薇千春。

2013 年 8 月 10 日深夜

西泠访印

杭州人之福，在西湖，在孤山。

细雨蒙蒙中，我登孤山。倾心的地方，是孤山顶上的西泠印社。

过了武松墓，过了苏小小墓，过了西泠桥，过了汉白玉雕刻顶上盘龙、由赵朴初题写“中国印学博物馆”印章状巨碑。赵朴老曾是西泠印社社长，这是我之前不知道的。上山，又过了俞曲园主持三十年的俞楼即西湖诂经精舍，金石根窟的西泠印社就到了。

百年西泠访仙踪。1904 年，在杭州的篆刻家王福庵、丁辅之、叶为铭、吴石潜等结社于孤山南麓西泠桥畔，“人以印集、社以地名”，取名“西泠印社”。第一个十年间，他们“买山立社”，建造了“仰贤亭”等九处园林建筑。1913 年，建社十周年纪念大会举行，修启（西泠印社成立启）立约（西泠印社社约），缶翁吴昌硕，做了首任西泠印社社长。继任者有沙孟海、赵朴初、启功、饶宗颐。建社二十周年、三十周年，西泠都有纪念活动，“罗列金石书画千余幅于社，张挂四壁，一时文采风流，声闻远布”。在楼台亭阁和山树间觅宝，观赏星罗棋布的摩崖石刻和纪念柱，思绪飘飘，摩挲不已。

入西泠印社之门，黑底白字的石刻格外醒目分明。该石刻是 1988 年西泠印社成立八十五周年时所刻西泠印社图，图上有大字曰“涛声听东浙，印学话西泠”。短跋述雅集事，小序讲西泠印社“研究印学，保存金石”的功德。黑底白笔，线条明快，满壁是文学和古朴的气息。

门内左边，是以“印人印廊”为题的印学展示。文彭、何震、陈继儒门下程邃以及赵之谦、黄牧甫、齐白石他们的印章和边款拓印于墙上。印学祖庭啊，看见这些，得要多大的福分呢？心里回荡起“不可以少善根福德因缘得生彼国”的妙章。然而，一部分视线却被许多的摩托车挡住，无法进入，当真是“可远观而不可亵玩焉”了。这又是遗憾。这里上班的人，怎么拿天禄用脚踢呢？我不会罢休。得玩一次跨越，跳过摩托车。来都来了，错过可惜。被独特的笔画和图形构思震撼着，我努力探寻字面之外的伏藏。趣味相异，大气酣畅，获此一观，生涯无憾。舍不得挪动一步，每一方印章，都是仪态万方，韵味无穷，旁边屋子上有联曰“以文会友，与古为徒”，此之谓也。

凝望着“琴罢倚松玩鹤”的朱文篆刻，我和篆刻之祖文彭对话。文彭是吴县人，那么灵秀的山水，合着他有这么好的精品。文彭传世印作稀若星凤，今日目睹真容，幸何如之。《印人传》上说，文彭所用的牙章，都是亲自落墨，请南京李石英镌刻。他遇见青田灯光冻石后弃牙就石，艳传四方，开创了以诗句入印的新纪元。这方印现在还在，不过只有四面边款和顶部文字了。《明清篆刻流派印谱》里说，顶款上就是“琴罢倚松玩鹤”，边款则为“余与荆川先生善，先生别业有古松一株，畜二鹤于内，公余之暇，每与余啸傲其间，抚琴玩鹤，洵可乐也。余既感先生之意，因检匣中旧石，篆其事于上，以赠先生，庶境与石而俱传也。时嘉靖丁未秋，三桥彭识于松鹤斋中”。墙上的印文是根据顶面所刻行草“琴罢倚松玩鹤”的字与所存印迹配合上的。盖世佳作啊。有人说那是双钩刀法，其实未必说的对。凡书法大家中通篆印者以刀代笔，直书印石边款，一气呵成者，应不乏人。哪天遇着篆刻名家友人韩大星兄，一询或可确知。

和文彭印蜕挨着的，是他的友人何震的印作“听鹂深处”。何是婺源人。他这方白文印是“百榖兄索篆赠湘兰仙史”的，作品古朴典雅，气势宽宏，刀法猛利，是汉印的雄健风貌。单刀法刻款是何震首创后才流行开来的。边款上的署名“何震”二字，突兀特出，摄人心魂。何震有《雪渔印谱》行世，印学名作也。文、何并称，他们的成功和辉煌与启用青田石作印材有密切的关系。何震遍游边塞，所至遇人，都以得到一方他的印为荣。他死后，一方印与金子同价，可见影响。照理，他也来过甘州，行文至此，复添亲切也。

五百年前一家人。我在黄牧甫俊逸洒脱的“延年益寿”朱文圆印前驻足，眼福大饱，逸兴壮飞。四十八岁那年，黄牧甫刻过一方“末伎游食之民”的印章，印的边跋中说：“陵少遭寇扰，未尝学问，既壮失怙恃，家贫落魄，无以为衣食计，溷迹市井十余年，旋复失业，湖海飘零，藉兹末伎以糊其口。今老矣，将抱此以终矣。刻是印以志愧焉。”美轮美奂，金光灿灿，这是怎样的金石啊。据说，吴昌硕缶翁刻印，一刀下去，决不回刀。吴昌硕雄浑，黄牧甫隽逸。吴重古印中的金石气息，黄重金石文字及古印印面的古雅气息。他们年相若，道相似，黄士陵晚生于吴昌硕五年，而早殁于吴十九年。他们是同一时期的人，师承源头也是大概一致的，都是从浙派入手，后师法邓石如、吴让之、赵之谦一干人，复参学古玺汉印，创作观都不局限于印宗秦汉，走邓石如印外求印，印从书出之路，却各开洞天，俱成宗匠。齐白石是继黄牧甫、赵之谦、吴昌硕后的又一印学巨子。他学缶翁，定居北京后，几乎猛追吴昌硕，粗犷、肆雄，创单刀侧锋冲刻的新技法，一挥而就，纵横开阖，以汉代急就章的意趣，“化野为雅，朴茂脱俗”，形成强烈的视觉冲击效果。瞻望齐白石“鲁班门下”白文，欣赏大家之美，大气也不喘，那是千百年中华印学的峰巅。

平生治印在万钮以上的赵石，以绝品朱方“天下为公”在孤山示现。想起他擅长的铜印、玉印了。邓散木是他的嫡传弟子。二十多年前见邓散木作品而生欢喜心，今日寻得其师，不亦快哉。乔大壮在这里的作品是白文“物外真游”，他的友人台静农说乔大壮于 1948 年自沉于水早有征兆，但许多话又不是外人所可猜度，更何况隔了六十多年后的我们。简经纶雄迈古朴，精于甲骨文，篆刻也善以甲骨文入印，琴斋印存名满天下。前人说为善小熏修，读书大游览，呵呵，这回是熏修也不小，游览可大了。

启功题款的印人书廊也得走一走。何震曾说：“六书不精义入神，而能驱刀如笔，吾不信也。”那些众体兼备的不朽文字，印证着先辈的话。草书的狂放，隶书的扁平，楷书的雄壮，各臻其妙。徘徊复徘徊，迈步出来的时候，还一步三回首，人真还就不舍得离开。

然而，“湖山最佳处”的景观尚未涉足，且去看山。

小龙泓洞洞口，立着的是邓石如的雕像。缶亭、吴昌硕缶翁纪念馆俱在，这是圣地啊。面前的“缶亭”石龛，是1921年日本友人朝仓文夫为吴昌硕塑造铜像、印社同人根据吴昌硕的意愿筑龛藏象之处。两侧刻王一亭所题楹联：“金仙阅世，石室遁形。”刻有弘一大师写经的华严经塔，汉三老石室，室旁“于书无所不窥，嗜古耽奇，尤究心金石碑版”，博古好学的浙派鼻祖丁敬坐像，已然在望。生怕惊扰了先贤，我脚步轻轻，处处留心。然而珍宝处处，哪里顾得过来？

2013年6月3日写出，6日上午改定

青山认得旧时人

雨歇云收山气浓，晓来遮遍翠芙蓉。

小童门外忽惊报，失却前村五磊峰。

收入《五磊寺志》的这首小诗，是清代浙江隐士诗人周礼所作，清新的笔触，画出了慈溪五磊山的清境。山上有寺，金碧辉煌掩藏于“翠芙蓉”中，成为旷世奇观。

五磊寺的开山祖师是西域梵僧那罗延尊者，他在三国时代渡洋东来，从广州来到慈溪的五磊山上，在牛角峰结庐，坐禅静修。那是一千七百年前的事了。

五磊山并不高，海拔只有四百多米。西域之地，昆仑存焉，海拔四千米的山峰处处都有。但尊者心里只五磊山好，山临东海，突兀非凡，于此修行，百倍万倍于昔。

道场从此始，一脉千年延。

五磊寺周围，有不少与那罗延相关的遗迹。内五峰之一的牛角峰顶东南坡上有一石洞，相传为那罗延填石为墙面壁坐禅处，人称“祖师洞”。寺西天峙峰麓“剩口湾”有那罗延尊者塔。塔柱上刻“开山那罗延尊者之塔”九字。

五磊寺在当代佛教弘传史上声名显赫。民国十六年（1927），谛闲法师复监五磊寺主持讲席，并设坛传戒，慈溪、象山、镇海、余姚、奉化等地僧徒百余名到寺剃度受戒。民国二十年（1931）春，金仙寺住持亦幻法师倡办律学道场，并邀弘一法师至五磊寺主持“南山律学院”。弘一法师乃于是年夏历五月至五磊寺，授菩萨戒，发弘律誓愿，开办律学道场。民国二十一年（1932）七月，谛闲法师在宁波观宗寺圆寂，其法徒炳瑞、宝顺等将灵骨迎至五磊山，并于寺东牛角峰下建塔。民国二十六（1937）年，炳瑞迁金仙寺养病。至民国二十八年（1939），炳瑞法师回寺仍任住持。

《五磊寺志》，康熙朝洪崑撰述，三百年来，一直以抄本传世。2012年，浙东名儒胡洪军校注本由浙江古籍出版社印行，佛教文化在浙东弘传的脉络，灿然成观。

据原序所述，云物辉煌，山川佳丽，宗乘先觉薪传灯续所自来，信众布金留玉所由著，披阅此志，都能了然于胸。

这是真实的。披读《五磊寺志》，翠色可亲的慈溪美景，如梦似幻。我到过慈溪。望群峰动色，叩祖关再辟，曾为花台宝界而踊跃欢喜。现在翻检志乘，观览奇文，于记忆一一验核，倍感幸运。

《五磊寺志》凡十卷。即山胜、建置、祖系、法要、祖塔、贻风、外护、法产、艺文、题咏。由于文字极美，故凡例也甚可讽诵。例如，说为什么设山胜卷，即曰："玉产于荆，珠孕于海，虽云人杰，亦假地灵。故志山胜第一。"说建置，即曰："法王应世，必表觉场，楼阁门开，凡圣普会。"余皆类此。

各卷起首，都有小引，字字珠玑，摘抄而弦颂之：

山胜：大海梵潮，峨眉佛月。见水见山，便尔瞥地。何得象眼流清，狮岩吼翠，掉头不顾去也。寄语刹竿须进步，等闲蹉过别峰头。

建置：百城烟水，遍觅毗卢。弹指一声，洞开楼阁。善财童子沿门挨户，低头向他矮檐下。咄哉大丈夫，自具凌云手。一毛涌出千华刹，拈向春风处处看。

祖系：唐土二三，西天四七，灯续薪传，从来旧矣。此间佛法住持，自赤乌、祥符以来，寥寥数祖，代阅沧桑。一丝九鼎之力，于今为烈也。直得石头齐下点，千分拱翠护云礽。

外护：灵山赤帜，高插入天。万里金汤，屹然屏卫。直待朱轮耀海，捉翻五漏之身；金翅摩空，破裂千魔之胆。将此深心奉尘刹，是则名为报佛恩。

法产：衲僧本分，立锥无地。又何用乎平锄云月，倒种烟霞？然虽如是，有一片白牛露地，无人售价开辟。天然阇黎脚下满仓箱，总不向维摩钵里平分香积。

题赠：黄鹤楼前，烟波飞逸兴；青狮崖畔，林木演佳音。且道骚人韵客，与师家舌尖头，三昧相去多少？不见道熏风自南来，殿阁生微凉，现成诗句子，公案绝商量。

从这些小引看，著作者的文字功夫，绝非泛泛。

据后记所述，慈溪市地方志办公室把《五磊寺志》校注任务交给胡洪军先生的时候，甚至没有去过五磊寺的胡老觉得，完成任务的难度很大。然而，老病缠身的胡老没有退缩。在底本很不完善的情况下，奋力工作，书稿终于在2011年夏天完成于他的天香里老屋。次年，也就是龙年初春的时候，书稿即将付梓，金陵图书馆的李海燕又给胡老寄来了他们馆藏的《五磊寺志》复印件，胡老据以补齐了所缺的内容，校勘了已完成的部分。胡老以“山高水长”来形容这份情谊。又过了一年，也就是2013年2月2日，胡老归了道山。甚至可以说，这是他在世时出版的最后一本书。

胡老女儿胡遐，是他文化事业的继承者。很多人都是小孝养身，胡遐是大孝养志。父女俩的作品是慈溪文化中的一个奇观，他们也是浙东文化的传播者。我读的《五磊寺志》，便是胡遐所寄。前两天，一个朋友借阅后刚刚送回来。青山认得旧时人。胡老回眸，看见封面碧绿苍翠的《五磊寺志》，在瀚海流沙的大西北读书人案上展卷，该是欣慰的吧。

2013年9月18日下午

美好的上林

最早知道上林这个词，是在古书里。汉武帝有一个上林苑，司马相如还写了有名的《上林赋》。有一天，一册古色古香的《上林》杂志飘落书案，我才知道慈溪有一个上林湖，上林湖边有一个上林书社，上林书社办了《上林》杂志，还出版了“上林文丛”“溪上诗丛”等书。2009年，上林书社社刊《上林书社》创刊。2010年，杂志改名为《上林》，是季刊。到今天，已经出版了8期。

从胡遐的文字里，我知道了上林，不仅仅是一个湖。上林湖是名垂史册的越窑所在地，越窑是我国最古老、最著名的青瓷窑系。余秋雨在名篇《乡关何处》里说:“从东汉到唐、宋这段漫长的风华年月吧，曹操、唐明皇、武则天的盘盏，王羲之、陶渊明、李白的酒杯，都有可能烧成于上林湖边。”

上林湖是一个大可以发思古之幽情的地方。

上林湖及其周围的古银淀湖、杜湖、白洋湖一带，留下了从东汉到南宋的规模宏大的170多处窑址遗迹。当时越窑烧制的秘色瓷为青瓷中的珍品，“千峰翠色”“雨过天青”是前人对越窑青瓷的赞美之词。北宋末期，越窑青瓷才渐渐消失在上林湖畔。国际陶瓷学术界称上林湖为举世罕见的露天青瓷博物馆。湖边湖底，那些胡遐幼时打过水漂的越窑瓷器碎片，现今在国际市场上的标价极其昂贵。

今日上林湖边，能和越窑相媲美的，是上林书社。

在《上林》的周边，聚集了一批人。他们是童银舫、胡洪军、周乃复、胡遐、陈墨、励双杰、王孙荣等人。《上林》盘出了一个个哲人、贤人和诗人：严子陵、虞世南、马宗汉、吴锦堂、陈之佛、陈登原、范无伤等。跟着《上林》，我们和他们一一相会。

在上林书社，人们很尊敬浙东宿儒胡洪军先生。他是胡遐的父亲。洪军老原是一名普通不过的教师，遭遇的浩劫，让他蹉跎了一生。可是他的晚年，遇见了上林书社，遇上了童银舫这位上林书社的创办者。老人身上积攒了半个多世纪的文化能量，被焕发了出来。于是，花甲长者上下求索，集腋成裘，孜孜矻矻，硬是攀上了一座座文化山峰，成就了文明金身，《虞世南诗文集》《溪上文选》《三北文钞》《寺庙寻踪》《雁过无痕》《五磊寺志》相继面世，向人们展现出浙东文脉美不胜收的特别风貌。

在胡洪军先生的生命里，老祖母坚毅卓绝、撑持人生的呵护，给了他深刻的影响。古稀之年的洪军老，满怀深情地推出了一部《胡氏家训》。那是胡家柏山六世祖妣，醇儒胡宗伋之妻，礼部尚书、余姚县开国子、谥“献肃”的胡沂母亲莫氏老妇人所写的名作。莫氏夫人生于宋神宗熙宁七年（1074），卒于宋高宗绍兴三十年（1160），享年 87 岁。80 岁的时候，她为子孙后代写下了这部安身立命、交往处事的家训，共有 120 条。中古圣人朱熹对莫氏老夫人很是敬仰，他说：“立家规百余款，皆有至情，虽吕氏《童蒙训》、颜氏《家范》李庄简之《家则》，未有若此之明且尽、切且易也。人能熟而诵之，便是圣贤。凡得此见此者，岂可忽诸？！”据说，少年胡洪军常常在祖母纺纱时拿上一本书，念给老人听。每当这时候，他就会看到，艰苦一生的老祖母，脸上满是欣慰的表情，这时候，他的书就会念得越发起劲。

校核《胡氏家训》的时候，洪军老的心里，一定有自己含辛茹苦老祖母的身影。

余秋雨把乡关定在了上林湖边，越过千年的秘色瓷让他怀恋不已。《上林》从古越文明中走出，鲜活灵动，殊为不易。我有幸到过上林湖边的天一阁，也礼拜过溪口的弥勒大佛。书藏古今，海通世界的特别，美轮美奂。错过了上林湖一游的机缘，有少许遗憾，可人文山水的互补互动，又把上林湖带入了我的梦乡。看着照片上上林书社的读书成果，我说上林人多和洪军老一样，多创造、多收获。翻着《上林》，喜悦从心里生出来，很亲切，有甜甜的滋味。

2013 年 12 月 12 日傍晚写毕

书缘

慈溪作家胡遐君寄来了珍贵的《五磊寺志》《虞世南诗文集》和《上林文丛》第七卷。这些是胡遐父亲胡洪军先生的著作。

2013年2月2日，胡洪军先生辞世，我曾致电胡遐君，略云："在女史《我的父亲》中曾了解到对待学生永远不愠不火，即使有学生调皮捣蛋，也能宽厚待之的老先生，不仅是好教师，更是卓有成就的学者、文学创作者。在动乱岁月，老先生通过'读字典'教给学生真知。老人家凭着'除了上班，就钻书堆，两耳不闻窗外事'的勤勉，修炼成了一身学问，他是非凡的。胡洪军先生的著作《雁过无痕》，从地方文献中剥离出能体现传统伦理精神的人物行状，铺陈演绎，成其佳制。洪军先生的《溪上文选》《三北文钞》《寺庙寻踪》等书，是他留给这个世界的永恒财富。老先生父女俩校注的'浙江文丛'之一《虞世南诗文集》由浙江古籍出版社出版，在先生父女的操劳中，《五磊寺志》也公开出版。浙东文脉，赖之而传。近日读书，方瞩意于先生父女著作，尚望在机缘到来时一谒先生，不意遽归道山。"

胡洪军对慈溪地方文史、慈溪民俗文化、慈溪历史文化深有研究。据童银舫在怀念胡洪军的文章《乡间一鸿儒》里说，《虞世南诗文集》出版后，胡洪军并不满意。他在校勘表后写道：

我们父女俩仅仅是草根文史爱好者，最后毕业学校分别为绍兴初级师范（相当于初中）和横河中学高中部，均无缘进入高等院校研习深造。对于这份古奥艰难的乡贤文献辑注任务，实在有点力不从心，故常常兴绠短汲深之叹。身处基层，见不到日新月异的学术研究成果，正所谓洞中方蒙瞳，世情已千变。一个又不会电脑，另一个也不过初入门水平，未谙查索古汉语资料精义要领之诀窍。基以上述原因，本书中谬误势必百出。

真是学不尽啊，这种精益求精的精神，奋发向上的精神。老先生，是我们基层教师永恒的榜样。

在 QQ 上，向胡遐君致谢。因为我收到了那么好的书。聊天中，我说非常好，非常感谢，可惜没有签名呀。胡遐说，收到就好，不客气的。前段时间没寄，我都不好意思了。希望多提些意见建议。（签名）没办法了，家父已经走了，我就免了。

下面是我们的部分对话：

黄：读了会写笔记呀。近来你那么忙，还记得给我寄书，多不好意思呀。

胡：争取今年或者明年再帮父亲完成一个心愿，把他校注的慈溪历代关于风物的那些散文成书出版。

黄：这是最好的纪念。

胡：那本书有三十多万字。

黄：但你也不要太累了，要注意锻炼身体。

胡：我没有累，我是太懒。

黄：慢慢来。

胡：恩，好的。现在越来越懒。书肯定会出的，已经落实了经费。

黄：呵呵，这是要祝贺的。最好不过。胡公是当过教师的人，是我学习的好榜样。看他的书，对我而言，本身就是大鼓舞。

胡：不要客气，呵呵。如果父亲知道有人喜欢他的书，我想他一定很开心。

黄：呵呵，同气相求。书带给人的力量，是持久而巨大的。

留了电话后，我邀请胡君来西北旅游。她说有机会会来。

三年前，胡遐来过敦煌，我说要是不坐飞机，就一定会路过张掖的。果然她说，是在兰州上的夜班火车。我告诉她，早上醒来，一定会刚好到达张掖，这里是戈壁绿洲。我问下车了否，回说没有呢。我说，可惜了，这是河西走廊最好的地方，是弱水上游，水量充沛，旱涝保收。“大漠孤烟直，长河落日圆”写的正是这里。还有丹霞地貌，是联合国申遗项目的自然奇观。胡遐说，那就争取创造机会去看。退休之后就慢慢走着看好了。呵呵。

我说，这里离西宁很近，只有三百公里。明后年高铁通了，就只一个小时车程，去青海湖也很方便啊。七月份是看青海湖的好时节，大草原可美了。胡遐说好的啦，和家里的先生说了，以后去走遍中国。

我说，我也有此向往。

2013 年 3 月 27 日

我把《喜欢书》放在手边

安武林在《因为书》里这样说孙卫卫："一个人如果对读书没有一点兴趣，那么读读他的《喜欢书》，肯定会因此而喜欢上书。""我想，如果有一天我对书感到厌倦了，那么，只要我读几页他的《喜欢书》，我会重新获得力量和爱的勇气。"

"这是一本什么样的书呢？一定得看看啊，要是能见到写书的人，会更好。"家在祁连山下、河西走廊的我说。

心想事成，梦想成真，在资讯发达的今天，事情好像都变得更容易了。这样说，是因为下面的故事和体验。

2013年2月19日的日记文字摘录：收到北京孙卫卫寄赠的两本书：《十五岁的喜欢》《喜欢书》。在第一本书上，孙卫卫写道："黄老师，能教能写，能文能武，真好。向您学习。孙卫卫 2013.2.3。"在第二本书上，他也写了请赐教的话，当然还有签名。是客气和勉励的话，受用和喜欢，也是多的。昨天上网，见孙卫卫说刚刚回到北京，还在想着西北老家，心想他也是西北人。今天看书后的简介，知道他是陕西周至人，不免多了份亲切。他是1998年毕业的南京大学中文系高材生，曾是《中国新闻出版报》总编室主任。有十余部书出版。《喜欢书》的腰封上说："喜欢买书，喜欢读书，喜欢写作，喜欢工作，喜欢干净整洁，喜欢江南，喜欢大海，喜欢慢慢地长大。"当当网上的推介文字说：《喜欢书》收录的大都是孙卫卫五年来和书有关的日记。或读书，或买书，或淘书，或受赠书，或想书，等等。这些日记，亲切，自然，娓娓道来，似乎在和读者很随意地聊天，阅读后的收获却不亚于读到一本本大书，因为作者把对几百本书的感悟，把名家、大家的思考都凝结在了他的日记里。书中附有作者喜欢的书影近三百幅。《喜欢书》也可以当作一本励志书阅读，作者想告诉大家，只要努力，只要踏踏实实往前走，就一定会取得成功。也喜欢书并见过孙犁的友人靳逊说："他的文字非常干净利索，像从水中洗了一样，读之，给人以纯粹感，十分难得。"

《十五岁的喜欢》是"中国新锐儿童文学作家自选集"丛书中的一种。在附录的《答中少作文网问》里，孙卫卫说："将电脑桌擦干净，放一杯白开水，然后开始写，不喝浓茶，不抽烟。我的经验：只要去写，就能写出来；只要专心，就会出好东西。"这些话对我这个喜欢码字的人来说，是有用的。读了的人说，全书"每一个字都整整齐齐，三言两语里都是用心良苦，意思精致"，带着"波澜不惊的谦逊，柔弱的坚定"。当然还有些随手拈来的幽默，比如这道智力题："以下四种动物，哪一种动物的胃最大？请注意，是哪一种动物的胃最大？A. 牛胃，B. 马胃，C. 精卫，D. 孙卫卫。"

在书里，孙卫卫以《我的愿望》为题写到过自己的愿望："写好自己的文字，做好自己的工作，有更多的时间和家里的人在一起，有一些谈得来的朋友，一生就满足了。"写了这些话之后，他想到了《读者》杂志上的短文，里面说上帝问一个人，你的愿望是什么，"那个人大概说了我上面的话。上帝扭头就走，上帝说，这样的生活也是我向往的"。这个愿望不奢侈，为什么上帝也为难呢？应当说，普遍地，人们的时间都明显是紧张的。更紧张的，或许是心累。这是这个时代的通病。忙碌之余，得渐渐把生活调理到这个方向上来。想起饶宗颐的话了："一个人在世上，如何正确安顿好自己，这是十分要紧的。"这个哲学命题与海德格尔引述过的那句雅致的话"人，当诗意地栖居"有异曲同工之妙。卫卫写过"简单生活与诗意栖居"的题目，以为"这样的生活是许多人所向往的"。饶宗颐曾郑重其事地赠诗给他的学生们："更试为君唱，云山韶濩音。芳洲搴杜若，幽涧浴胎禽。万古不磨意，中流自在心。天风吹海雨，欲鼓伯牙琴。"这也是愿望啊。无论如何，喜欢书的人，会有一个美好的明天在等候着。雅俗之际，人生和哲学漫漫流泻于书页，值得细味。

我且享受着，在这个和孙卫卫的书在一起的夜晚。

以下是后来的故事。安武林有言："一个人有梦，是幸福的。一个人有书，是快乐的。而一个人有朋友，则是温暖的。如此，岁月会变得柔情似水，点点滴滴都会洒给你爱和惬意。"在我近来的生活中，还真童话般地经历了这个意境。是3月8日的那天，在北京，在华灯璀璨的时刻，和鲁迅文学院的一拨朋友们一起，我受赠了安武林的《爱读书》。梦一样的情形，以书会友，回味悠长，我曾有《风华三月芸书香》的文字记录其盛，朋友看了说是"学馆十贤，书界盛宴"。幸福快乐和温暖，一时毕集，人生之福，莫非如此，呵呵。

今天，安武林发了一篇博文，题目是《孩子，请跟我来一起读》，他是以一个超级书虫的身份跟孩子们说话的，他希望孩子们从小养成好的阅读习惯，并从中受益一生。谈到《喜欢书》，他说一个作家的读书故事，买书故事，淘书故事，和书有关的生活，对培养孩子的阅读兴趣来说，对孩子来说是非常重要的，而且影响也是巨大的。"培养孩子对书的热情和兴趣，这本书应该是首选。"

我信手翻开书，看见卫卫的书里，有说深圳朋友扫红尚书吧故事的文字。他在其间讲了和同事并排走着，"她抢先一步，为我买票"，"后来，我也经常为朋友买票，每次买票，我都会想起她。优点是可以感染和传递的，我真想把每个人的优点都学到"。卫卫也专写了"曾国藩的日课十二条"，我把这十二条也摘在了日记里，以为这些话便是在今天，也会对人有用处的。我还把这些话用短信发给远方的儿子，希望他能照着去做。孙卫卫的书里说，在曾文正公的一生里，日记仿佛是他的另一个影子，守护着他的生活，也守护着他的思想，让他更清楚地认识外部世界，也更清楚地认识自己。

我把《喜欢书》放在手边，做一盏灯吧，让它照亮我的书案。

2013年5月18日傍晚写毕

书生本色写春秋

龚明德教授说："于晓明已是出版家。一面努力赚钱，同时一面又大力做严肃文化出版的于晓明，真是一个让文人羡慕的奋斗者。他进京后，文化传媒事业如日中升，一派生机勃勃。刚见到他弄出的五本一套的日记丛书，为"本色文丛"，好像稍前彭国梁的一本不是日记的小书也是这套文丛里的，就是说这套书已经出了好几批了。再加上人民日报出版社印行的四卷本日记文丛，晓明的成绩真是喜人。"这是海天出版社 2013 年 1 月"本色文丛"第二辑推出后他在博客上说的话。龚明德先生这样评价，可见于晓明的事业发展之好。

于晓明，笔名古农、鲁冰。1975 年生于山东桓台。中国人民大学新闻学院在职研究生。现供职于北京国学时代文化传播股份有限公司、国学网。他是中国报业网专家团成员，十大创新传媒新锐人物，现任《都市文化报》书脉周刊总编辑。曾出版《无定集》《川上集》《茶歇集》《门外漫谈》《我，或者我们》《居京笔记》《命若蝼蚁》等专著；主编"书脉日记文丛""书脉文库""中国日记大系""读美文写日记丛书""当代文人日记丛书"等。创办《日记报》《书脉》《茶韵书香》，创建中华日记网。有着这样经历的于晓明，来着手编辑这样一种"本色文丛"，其价值是可以期待的。

"本色文丛"是海天出版社策划的重点图书。已出两辑。此次于晓明策划的丛书是学人日记。这些日记述说往事，鉴往知来，共六册，即于晓明的《原本是书生》、王先霈的《文学日记》、胡世宗的《文坛风景录》、马嘶的《紫骝斋日记》、张洪兴的《读博日记》、鲁枢元的《梦里潮音》。学人日记是独具学术文化特色的著作，其内容以读书、学者交游、学术活动为主，和一般的学术著作相比，日记可以更直接地表现作者的生活和内心，更真实，能无障碍地进入读者心里，使读者产生亲近感。个人私密性质的文字，发自肺腑的夫子自道，其中所涉及的一些人与事，都是文化史个案的第一手材料，今人、后人可以从中细究一些有关“课题”之类的可贵线索。学人日记是研究学术史、思想史的宝库。从这个角度辑集丛书，是有独创性的。

从古以来，名人日记就很受推崇。片言只语，流露了本真性情的丝丝缕缕，都是宝贵的文化珠玉。孔子如此，司马光如此，陆游如此，晚清四大日记的作者亦复如此。五四以后，周氏兄弟、胡适、蒋中正等人无不如此。日记里有一代学人的精神剪影和心灵画像。笔者家中的晚清四大日记和周氏兄弟日记、胡适日记、吴宓日记、夏承焘日记，插架有年，常看常新，翻开总有新意。坊间流传着的近世学人日记，笔者也收有几本，颇堪玩味。在日记中，学人的学术取向最直接地表现在日记作者对学者的评价上。看《原本是书生》《文学日记》《文坛风景录》《紫骝斋日记》《读博日记》《梦里潮音》，都会有这样的感受。这是研究中国当代文化史的最直接的材料之一。私人化的文本可以比较真实地反映作者对于学者的看法。这些日记的价值，在一定程度上取决于作者的性情、地位和他们的交往。同时代学人对于同辈的评价相对地较为客观，而这些评价可以作为学者定位的参考。

1939 年出生的华中师范大学文学院教授、博导王先霈，曾是湖北省作家协会主席、华中师范大学文学院院长、华中师范大学出版社总编辑。老先生是学者兼出版家，其阅历的丰厚，非一般人可以作比，其行谊和学术，原就值得研究。现在，他把自己在 1963 年及次年秋间人大文学进修班学习时的日记、1965 年秋季到次年夏借调到《文艺报》评论组写作时的日记、1977 年秋冬到次年初在十个城市的几十所大学进行学术考查时的日记交给于晓明，整理出版，意义和价值都非同寻常，值得重视。比如 1977 年的那次学术出差，那是有目的地去见一百多位学养精湛的学者，前辈耆宿和同侪俊彦，问学之间，道术、学术存焉。要之，三十年、五十年间的变化，无论是社会还是学术，虽恍若隔世，却并不光怪陆离，唏嘘之余也会为晤得李季、张光年、何其芳而欢欣。1977 年 11 月 10 日，王先霈去武汉，在火车上读王佐良的关于莎士比亚的随想录，说关于莎剧“独白”，席勒式的长篇议论被马恩否定，而莎氏却能用得好。王佐良说，“总是在戏剧的一个紧张点上，莎士比亚让他的主要人物作了长篇独白。”这种探索和思考，在今天看来，也依旧熠熠闪光。毫无疑问，收入“本色丛书”的王先霈《文学日记》告诉我们，大家之路，就是五十年甚至更长时间里孜孜矻矻的追寻。

以日记为平生志事，以文化传播为己任的于晓明，在“本色丛书”里编入了自己的《原本是书生》，那是他 2007 年的日记。这一年，作者入京伊始，驾驭智慧轻舟，逶行文坛书海探古、寻幽、淘笈、赏画、观石、瞻鱼、写作、编刊、出书、经商、交友会客、名流往来，在喧嚣中自辟一夕宁静，在竞争中选定一条蹊径，励志、搏击，在陌生的处女地上开掘出一方绿洲，跋涉出一片事业天地。日记记录了这些奋斗的历程。当下学人身影，出没其间，或隐或现，不一而足。

写出了《林庚评传》和《学人藏书聚散录》《燕园师友记》等著作的名作家马嘶，是以《紫骝斋日记》加盟“本色文丛”的。1995 年春季，马嘶从唐山文联主席的岗位上退下来了。书斋生涯今日始，日出而作，日入而息，日复一日，年复一年，七年间他写出了三部厚重的书。这册日记，就记录了马嘶“沉稳和勤奋超过了以往任何一个时期”的五年人生。真的是琳琅满目、美不胜收的问学励志书，也是立此存照的文化史料书。于晓明进京之时的 2007 年，此书即在策划中，五六年中，于晓明成为出版家了，这册书也自然成功面世。书里读书、淘书、聚书、著述的记录，是一代学人学术盛年的载记。在书里，作者看见的是他没有浪费大好时光、虚掷光阴，于读者，见到的当然会更多。任继愈、季羡林、袁行霈、林庚等大师在书里的出场，无疑是当代文化史中的亮色。

我曾见过军旅作家胡世宗长达四十六年的八巨册日记。收入“本色文丛”的胡世宗书也是日记，是1975至1982年间的，用书前自序里的话说，“此书摘录的是30年前的部分日记”，叫《文坛风云录》。胡世宗生于1943年，只是书前的长篇介绍里没有说。我觉得龚明德先生说的对，“还是把作者的出生时间公开了”，为读者计，省去再查工具书的麻烦，也是一大善举。书的起首就是作者协助浩然整理文章，内里则多文坛人物，故而书名以《文坛风云录》。不过，同样的书名，早在1998年，黎之先生就用过了，那本《文坛风云录》收入了李辉主编的“沧桑文丛”，当时由河南人民出版社出版。黎之是1928年出生的，他的《文坛风云录》部分内容曾以《回忆与思考》为题在《新文学史料》上刊出，后来的许多学术著作，曾广为引用。龚明德说：“我翻阅完了胡世宗的这本小书，到了我想知道的内容的时候基本都被删去了。八卷本的胡世宗日记，要是也这样删节，可就真是浪费纸张了。胡世宗曾被派作《金光大道》作者浩然的秘书，他与主流意识自觉保持高度一致，就是自然的了。”

龚明德列举了“胡世宗八年日记选一处小差错”：

> 胡世宗日记选的一九七九年一月十七日，是很长的一篇日记。其中写道：“我读过郭沫若的《萍》，因激情，重复的句子多，重复无非是强调，如‘一切的一，一的一切’。”这个地方，错了两处。不是排印，是胡世宗写的内容不对。
>
> 第一，郭沫若没有写过《萍》，他只写过《瓶》。
>
> 第二，从下面的引文看，胡世宗要说的是郭沫若的《凤凰涅槃》。
>
> 可见这些紧跟政策的人，无论多牛，在基础上不可能过硬。

胡世宗以《感谢日记》为题为自己的《文坛风云录》作序时说：“写日记的时刻是人生最美妙的时刻之一。我把我的日记看作是自己的生存记号。”这应该是四百万言《胡世宗日记》出版后能被媒体广泛关注的缘由了。

2013 年 7 月 2 日写出。天气预报说今天是阵雨，但赤日炎炎似火烧，却不见星雨。酷暑中董理文字，结得札记，做消暑之计也。

怀念萧老

萧老去世了。

2011年3月22日下午，山东阿滢兄在博客贴出如下文字：

《长沙晚报》编辑奉荣梅女士刚刚发来消息："刚接到钟叔河的电话，资深编辑、《书人》编辑、藏书家萧金鉴先生于今天下午两点不幸病逝。今年元月至二月，在我主持的文化随笔版，推出了他的个人读书专栏，发了八篇'题签本随记'，记述其受赠经过、与赠书者的交往，以及对题词的品味、对书的解读。萧老做了大半辈子编辑，这是他的生命绝唱。"以后再也听不到他慈祥的声音了。

湖北李传新兄博客文字说："老萧曾经说民间读书年会我们能不能相约二十年？他一直希望长沙能举办一届。今天下午两点这已经成为过去时了，老萧最后的影像当然需要写出来。"

成都的朱晓剑兄《微阅读》上有两条和萧老有关："101、3月22日下午两点，藏书家、读书刊物《书人》《文笔》编辑萧金鉴先生在长沙去世。萧先生长期主持民刊工作。""102、萧金鉴老师多年来编辑《书人》杂志，我见到的最早是湖南弘道文化传播有限公司在做，后来，岳麓书社接手在做。杂志一直由萧老师编辑，杂志风格独特，每期有一个读书人的专题小辑，两三篇文章。为这样的组稿，萧老师付出的心血很多。"

"天涯读书"也在"闲闲书话"上贴出讣告，悼念萧老。阿滢的文章、吴昕孺的文章，都收进来了。

当晚，在新浪微博，岳麓杨云辉发出题为“哀悼”的消息：“《书人》编辑、退休之后一直专注于民刊的萧金鉴先生，因患胰腺癌医治无效，于今天下午在长沙去世。萧老先生为人厚道，做事认真，几年来与他一起编辑内刊《书人》获益匪浅。”北京杨小洲在转发这条微博的同时说：“萧老先生收入微薄，家人为阻其癖，趁外出之机将书籍浸入水中而毁，岂料萧老先生情深不改，购书如故，书颠矣。”“萧老先生厚道人，爱书近乎痴，收书如山，家中堆不下，外租陋室以安书，系麻袋而置，不开索，亦不读，书痴矣。”从后来读到的文字中知道，那是儿子专门给老人找的屋子，让他存书的。上海陈子善也转发了微博，他说：“再次哀悼这位前辈书痴！人无癖不痴，实在不好玩，萧老先生是好玩的。”东西南北，爱书的人，都是萧老的朋友啊。

再后来，广东的林伟光、浙江的梦之仪都写了文章，怀念萧老。

从网上知道萧老病重的消息时，我曾给他打过电话。当时萧老已经很虚弱，接电话的是他的女儿，她转述我的话说给萧老听。我说，萧老，您慢慢养病，好了后我们再聊。您的书我会认真读。感谢您这些年对我的关心和爱护。电话那头，萧老的声音我听得到，但听不清。他的女儿说，老人感谢您，他的书已经出了样书，正在做最后的校改，书出来后再联系，会给你的。我怕萧老太累，不敢多耽搁时间，就再次祝福他早日康复。

但我知道，这只能是祝福了。

才几天呀。萧老走了，看着萧老的照片，想着已经没有可能再见到敬爱的萧老，不禁悲从中来。

我和萧老，相识在2006年的草原。在《草原日记》里，我记录过我们的相识。

8月27日（日） 云 内大桃李湖宾馆

回到宿舍，人已如泥。稍寐后醒来，冯兄又给我一书，带我去找谭宗远兄，因为是他的新著，让他签名就是顺理成章的事。宗远和萧老住在一起，灯下展卷，风流十足，宗远兄在他的书上为我题签，萧老则在笔记本上为我留言："闲闲网上寻常见，今日青城喜相逢。从此张长成一线，书人之交万年青。金鉴零六年八月于青城。"张长，指我所在的张掖和萧老所在的长沙也。张掖之小和长沙之大似不对称，可是陶渊明诗中也说"少时壮且厉，抚剑独行游。谁言行游近，张掖至幽州"呢。后来，2006年9月15日，萧老在"闲闲书话"我的日记帖子之后跟贴长诗，记述这份情谊："草原日记好，让我等着看。一遍一遍读，神思在飞扬。似又回青城，驻足小湖旁。蓝天白云美，道立参天杨。熏风阵阵吹，心胸多豁朗。书友喜相聚，说书诉衷肠。小小书一本，情谊路路长。似又到草原，草儿织绿毯。放眼四下望，到处是牛羊。住进蒙古包，奶茶分外香。漠上游青冢，犹见昭君颜。走进将军府，喜见古丁香。趸入文化街，淘书笑语还。四日游不足，终生永难忘。更有岳年兄，来回拍片忙。为我频留影，居然上闲闲。老丑相难看，君情我难忘。张长连一线，爱书有萧黄。"

又十多天后，10月6日，萧老继续回复说："难忘草原之行，中秋佳节北望。熏风遥送桂香，与君有月共赏。"同一天，全国第四届民间读书草原盛会的东道主阿泉，也跟了回复："昨夜，与龚明德兄在玉林北街喝茶、品酒，佐以花生、烤肉，临街漫坐，听雨聊天。我在水淋淋的成都问候月年。"

感动中的我以诗相和，回复萧老："结得草原上上缘，千山千水忆潇湘。金风桂枝鉴照处，日月合明共婵娟。"

两个月后，我让李传新兄帮我订了一部《中国图书大辞典》。11月7日，萧老说："月年兄买田置产，要当富翁了。哪天到了张掖，您可得尽地主之谊喽。"我回复说："萧老，欢迎您来。"

又过了两个月，2007年1月7日，还是在我的《草原日记》帖子里，萧老继续跟帖："想起草原，常念月年。年年月月，心心相连。书人友谊，历久弥坚。

好书共读，快乐无边。”萧老已矣，情何以堪。

再次见到萧老，是在 2011 年 11 月的成都读书年会上。关于那次会议，我曾有《成都吟》四十韵，关于萧老的文字如下：

萧金鉴

长沙萧金鉴，一人办两刊。

书友悄悄说，老萧好人缘。

成都读书年会，余与自牧兄同屋而居。一夕酒酣，自牧把臂而言：吾与弟好，与萧老更好，许多朋友视萧老为长者，如父亲般看待。余识萧老，如沐春风。萧老有这样的威望，我打心眼里感到高兴。在书界颇有影响的岳麓书社《书人》、农耕笔庄《文笔》两刊，均由萧老负责。

和上次一样，我和萧老聊了天，合了影。

自打认识萧老，他就期期不落地给我寄来他编的《书人》。从此，《书人》也和我结下了不解之缘。

萧老啊，你走了，谁再来催我的稿子呢？吴浩军教授那一篇写我的《河西第一读书种子》，太扎眼了，我说算了，你还是要登。我那几册上不了台盘的书，你弄上书影，也登了出来。还有我的书房和文字，你都登了。萧老啊，用知音来说你，不合适，就说你是伯乐吧，自然，我不是千里马。你识得如我一般痴迷于书、钟情于书的人，只要你知道了他爱书，就一定要认他做朋友。在你的心里，书高于一切。你说过，爱书的人，心就是通的。你无心机，肝胆照人。你或许开罪过某个人，但你，永远活在天下读书人的心里。

萧老，是春天了，是春暖花开的时候了。那次，到了呼和浩特的你问我，“去你那里还有多远”？我说，“不是很远”。算了一下路途和时间，你没有来。但我知道，你心里是想来的。湖湘子弟满天山，钟叔河先生说他们家的先辈中有人来了河西走廊，这里有湘江子弟栽下的大树，我们叫它左公柳。现在，你该有空了吧？你来看看呀。在天国，西天该是圣境了吧？以后的你走起来，该是一念即至，不用担心路途的遥远了吧？春天可以来这里，夏天可以来这里，秋天可以来这里，冬天也可以来这里。我会在梦里看到你的，在温馨无限的情景里看到你。

萧老，今天是你离开这个世界的第三天。三天了，我断断续续写下这些文字，回忆我们两次见面未足十天但相知相惜的点点滴滴，草木有情，人何以堪？

网友“幸运的出版狂客”说：“但愿萧先生在天国仍能建立自己的图书世界。”我觉得这是一定的。博尔赫斯说，天堂的样子，就是图书馆的样子。有了萧老的天堂，会名副其实。

萧老，你是今日书界的菩萨。我燃起檀香，祈愿你九品高升，莲座自在，早日乘愿再来。再来时，还爱书，还做我们的好老师，好朋友。

萧老，文章中，我没有称用“您”，是因为心里觉得，我们虽是两辈人，但我们谊在师友之间，在心里，我们亲着呢。

2012 年 3 月 24 日上午初稿，3 月 31 日上午改定

附：电脑中所存的和萧老往还信札七通

一

2006 年 9 月 3 日

岳年兄：我于二日下午二时多回到长沙。在包头时收你短信，知你上了卧铺，为你高兴。草原相会，敖包照相，相处数日，此乐何极。望今后多联系，共话读书，共品书香。我拟在闲闲开“丑石居杂俎”，更好交流了。照片请暇时发我。

金鉴

二

2006年9月3日

萧老您好：草原一聚，仰渴稍解，快慰平生。先试着发几张照片，看效果如何。

岳年　上

三

萧老好！“草原盛会，身染三香：一为奶香。第一次喝上奶茶，醇香可口，这可是中国乳都的奶茶啊，一喝难忘，喝了还想喝。二为草香。草原一望无际，青草地上打滚，蒙古包里过夜，空气分外清新，青草气息袭人，闻了还想闻。三为书香。书会谈书，书肆淘书，书友赠书，大本小本爱不释手，书香环绕周身，读了还想读。何时再去清泉部落，当再居桃李湖畔，再游塞外青城，再沐草原之风。”先生文字，大快我心！这两天网络不畅，发照片不易。再发几张。

黄岳年　上

2006年9月30日

四

2006年10月28日

岳年兄：烦将参会人员名单发我一份，我的不见了。刊近日寄出。

金鉴

五

萧老您好：遵嘱将草原通讯录寄上，供您使用。只是稍微迟了几天，这是因为这些名字要往计算机里面输入进去才行，而输入的过程又麻烦了些。敬祝安康！

黄岳年　上

2006年11月2日

六

岳年兄：谢谢发来通讯录，辛苦了。我的回来还用过，几日后就不见了，混入资料堆中无疑，只好求助。刊寄出了，查收。

金鉴

七

2007年10月21日

岳年先生：即由邮箱发你邀请函，收到请发个回执给邹。返回赠卧票，你要来啊。

金鉴

说明：这是萧老发来南昌读书年会邀请函的信件。彼时事繁，未能前往。后来的温州年会也没有去成，失却与萧老最后晤对的机缘，念之一叹。后来，萧老哲嗣寄来萧老遗编《站在阳台看风景》。精装的书真是好啊，书前置钟叔河先生的序言《爱书爱到死》，如今已是名篇。萧老说他在青山里，能听到书友读书的声息。展卷凝思，回眸中萧老欣然矣。

2014年5月3日午后校订

去青海师大，看范泉

在西宁住下，马路对面是青海师范大学，得去看看。

迎门就是文科逸夫楼。往右拐，走下坡来，就看见图书馆了。这是老图书馆，几年前来寻看过的，那次也只是在外面看了看。好像进不去，玻璃门前的防盗栏关着的。本来要离开了，又听见哗啦一声，扭头看，见一个学生模样的女生拉开门进去了。我也如法炮制，进了大楼。

楼是三层，建设的年代很久了，一层是书库，二层是中文历史资料阅览室，三楼是外文资料阅览室。因为是假期，楼上只有我一个人。有工作人员过来了，以为我是来检查工作的领导，说欢迎指导工作。我说我不是领导，我从外地来，只是来看看图书馆。问可知道范泉，他摇了摇头。我拍下"有理想在的地方，地狱就是天堂""理想的书籍，是智慧的钥匙"等励志标语，看了看关着门的储藏图书和资料的屋子，就转了出来。

每次到青海，我总想到师大来。这是因为，范泉先生曾经在这里工作和生活过一段时间。

还是想寻到范泉的踪迹。那边的小路，当年肯定没有硬化，但一定是范泉走过的。一个穿着藏袍的妇人拄着拐杖在散步，她的丈夫跟在后边，缓缓地前行。我打听范泉，老夫妇摇着头说，不知道啊。

我在心里暗暗发笑，谁知道几乎三十年前的事呢？

找不见范泉的踪迹，我继续寻找新的图书馆大楼。

天挺冷的，高原的晨风，也还不小。

校园里找不见范泉，就在书上找吧，那里的范泉，是人心里的范泉。

找范泉，就会想起钦鸿。我和钦鸿先生的交往，是因为读他关于范泉研究的文字。范泉 2000 年 1 月去世后，为范泉，钦鸿编了五本书：2000 年 12 月的《范泉纪念集》（三峡出版社）、2004 年 5 月的《范泉编辑手记》（中国文联出版社）、2004 年 6 月的《范泉文艺论稿》（中国戏剧出版社）、2007 年 4 月的《斯缘难忘》（湖南教育出版社）和 2008 年 10 月的《范泉晚年书简》（大象出版社）。朋友身后热忱如此，在我的所见所闻中，还真不多。这是范泉之幸，更是我和如我一般的钦鸿读者之福。李炳南居士诗云：为有热心肠，全怜暗路人。但能光照远，不惜自焚身。钦鸿，是这样的人。想到世界上有这样的人，就很温暖。

钦鸿在《范泉先生不朽的文学业绩》一文中说，范泉“1980 年 4 月在西宁创办了《中小学语文教学》杂志。在西宁这样偏僻的地方，要办一份在全国发行的刊物，无疑困难重重。但他就是有这个能力，把这份小刊物办得有声有色，如火如荼，影响遍及全国。他的办法是，不仅邀约中国一流的作家、学者如茅盾、叶圣陶、李何林、赵景深、吕叔湘、许杰、骆宾基、陈伯吹等人为该刊撰稿，还积极组织、培养省内外广大教育工作者的写作队伍，热情地为他们提供发表文章的方便，从而大大提高了刊物的质量和知名度，大大提高了青海中小学语文教师的教学和科研水平。此刊虽然只出版了三年共三十二期，但在青海教育出版史上的影响是深远的。”

范泉夫人吴峤在《和范泉相处的日子》这样说过青海师大的范泉，那是 1986 年 4、5 月间，范泉住在当时难得的教授楼里：

范泉带领我上了二楼，走进他住的套房。甬道左侧有两间储藏室，往前走，可以见到宽敞的书房连着卧室，隔墙是一小间客房，卧室对面是有大浴缸的卫生间，旁边接连着厨房。

范泉亲手做了一碗青菜，水淋淋，像是煮出来的，再打开一只豆豉鱼罐头，在书房里招待我。我们坐在书桌面对面用餐。这时，范泉才打开话盒子，向我介绍这一排教授楼的情况，同住的有校党委书记和校长。“我刚来，是青海省第一位教授，后来的副教授都是我写书面推荐的。”流露出他在青海师大受到的重视和尊敬。他的干劲十足。

在收入《文海硝烟》的《我在青海三十年的文艺活动》一文里，范泉说：

“从一九五八年十二月到一九八九年六月（我带的最后一批研究生通过了答辩），我在青海三十年来的主要文艺活动，可以归纳为四方面：一是画了许多以毛主席像为主要内容的水粉画和油画；二是编写脚本并摄制了五部幻灯故事片，给电影院放映；三是编了三年的语文月刊；四是培养了两批六位中国现代文学专业的硕士生。”“从一九八三年到一九八九年，我带了两批六位中国现代文学专业的研究生。我和第一批研究生一起，完成了《中国现代文学社团流派辞典》的科研项目。我把研究生带出青海省，让他们认识了一批现代文学老作家，如臧克家、萧乾、端木蕻良、骆宾基、周而复、欧阳山、楼适夷、艾芜、柯灵、王西彦、许杰、施蛰存、贾植芳、林焕平、蹇先艾、李何林、叶圣陶、任钧、陈伯吹、蒋锡金等，其中李何林、贾植芳、陈鸣树、王永生、许杰、钱谷融等十多位专家教授，根据我的要求，给我的研究生讲了课，拓展了他们科研的广度和深度，完成了对现代作家楼适夷、施蛰存、端木蕻良、骆宾基、李劼人的研究，通过了论文答辩，取得了硕士学位。”“回顾这三十年间，最初的二十年，我连订阅一份《参考消息》都要被批斗一个半月，当然，再不敢阅读什么文艺书刊，写什么文艺作品了。事实上，我不仅被人们看作‘废物’，甚至一直被定性为‘坏人’，谁来重用我，谁就是‘重用坏人’，丧失阶级立场，不免被揪出来批斗。我所属县的一位文教局局长，赏识我掌握外语、精通汉语拼音，就让我在全县小学校长学习班上讲授汉语拼音，结果在‘文革’中，他因‘重用坏人’的罪名，被迫在冰天雪地里赤脚扫雪。长期来我一直在基建工地上当施工员、出纳员、保管员、拉运砖瓦的押运员、司机招待员、守护工地的夜间巡查员，十足成为麻将牌里的“百搭”，什么都干。造反派指令我绘画和摄影，那是歪打正着，使我冒险干了一些文艺工作。现在想想，这二十年来的生活，倒是非常丰富多彩，不仅使我看到了炎凉的世态，也使我交结了一些真心护卫我的朋友，比如曾经救活过我的喇嘛尼玛、和我一起同住了九个月的小偷拉官卜、在农村劳动时不把我看作摘帽右派的老妈妈，她们高洁的灵魂，都是我今后写作的上好题材。今后，我一定要写一些在青海底层生活里使我至今仍然清楚看到的闪闪发光的人和事。”

范泉 1996 年 1 月 6 日写给韩石山信中的叙述，和上面的内容是一致的：

我在四十二岁时戴上右派分子的帽子，流放青海整整二十年，没有经历最能出成果的壮年时期，等到平反，已经进入老年了。真像做了一场噩梦，我被迫浪费了二十个年头。当青海师大的轿车把我从喇嘛寺里接到青海省会西宁时，我才从噩梦中醒过来，看到了很多新鲜事物，促使我不顾年老奋力再搏击十年。我是 1986 年调回上海原出版系统的。我给青海带了两批研究生，主编了一个语文刊物。回上海后，主要是主编了一套两千万字、三十大卷的《中国近代文学大系》，与柯灵一起主编了一套《文史探索书系》。

2012 年 2 月 7 日的《文汇报》上，张香还《他从青海归来》一文里说：“七十年代中期，有一次在施蛰存先生处闲谈，忽然提到了范泉。蛰存先生只说了一句话，‘他青海劳改去了’，就再也没有说什么了。”1988 年 5 月，张香还和范泉谈话间“说到了他流放青海二十多年的生活。西宁西南的鲁沙尔，那是人烟稀少、一片荒漠的地方。超体力的劳动，加上饥饿，整日挣扎在死亡线上。眼看着身边的难友顶不住如此艰苦的生活，一个个倒下了。一倒下，就被拖了出去。转瞬之间，有的就被狼啃啮掉了。他，一生中最最美好的时光，也就白白掩埋在这块如此阴冷的荒土里了。我对他说，国外有作家根据类似经历，写出了极具震撼力的小说，你是不是也写一本这样的小说呢？他听了，神情有点激动，也有点凄然。我们的谈话，也就此打住了。”范泉还为张的著作操心，在他们的通信中，范泉有这样的话：

尊著样书两本，一本交青海民族学院中文系，一本交青海师范大学中文系。民院的一本样书在我走时已退还给我，说是要买两本，请将书寄给“青海西宁青海民族学院中文系冯育柱教授”，他会把书款汇给您。请告诉他汇款地址。青海师大的一本样书尚未退还，等确定数字后，将来由我的研究生带来上海后再交给您。这两本书，都是包装坏了的书，否则倒可以在青海卖掉。还有一个问题，是没有发票，单位不好买，只能私人买一些。

张香还说：“这是一九八九年间的事情。他为我这类十分琐碎的事，尽心尽力，耗费了属于他的真正宝贵的时间，至今我犹心存感激。”

1986年，《青海师范大学学报（哲学社会科学版）》第3期上曾刊登过毛微昭的《范泉和他的散文》。这份杂志的2001年第1期上，又有毛微昭的《怀念范泉教授》一文。2012年第5期上有《青海师范大学重点学科介绍·中国现当代文学专业简介》上说：“中国现当代文学是青海师范大学人文学院中文系具有深厚学术积累的研究方向之一，20世纪80年代，以老一代学者范泉教授为核心，以《中国现代文学社团流派辞典》的编纂、出版为标志，确立了该研究方向在青海省内的优势地位，涌现了诸如范亦豪的老舍研究、张建生的鲁迅研究……”

这些是否就是青海师大对范泉先生看得见的纪念？

按：毛微昭，是五十三年前毕业的陈望道他们在复旦时的学生，如今也已进入桑榆之年，从2008年前后他们出版的《阴晴雨雪旦复旦》后的评论来看，过去的岁月对先生们的生活，同样留下了无法磨灭的印痕。毛微昭还著有《西北归来》一书，那是这位复旦新闻系毕业生1960年去青海，一去二十八年的文字结集和生活记录。在新浪网上，毛微昭和老同学们一起，以复旦新闻系友的名义办有五角场博客，汇集文字，述说岁月沧桑。青海卫视《五味人生》栏目曾在2009年9月3日、17日分上下集播放过关于毛微昭的《难忘的岁月》。

我继续在青海师大的校园里走着。校园有南北两个校区，南院和北院都有图书馆，范泉当年见过的，应该是南院的这个图书馆，因为北院那个是新修建的。我在网上查了一下，知道青海师大图书馆内藏有文渊阁影印《四库全书》《中国西北地方文献丛刊》《古本小说集成》《古本小说丛刊》《万有文库》《四部丛刊》《丛书集成初编》《中华再造善本》和不同版本的《大藏经》等大型文献。馆藏文献总量约有八十八万册，其中中文图书七十二万册，外文图书六万八千二百六十一册，古籍图书三万四千零七十五册，善本图书七百二十六册，中文期刊合订本八万五千零五十四册，外文期刊合订本五千零二十九册，音像资料（录像带、录音带）一千一百三十四盒，多媒体光盘二百六十六盘，数据库五种。

不少了。这其中，一定有范泉的，和关于范泉的。只可惜，没有人能和我一起，在这里聊一聊范泉。

2013年2月28日起稿于青海师大校园，2013年3月3日上午完稿于北京交通大学留园115室。时阳光灿烂，友人将至。

按：范泉（1916—2000.1.12），原名徐炜，教授，江苏金山人。1939年毕业于复旦大学新闻系。曾任上海《中美日报》副刊主编，上海永祥印书馆编辑部主任，复旦大学、新中国艺术学院讲师。中华人民共和国成立后，历任上海市总工会机关报编辑、新闻出版印刷学校分校副校长。五十年代初，范泉入党，此后在肃反运动中被捕，审查两年后无罪释放，但党籍已除，家已破，人已散。1957年，范泉被划为右派，发往青海劳改。七十年代末，他被平反，安排在青海师院中文系任教授，此时他已62岁。1985年，范泉再次入党。1986年冬，70岁的范泉从青海调回上海，担任上海书店总编辑。又十年，范泉主编的2000万字、30分册的皇皇巨著《中国近代文学大系》出版，1997年9月，《中国近代文学大系》赢得国家图书奖中最高一级的荣誉奖。1992年，范泉主编的《文化老人话人生》出版，这是一部收集了全国82位老年文化名人相关资料的文集。1993年，范泉主编的《中国现代文学社团流派词典》由江苏文艺出版社出版。范泉一生，和许多学界名流结下了深厚的友情，因而在复出后，写下了大量的文学回忆录，如《文海硝烟》等。范泉本身是个多产作家，仅上世纪三四十年代出版的，就有小说集《浪花》，散文集《绿的北国》《创世纪》，论著《西洋近代文艺思潮讲话》《文学源流》《创作论》，童话集《幸福岛》《哈巴国》以及译著《鲁迅传》《鲁滨逊漂流记》等三十多部。

南行百年说艾芜

2004年，艾芜诞辰一百周年的时候，一个成都的年轻人在网络上说：回首一瞬间，南行已百年。母亲常提起你，家中至今珍藏着一本你的《南行记》。该叫你表爷爷吧。1992年，我才六七岁，没看到过你，很遗憾。有桂湖清风杨柳，碧湖荷花作伴，想必安然。

艾芜离开一年后，也就是1993年12月，人们在成都新都区桂湖公园中的饮马河畔为他建墓。艾芜墓由红砂巨石垒成，上端矗立着他的半身青铜塑像。身后的碑文记载着他的生平，胸前的碑面上是好友巴金手书的“艾芜之墓”。墓前正方形的大理石，上部刻着艾芜《南行记》里的话：“人应像一条河一样，流着，流着，不住地向前流着；像河一样，歌着，唱着，欢乐着，勇敢地走在这条坎坷不平、充满荆棘的路上。”大理石下部嵌着一束铜质山茶花。《南行记》、大理石、山茶花，寄寓着这位南行作家、流浪文豪不平凡的一生。

从故乡到天涯，从国内到国外，人们怀念着艾芜。

艾芜诞辰一百周年过去，又十年了。十年来，又有许多年轻人，在搜寻《南行记》，读着艾芜，品味着人生开始的滋味。

如此这般，一代代的年轻人，读着艾芜，渐渐，长成大人。

十年一梦，回望来时路，艰辛未必减少，可是艾芜他们当时所创造的作品，还是我们精神世界里值得珍视的发光源。

还是八十年代，我在大学念书的时候，《南行记》及其续编，艾芜和沙汀，随着文学史课程的进程，进入了我的精神世界。再往后些，电影《南行记》出来了，迷人旖旎的南亚风情，和着流浪生活的艰难和挣斗，慰藉着改革开放初期的人们。那时候，艾芜还在，他在天府之国的蜀中，还创造着英雄晚照的作品。

艾芜和沙汀是同一年出生的人。1992年11月，已经双目失明的沙汀刚出医院回到家中，还在住院的艾芜便来到沙汀家看望老友。虽然沙汀耳朵不是很好，但听说艾芜来了，他还是反应很快地站起身摸着走向门口，抓住艾芜的手整整两个多小时没有松开。1992年12月5日，艾芜去世，家人瞒着沙汀不敢告诉他。几天后，他们在外界的要求下小心翼翼地告诉了沙汀，他悲痛欲绝，连呼："道耕太苦了！"1992年12月14日，沙汀也跟着艾芜去了。

他们的相遇，是一个奇迹。他们曾经是师范时代的同窗好友。1931年在上海的再次相遇，是两位作家人生中最重要的事件。在生活和创作上遇到困难的时候，他们给鲁迅先生写了信，鲁迅先生给他们回了信，从此，他们走上了文学创作的坦途。他们以风格独特的作品彪炳文坛，留下了不朽的篇章，以诚恳、勤奋，矢志不渝献身于文明的一生，成为了文人相亲、相敬、相补、相助的典范。他们同年而生，同窗而学，他们在鲁迅这里汇合，加入了"左联"，被鲁迅先生嘉许为"最优秀的左翼作家"。他们一同经受了风雨的考验，又一同开始了壮心不已的暮年，直到几乎同时辞别辉煌的人生。他们用纯洁、深厚而具有传奇色彩的友谊，成就了现代文坛的佳话。

巴金后来也成了艾芜一生的朋友。艾芜去世，在老家清流镇安息，巴金为好友题写了墓碑。

一生一死，交情乃见。引路人是鲁迅，朋友是沙汀，写碑的是巴金，艾芜回眸，自当笑慰平生。

艾芜一生中，南行了三次。这对于艾芜的写作乃至一生，都意义重大。南行，是艾芜一生最主要的线索，是艾芜写作的一个原点，他一次次地回到这里。三次南行，在时间的分布上，贯穿了中国二十世纪的历史，典型地散布在三个重要的时间点上：一个是世纪上半叶的1925—1927年，一个是世纪中叶的1961—

1962年，最后一个是世纪末，二十世纪最后二十年的开始，即1981年。第一次南行后，艾芜通过《南行记》等作品对西南边陲少数民族和下层汉人的刻画，丰富了中国现代文学的人物画廊。艾芜在第二次南行之后不久，尽管有《百炼成钢》等创作，但事实上已经丧失了写作的权利。不幸的经历使他如惊弓之鸟，稍有风吹草动，他就得赶紧丢下自己的笔杆。第三次南行写出的不少篇幅，甚至都不再是小说，只能说是通讯特写、报道了。蜀山青，人已老。

1925年的暑期，四川省立第一师范学校肄业生汤道耕，踏上了成都望江楼下有些摇晃的木船，沿着府南河顺水而下，悄悄走出了亲人们的视线，开始了三十年背井离乡的生活。

离开成都的时候，艾芜的全部家当只有怀里揣着的一双草鞋。《南行记》里详细地记录了这事：

> 我由成都到昆明，这一个多月的山路，全凭两只赤裸裸的脚板走。因为着布鞋，鞋容易烂，经济上划算不来。着草鞋，倒是便宜，但会磨烂脚皮，走路更痛得难忍。因此，由昭通买好的一双草鞋，就躲在我包袱里，跟我走了一两千里的路。这在当时是可以带也可以丢弃的东西，料不到如今会成了我的一份不小的财产。拿到十字街头去拍卖吧，马上心里快活起来了。
>
> 草鞋塞在裤裆里，满有生气地、又像做贼一般梭出店外。在街灯照不到的地方，看看两头没有警察的影子，便忙从裤裆里取了出来。摆出做生意人的正经嘴脸，把货拿到灯光灿烂的街上，去找主顾。

那双草鞋，后来卖出去，救了挨着饿的青年艾芜。从此，他开始了长达六年的漂泊。有了这些漂泊，也就有了后来的名篇。

在中国，专门的哲学家常常建树极小，有建树的哲学家、思想家，往往是文学家。文学作品，往往也是哲学作品。鲁迅如此，胡适如此，艾芜也是如此。正因为他们的作品里有足够的思想性，这些作品也才会照亮人心，神采奕奕。

汤道耕受胡适“人要爱大我，也要爱小我”主张的影响，取名“爱吾”，后来衍变，发表文字时就署名“艾芜”，这一名字从此伴随了他的一生，真名反而鲜为人知了。

艾芜作品的读者，是整个社会的普罗大众。创业者读，可慰杯酒风尘；居家者读，可获卧游之资。出行者当借鉴读，交友者作阅历读。人间般般苦，都到眼前来。本来有小百科之谓，何必做小说看。艾芜被称为流浪文学之父，良有以也。

赤脚流浪，墨水瓶挂在脖子上。笔下是绮丽温柔、苍莽荒凉的异国风情，真挚的情感，将一幕幕人间悲剧、一幅幅悲苦的人生画卷展现在读者的面前，鲜明的流浪汉形象，浪漫而狂野的气息，深深地吸引着读者。“那些在生活重压下强烈求生的欲望的朦胧反抗的行动”，少年意气当拏云，在蜕变中对人世冷暖进行审读的《南行记》，魅力持续了一个世纪，沉淀，发酵，由浓烈张扬的激情渐渐化为内敛的淡然与随性，让不同时代的读者都可以去感受，品读漂泊者的恣意与悲欢。

顽强抗争，自强不息，是艾芜在南行中的精神支柱，也是《南行记》和艾芜其他作品的主旋律。《人生哲学的一课》里，失业和饥饿使他懂得了“处世需要奋斗的意义”，在饿得头昏脑胀，气息奄奄时，他的内心仍然燃烧着一个念头：“我要活下去……至少我得坚持到明天，看见鲜明的太阳，晴美的秋空。”奋斗才有出路。《南行记》独有一种催人奋起，促人向上的精神力量。社会的黑暗，人生的苦难，都不足以吞噬流浪中的艾芜的信心和勇气，他要冲破黑暗，寻找幸福。他把对假、恶、丑的揭露和对真、善、美的追求完美地结合起来，升华成了艺术篇章。启迪人、感染人、鼓舞人，是艾芜作品送给这个世界的最好礼品。作家高缨说得好：“每读艾老的作品，总觉得字里行间有一团炽热的火，有蕴在纸底的深沉的力。这火，燃烧着读者的心；这力，吸引着读者去看人生，看社会，看过去和未来。”（《在美好的边疆大地上》，《边疆文艺》1981）

今天，社会物质已极大丰富了，一双草鞋流浪南亚的事是不可想象了，但流浪者所深具的孤寂，并未远离人心。

艾芜是具有世界影响的作家。在他留下的五百多万字的作品中，《南行记》《南行记续篇》《南国之夜》《富饶的原野》和《故乡》等已经成为脍炙人口的传世之作，不仅载入中国文学史册，还被翻译成日、俄、英、德、朝、匈、波等多种文字传播海外。据龚明德先生《艾芜遗物被日本朋友保存十年又璧还》一文所述，1995年，艾芜的家属在整理艾芜的手稿和藏书等遗物时发现，不少图书刊物、纸质印品和手稿，包括不少同代文化名人写来的书信原件都毁损不轻。他们在中国大陆地区没有找到一家相宜的公立图书馆来收藏艾芜的这些无价的纸质遗物。“主动联系的几家，都婉言拒绝收藏。也就是说，连送都送不出去。后来，经一位研究艾芜文学的日本朋友杉本雅子的帮助，日本大阪帝塚山学院大学同意无偿代为保管艾芜的手稿和藏书。现代化的帝塚山学院大学图书馆花了两年人工，耗资一百多万元人民币，对艾老的手稿和藏书进行了详细的分类整理，精心保管。十年间，藏品保存有致、一尘不染，没有丢失一件藏品。”日本大阪帝塚山学院大学加纳武校长说：“艾芜先生闻名于世，他的文学成就永载史册。这十年，我们能把他的手稿和藏书保管下来，现在又让它荣归故里，对我们来说是一件非常荣幸的事，也是我们对人类文化事业的一份贡献。”2005年秋，日本朋友把这份宝贵的艾芜遗存完好地交给了中国现代文学馆。

经眼的《艾芜传》有三种：《艾芜传：流浪文豪》，廉正祥著，北岳文艺出版社，1992年版。《艾芜传：流浪文豪之谜》，张效民著，四川民族出版社，1997年版。《艾芜传》，王毅著，北京十月文艺出版社，2005年版。据说，王毅的书还有画传，惜未见到。

2013年9月30日上午

向死而生
——文学大师笔下的瘟疫

莎士比亚在《哈姆雷特》中说："生存还是死亡，是一个问题。"但一般情况下这只是一个假问题，不是一个真问题。什么情形下"生，还是死"才会成为真问题呢？只有生命在生与死之间进行抉择的时候，"生，还是死"才会成为真正的问题。

随着社会的发展和科技的进步，人们的生活改善了，生活质量提高了，但生存的威胁并没有远离我们，相反，由于种种原因，各类瘟疫一次次地向人类袭来，生存还是死亡的问题，依然是人类的大困扰。

如何应对呢？答案千千种，我选海德各尔的"向死而生"。透过死亡来看待生命，我们可以获得很多有益的启示。

面对大灾大难，特别是面对灾难中的瘟疫，文字和文学，都为人类的"向死而生"做出了特别的贡献。

瘟疫肆虐下的普通百姓的生生死死，特别被一些文学大师收入笔下，写出了或以瘟疫的流行为背景，或直接描写瘟疫的不朽作品。

《十日谈》：瘟疫中十个幸存者讲述的故事

薄伽丘是西方文学史上较早以瘟疫为背景创作文学作品的作家。薄伽丘时代，欧洲瘟疫频仍，鼠疫、黑死病、天花、肺结核、流感、梅毒、麻风病等流行性疾病经常发生，人们经常生活在瘟疫带来的恐怖阴影之中。1348 年，意大利的佛罗伦萨发生了一场可怕的瘟疫，每天，甚至每小时，都有大批大批的尸体运到城外。从 3 月到 7 月，病死的人达十万以上，昔日美丽繁华的佛罗伦萨城变得尸骨满野，惨不忍睹。薄伽丘以这场瘟疫为背景，历时五年，写下了《十日谈》。《十日谈》和但丁的《神曲》齐名，被称为“人曲”。在佛罗伦萨闹瘟疫期间的一个清晨，七个美丽年轻而富有教养的小姐，在教堂遇到了三个英俊而富有热烈激情的青年男子。七位小姐中的三人是他们的情人，别的几位和他们还有亲戚关系。他们决心带着仆人，离开佛罗伦萨这座正在走向死亡的可怕城市。他们相约，两天后到郊外一座小山上的别墅里去躲避瘟疫。那里环境幽静，景色宜人，有翠绿的树木环绕，还有曲折的走廊、精致的壁画、清澈的清泉和悦目的花草，地窖里还藏着香味浓郁的美酒。十个年轻人每天不是唱歌弹琴，就是跳舞散步。在暑气逼人的夏季里，他们坐在绿草茵茵的树荫下，大家以讲故事的方式来度过这段时光，用笑声将死神的阴影远远抛诸脑后。他们每人每天讲一个故事，一共讲了十天，恰好有了一百个故事，这是《十日谈》书名的由来。故事中的人物来自当时的各行各业，这些人物共同的舞台就是这场历史上最为可怕的瘟疫。

据薄伽丘讲，《十日谈》中的故事都是有理有据的。作品歌颂现世生活，赞美爱情是才智和高尚情操的源泉，歌颂自由爱情的可贵，肯定人们的聪明才智等。作品也揭露封建帝王的残暴、基督教会的罪恶、教士修女的虚伪等等。薄伽丘从小向往民主自由，长大后多次参加政治活动，反对封建专制。《十日谈》就是他反封建反教会的有力武器。《十日谈》写完后，薄伽丘受到封建势力的迫害和打击，愤怒的他曾经想把包括《十日谈》在内的自己作品全部烧毁，幸好他的好朋友、意大利著名的民主诗人彼特拉克苦苦相劝，《十日谈》才保留了下来。《十日谈》对十六、十七世纪西欧现实主义文学的发展产生了很大影响，在欧洲文学史上占有重要地位。

诺贝尔文学奖得主笔下的瘟疫

加缪的《鼠疫》：

如果说《十日谈》只是一部以瘟疫作为背景的文学名著的话，那么，加缪的《鼠疫》则是直接描写瘟疫的。《鼠疫》，是法国作家加缪于1947年创作的长篇小说，叙述的是发生在阿尔及利亚海滨城市奥兰的一场想象的瘟疫。《鼠疫》是以象征手法写作的哲理小说。肆虐的鼠疫在这里既象征着德国对法国的占领，也象征着人类的一种普遍的生存状况。加缪因这部作品“热情而冷静地阐明了当代向人类良知提出的种种问题”而成为1957年诺贝尔文学奖的获得者。他是有史以来最年轻的诺奖获奖作家之一。在《鼠疫》里，奥兰发生瘟疫，突如其来的灾难让人不知所措。政客狂妄无知，掩饰诿过，甚至想利用灾难来获取利益；原来过着萎靡不振生活的小人物，凭着黑市门路，为人民带来各种禁品，突然成了城中的风云人物；小百姓恐慌无助、自私贪婪，每天都只是过着颓废生活。瘟疫城市被重重封锁，无人能够自由进出，被困在城中的人民，朝思暮想着住在城外的亲朋好友。里厄医师挺身而出救助病人，与一些同道成了莫逆之交，但自己的妻子却远在疗养院，生死未卜。作品通过主人公里厄医生为代表的一大批人面对瘟疫奋力抗争的故事，淋漓尽致地表现出那些敢于直面惨淡的人生、拥有“知其不可而为之”的大无畏精神的真正勇者。他们不绝望、不颓丧，在荒诞中奋起反抗，在绝望中坚持真理和正义的伟大的自由人道主义精神。里厄医生等几个人物形象表达了关于人抵抗恶的理念：在威胁人类的灾难被消除之前，不存在所谓个人的幸福。这部小说所表达的人生观是：自己的生命已经不再重要，群体的生命才有意义，个人的利益已经不具意义，群体的利益才具意义。

马尔克斯的《霍乱时期的爱情》：

《霍乱时期的爱情》是《百年孤独》的作者、哥伦比亚作家加西亚·马尔克斯获得诺贝尔文学奖后出版的第一部小说，它讲述了一段长达半个多世纪的三角恋，展现了种种不可思议的爱情和爱情的不可思议。小说穷尽世间爱情，洞穿爱情真相，充满了对生活的思考。马尔克斯说：“《霍乱时期的爱情》是我最好的作品，是我发自内心的创作。”这是一部伟大的爱情小说，讲述了“世界上最浪漫的爱情故事”。小说写一个男人和一个女人之间爱的故事。他们在二十岁的时候没能结婚，因为他们太年轻了；经过各种人生曲折之后，到了八十岁，他们还是没能结婚，因为他们太老了。作品的情节主要在一个女人费尔米纳和两个男人阿里萨（她的初恋情人）和乌尔比诺（她的丈夫）之间展开。在五十年的时间跨度中，马尔克斯展示了所有爱情的可能性，所有的爱情方式：幸福的爱情，贫穷的爱情，高尚的爱情，庸俗的爱情，粗暴的爱情，柏拉图式的爱情，放荡的爱情，羞怯的爱情……甚至“连霍乱本身也是一种爱情病”。透过这些爱情，小说表现的是哥伦比亚的历史，是哥伦比亚人自己破坏哥伦比亚的历史。霍乱本身就是一种十分可怕的瘟疫，而在马尔克斯的笔下，霍乱实在带有过于浓厚的魔幻色彩，甚至说得上狰狞。霍乱使得这个时代变得萧条而恐怖，但它被征服时，又让人们看到了希望，使人们在死亡阴影笼罩下表达出隐匿的情感。《译者前言》中说“它堪称是一部充满啼哭、叹息、渴望、挫折、不幸、欢乐和极度兴奋的爱情教科书”。

萨拉马戈的《失明症漫记》：

葡萄牙著名作家、1998 年诺贝尔文学奖获得者萨拉马戈的《失明症漫记》，是一部描写人们在失明之后所表现出的种种恶行的长篇小说。凭借丰富的想象力，萨拉马戈在《失明症漫记》中虚构出了一个盲人世界。在这个世界里，人类及其文明的主要特征毁灭殆尽，人性之恶得到充分暴露。小说似假还真，所展现的是“这个世界的一个缩影”，体现了作家对人类命运的深切关注。萨拉马戈将人类一些最古老的命题放置在一个不可能的背景下进行讨论：有一天，失明可以传染了怎么办？世界正不断陷入这种失明和它带来的恐慌中，怎么办？人类会发疯吗？文明会失去吗？看似新奇的设定，在小说中却无比真实地构建了那种沦陷的世界。一开始，是一个人，接着，以指数的速度增长，公交车司机突然失明而导致事故，还有飞机、火车……这还仅仅是一个细节。做不到消灭病毒的话，该如何与病毒共处？大师留给人类的思索，是拯救人类的钥匙吗？

作家们深入人类灵魂的笔触，写出了瘟疫的祸害和人类的抗争。他们也其实是人类睿智的代表。细察其良苦用心，不难发现，所有的灾难，其实也都有人类自己制造的成分在其中。反观今日之难，哪一件我们能辞其咎？哪一件天灾离开了人祸？天作孽，犹可恕；自作孽，不可活。多么希望我们远离人祸，远离天灾，远离瘟疫，走向真实的富裕和文明。

除了诺奖作家及其作品之外，在欧美文学界，与瘟疫直接有关系的作品还有西尔瓦的《死屋》、阿莱格里亚的《饥饿的狗》、索尔仁尼琴的《癌症楼》等。东方文学以及文学之外的其他艺术形式，也都有反映人类和瘟疫相搏的作品。这些文学作品都向我们传达了这样一种思想：居安思危，向死而生，人类之善念也。

2013年5月30日下午

春风荡漾好读书

——写在河西文献与文学研讨班开办两个月之际

两个月了，一拨人兴味盎然地坚持了下来。这不容易，特别是在时下这个读书不易的时节。万丈红尘引动，心浮气躁是这个时代的特点。能静下心来去寻觅，去书写，真的不易。尽管老祖宗早就有训示，说淡泊可以明志，宁静才能致远，但金玉良言，良药苦口，听得进去的人可是少之又少。

然而，就是在这么一种情形下，在吴浩军教授的提议下，我们这一帮人居然坐下来了，坐而论道，还不亦乐乎，谁能说这不是稀有难逢之事?

可不要小看这一坐。“心斋”而“坐忘”，为庄子所述。跏趺若金刚，乃佛氏之化境。朱熹说：“半日静坐，半日读书。如此一二年，何患不进？”《大学》之道讲修证的层次曰：“知止而后能定，定而后能静，静而后能安，安而后能虑，虑而后能得。物有本末，事有终始，知所先后，则近道矣。”这不仅是曾子特别提出的孔门心法求证实验的修养功夫，同时也代表周、秦以前儒道本不分家的中国传统文化中教化学养的特色。此一坐，法儒法道亦法佛，心意初定。这一定，就有可观，大有可观。一定，就能成功。这也是约定俗成的成语。

我们选了至少一百位文献学家来研究。他们是谁？是孔子，是老子，是司马迁，是郑玄，是颜师古，是孔颖达，是范仲淹，是朱熹，是顾炎武，是王船山，是戴震，是段玉裁，是钱大昕，是梁启超，是张舜徽，等等。呵呵，他们是中华文明之魂。没了他们，也就没了我们的精神。

为他们立传的人多了去。万古千秋，代代相传。那么我们为什么还要这么做？答案多多，但人家说是人家的，我们做是我们的。可以了吧？还不足，就再说。譬如，我们需要从他们那里汲取养分，滋润我们干渴的心灵，他们需要我们传承那似乎要失却的薪火。我们更需要他们，他们离不开我们。他们是照破千年暗的那盏灯，授予我们的是能破万年愚的大智慧。

还可以说出一万个理由来。

要是某一天，我们中的一个人研究了他们中的某一个，对这个人五体投地地佩服了起来，学习了起来，私淑了起来，得其神髓，光大其心愿，那又是何等气象？

这三十多个同学，都是八零九零后，大三大四的学生。你可以想象他们未来的路。我说，可不要轻看了啊。因为研究，因为编纂，他们和列祖列宗的老师们在一起，朝斯夕斯，品味着宗师们的人生和学术。天地君亲师，乱了的时候是大灾大难的浩劫之际，对了的时候就是兴旺发达、意气风发的时节。脚下就踩着先师们铺好的金砖，眼光也是从火眼金睛里放出来的，看到的，自然是金光大道，这如何得了。

或许，会有一些不如意，但是，我们会比今天少了什么吗？答案是不用言说的。我们只多不少。可能会少一些市侩气，少一些俗气，那又何妨？

我看见的，是希望。他们写下了数十篇文字。他们中的张念丽说："对于这个活动，大家的感受是不同的，但无一例外的是我们都进步了。比起往昔，多了一份耐心，多了一份细心，多了一份自信，也多了一份思考。这进步，不仅仅是在文字、文章、文学方面，更是一个人思想走向成熟的过程。我们正以极大的热情和勇气走向一条新的路途。""每周一次的讨论会逐渐把我们引向一个更高的层次，一个别样的天地。"

过去的，才只有两个月。两年后呢？二十年后呢？

春风荡漾好读书。站在春光明媚的校园里，眺望远方，我看得见繁花似锦的风光。

2013 年 4 月 21 日午后

《春风荡漾好读书》题外

4月21日下午18时许，我在河西文献与文学研讨班的QQ群里贴出《春风荡漾好读书》，并说明缘起：看见张念丽、陈泽琼和吴教授的文字，有感于大家的文稿和讨论，写了这些字，记录我们的活动。文字刚刚贴到群里，孟英英就说，黄老师，我抢先拜读了！我说好，抛砖引玉，请提出修改意见，不妥处我改过来。今天和吴老师聊天，这里的一些话是聊天中涉及的。

随后，群里就有了热烈响应。孟英英之后，陈瀚明等不少同学也相继发言。

认真读过《春风荡漾好读书》后，孟英英说："开头第一段好多句号。不知道这算不算一个问题。因为我之前写散文，也总习惯用句号，觉得可以使情感表达更为直接、决绝。个人观点。"一会儿，她又说："但是我觉得也没必要改。在散文表达中，仿佛标点符号也是有感情的，哪怕几个字也用句号，那么这寥寥数字便有了掷地有声的质感和份量，情感表达更为强烈。个人愚见，让老师见笑了。"我回答她说："说的好。孟英英，我认真看了，是多了些。至少要改两处。"

又半小时后，吴浩军教授说，看来孟英英对文字还是下过一番功夫的。要不怎么能对标点产生这样的体验。吴教授引了孟英英关于标点的句子后说："说得好！稍作阐发，即是一篇好文。可发于博客。"

秦莉来了，她说："老师好！老师你不说，我都没有感觉到参加这个活动已经两个月了呢，我感觉挺惭愧的，这么久了居然没有写点东西。"话很诚恳，也很谦虚。我知道，同学们课业重，能坚持读写，也不容易。

看见秦莉说话，吴教授调侃道："秦莉在群里'冒泡'了，祝贺！欢迎！"七点半的时候，吴教授说："黄老师最新美文《春风荡漾好读书》已发于研讨班博客，请各位同学品赏。"韩玉青、孟文安他们来了，说，"好的，我落后了"。骆美琳甚至追究晚一些看见的人，说是"绝对的人品问题"。急得后面来的同学只好说"才看到么"，"没有上网么"。呵呵，气氛是够融洽够热烈的。夜里快十一点了，张军说："刚读了黄老师的这篇《春风荡漾好读书》，感觉挺振奋人心的，是振奋人心的好文章。我们都要好好读书！为往圣继绝学！"陈旭新应和道："这篇文章很好，成长就是加减法。"

我为大家的参与而欢欣。

已经是十一时许了，我离开了电脑。手机上的 QQ 的图标在跃动着。"堇色安年"微笑着说道："黄老师，拜读了您的文章我很惭愧。参加读书班两个月了，我有想法、有感受，却始终没有用一些像样的文字把它们表达出来。您的文章很好，我才疏学浅本不敢妄加改动。但一想这也是个学习的机会，所以就抱着鸡蛋里挑骨头的心态，稍微改了改这篇文章。这一改可能糟蹋了老师的好文章，还请老师不要见怪，多多指教。"

我用手机把"堇色安年"改过的文稿发给吴教授审阅。回说有改得好的地方。只是还需注意原来行文的文气，待明天吸收正面意见，写入文章，然后再看。

晚 11 时 55 分，在研讨班博客，伊含若跟帖说："春光荡漾好读书，有您和吴教授的引领，我们会加倍努力。书山有路勤为径，学海无涯苦作舟。"

读书论文，与学子寻孔颜之乐，获此效验，岂不懿欤。

2013 年 4 月 22 日午间写出，23 日改毕。河西文献与文学研讨班，是由吴浩军教授提议，我赞襄其事的一个读书群落。参与的主要成员，是河西学院的青年学生。以读书问学、克期取证、传承文明、弘扬文化为其大旨。

万卷书后万里路

我们的研讨活动，就要告一段落了。一段时间来，我们排除干扰，克服困难，取得了很好的成绩。已经完成的二十七篇文稿，就是大家心血的结晶。课程紧，学习任务重，四六级考试，期末考试，都是必须要过的。在做好这些的同时，我们以先哲为师，学习他们的精神，师法民族文化的精华，树立自己人生的坐标，这是不容易的。未来会证明，这段经验，会成为人生中巨大的财富。我们的路还长，等着我们的困难，也不会少，但这又有什么关系呢？我们选出的百余位文献学家，哪一个不是历尽千难，成就学术的。有他们做榜样，我想我们的同学们，也一样会做出努力，成就自己的人生。

接下来，相当一部分同学将会外出，去实习、去参观。或广东，或新疆，或其他地方，都要留下我们的踪迹。吴老师让我说几句话，我也没有更好的东西，无非是老生常谈，新意不多。

我想说的，第一是今天而后，我们要见古。古有两义，首先是人，其次是物。人指古圣先贤，训诂学上，同声同韵都相训，贤者仙也，有仙则灵。以古为师要是不见人，即等于零。这也是我们编纂文献学家评传的初衷之一。贤者背后，是一个地方发展的历史和文化。物包含的内容很多，这里不展开说，但大家访古的时候，可别忘了淘宝，眼睛要有力气，吴老师就善于在荒山野地里发现学术，比如古碑和遗址。又比如旧书古书，那也是古董，有时候可值钱呢。一笑。

第二是见今。看不见现在，漠视当下文化的人，即便会取得一些成绩，也有限得很。不信今时无古贤。现在，那些有成就的大读书人、大学者，都是我们这个时代的真正代表，是宝贝。历史的烟尘散去，他们仍然会璀璨夺目。比如吴老师见过的饶宗颐，他不仅是泰山北斗，也是文化的楷模，我在西湖边西泠印社盘桓的时候，孤山所有的氛围，都似乎呈现着饶社长的风华。在他之前，西泠印社的社长是吴昌硕、沙孟海、赵朴初、启功。青年人风华正茂，大学者也喜欢和他们交往，当年，名教授李大钊与低学历的毛润之交流，鲁迅扶持青年，都是佳话。学者们言谈举止间传递出来的东西，往往读十年书也得不到。所以要勇敢地去敲大师的门，门开了，你有所获，被拒了，也无所失，总有一扇门，会为你大开。立雪深时道已传，善财童子五十三参，终成正果，这是我们的榜样。当然，见了善知识，要记得合影、题签，要有多余的，可送我一份，呵呵。别小看了敲门，月下敲门送紫芝，那是生命所需的养分。这其中有大智慧，要穷尽人生，用毕生去体察，才可能有所获。

第三，我想说说重走文明路。每个地方，都有巨大的文明遗存。佛经上说，每一寸土地上，都有救苦救难的菩萨流过的血。下车伊始，先看志乘。了解了文明历程，就去寻文明之路。知其然也知其所以然，你去过的地方就会化入你的生命。所谓第二故乡，此之谓也。万卷书后万里路，人间正道是沧桑。一定要学着走一走。前些天大家去焉支山，就是好样子。袁中郎说，死在冷泉片石上，要胜过老死在绳床瓦灶间。山水人文，人文山水，是养育我们的好地方。好地方在那里，要去看，去饱眼福、育心灵。

第四，希望同学们到每一个地方后，养成访书的习惯。中国文化有一个好传统，就是敬畏文字；中国文人有一个好习惯，就是访书。许多有志的人，都有访书的爱好。周氏兄弟、胡适、董康等人都是。钟芳玲写了几本《书店风景》，在读书界很有名，记录的是她到世界各地访书的经历，图文并茂。以书为师，是中华文明薪火相传本源性的特质，我们不可以丢弃。河南焦作有一个老先生，叫范凤书，痴迷于藏书楼，七十多年间，他寻访过往岁月里祖国大地上他能知道的藏书楼及其遗址，孜孜以求，写成了《中国私家藏书史》和《中国著名藏书家与藏书楼》等书。他也是个中学老师。我们现在的起点不低，又受到了这么有益的学术训练，我们也应该有成就。我们要学习这些人，到新地方了，也要去访书，看看有没有藏书人，去见见他们。藏书楼不易找，藏经楼是有的，一临凭吊，发思古之幽情可也。书籍是我们进步的阶梯，养成爱书的习惯，多多益善。过去，存书的地方是藏书楼，今天，存书的地方是图书馆，是书店。每个地方的图书馆和书店，都有些特别的东西。可能的话，去看看那里的馆藏图书，看看书店的新书和旧书，那会给我们提供特别的养分。

第五，要坚持写。多读自知，多写自好。这是中文专业成就学子的法宝。兰大冯培红教授的弟子宋翔，现在是厦门大学的博士生，去年来张掖的时候，我看见他拿一个小本子，随时随地地在记录着什么。交谈中他告诉我，冯老师鼓励他这样做。好记性不如烂笔头，火石电光一样的灵感，是需要捕捉的，清景一失难追摹，这个时候，笔记会帮上忙。现代科技发达，我们不一定要笔记本，我的记录是写在手机上的，这样可以下载，省去整理时的录入之劳，是很好的。人的思想，如果不落在纸上，思维便得不到更好的整理，做事情的条理，也就会打折扣。也要养成随时记录人生的习惯，这会让我们受益终生。有时候，把日记整理一下，就是很好的文稿。经常写日记的人会发现，日记，那是人生的富矿，日记会带给你许多意想不到的收获，甚至可以说，在日记中，你要什么都可以得到。这样说似乎玄了些，但你不知道，许多名山大寺中都悬着“有求必应”的大字，求谁呀？求人不如求己，求己？那不如写日记啊。写日记，就是求自己。日记，是和自己心灵沟通的最好方式。

第六，多担当。天下难事，必做于易。看见地上脏了，我把它收拾干净，看见那个事没人做，我把它做好。帮人，不是帮别人，都是在帮自己。这些道理浅，但真懂的人少。三岁小儿都晓得，八十老儿行不得。任何时候，敢于承担责任的人，都会是受欢迎的人，也才会是有作为的人。你逃避事情，成果和成功也就逃避你。不要小看了那些身边的小事、琐事。你有礼貌，你微笑，别人才会找你。你冷若冰霜，好像谁都在欠你的债，那谁理你。中国最不缺的就是人啊，少你一个，有什么关系呢？所以啊，抢着做事，不计亏欠，肯吃苦的人，有福了。

第七，要有一个飞的志向，要争一个好的位置。有人生规划是对的。要有半年的目标，一年的目标，三年的目标。为什么以三年为期呢？这是研究生的学习时段嘛。走路没有目标，就会很累，有了追求的目标，就有了人生的动力。目标要自己设定，定了就要践行，要自己督促自己，天天督促，天天进步，就会离目标越来越近。骆驼只有在戈壁里，雄鹰只有在蓝天上，才可以发挥自己的优势。戈壁和蓝天，就是骆驼和雄鹰的平台。没有目标，没有平台，人生就不精彩。一万年太久，只争朝夕。好好做，成功就在前面等着我们。

由于时间的关系，许多话，都不能展开说。点到为止，以过来人的身份，给同学们提个醒，希望对大家有用。

2013年6月5日在河西文献与文学研讨班发言。6月23日修订于母病侍疾时，市医院五楼306病床之侧，点滴静好。七十五岁的母亲已住院十二天，进入恢复期，心为之宽。24日上午录出。

与冯培红教授往还信札六通

一

培红教授：

浩军教授转来了你的日志，读之很受鼓舞，也很受启发。就敦煌文化而言，你是福星，就中古学术而言，你仍是福星。学术是公器，学者是国宝，俱我所敬仰者。倡导工作室书斋化，工作起来方便得多，提倡把闲置的书集中起来，让大家都看到，这是很好的事。兰大的设施设备，应该是好的。但时下的学者有时并不能最大限度地拥有学术研究的方便，真是无可奈何的事。

我是一个再普通不过的中学语文教员，你却给了这样高的评价，谢谢你，虽然知道是过奖了的，但心里还是很高兴。人之不能免俗，大概就是这样了。一笑。

按：冯培红教授2013年10月受捐书、文日志云：27日（周日）下午法藏会，参会的甘肃各地师友前来，收到许多捐赠书、文，大感动焉！……河西学院吴浩军教授，专程从张掖来兰州，远道而来参加法藏会，其精神十分令人感动！更感动的是他还捐了14本书，很多都很厚重，是研究河西地方史的难得资料。吴老师还带来了张掖四中黄岳年老师捐赠的4本书。黄老师前天发了短信，今又题写“学术之光”的书法一帧，并用小楷写了一封很典雅的信，读之动容。他是我见到的中学老师里面最有个性与才华的老师，又极聪慧勤奋，他出版的七八本书中有三本都是在手机上写出来的，足见其敏思勤勉、天生才华了。

你主持法藏研究，这是莫大的好事。本来是想和浩军一起去聆听你的报告的，因故未能前往，遂成一遗憾。想来日方长，应当还有机会能够听到你有关法藏的精彩想法。敦煌文献，魅力无限。我身处的环境局限了自己的视野，但对于学术事业的向往，却让自己忍不住想有所了解，有所收获。《敦煌大族与前凉王国》在手，曾稍见法藏使用影子，惜乎更多的不能见到。思之浩叹。

限于条件，法藏原件必然难以直接展阅。世纪初我曾到过法国，但那也仅仅是游历风景。现在手边有的是浩军处拷来的电子版英法俄等藏敦煌吐鲁番文献，闲来翻检，亦倍感荣幸。我喜欢写字，打开电脑，临写法藏，也是很好的事。折服于古人精妙之艺，欢喜无量。

也看见了你的几位研究生金塔之行的考察报告，很受启发。从中见得到导师指引的影响，也看见了未来学术的成长。

即颂

书安！

黄岳年

2013 年 11 月 5 日

二

黄老师：

您好！

首先感谢您给兰大中国古代史研究所捐赐大著，并为我书赠“学术之光”法帖，不胜感激感动！

中国的老师，尤其是西部高校的文科老师，大多没有办公室。我们古代史所只有一间不足 20 平米的办公室，11 位老师共用。这倒没什么，螺蛳壳里也能做道场，我在日本留学时见到他们的办公室非常狭小，但处处利用，几无一平方米闲置，所以空间不是大问题。

问题是没有资料则无学习和研究之氛围。国外学者的办公室，三壁六书架，满满当当，是安心搞学问之场所，所以我首先必须把办公室放满图书资料，以营造共同学习之氛围。此我之苦心也。

由于我们研究所还没有经费，所以我发起捐书、文之倡议。其实本来在开学初就要倡议的，但因研究所装修之事在等待学校动作，故而拖至十月下旬。幸运的是，前所长汪受宽教授在 9 月 7 日我们第一次读书班时，就主动捐赠了 8 册书，这是在我倡议之前他的主动行为，所以很是让我感动。我于 10 月 22 日晚发出倡议后，很快得到许多师友的热心支持，到月底已经收到 278 册书或论文，研究所图书初具规模。

其实书对我们的重要性，只是营造一种学习和研究的氛围，接下来我们最主要的任务是搜集难找、急需的论文，特别是国外的论文。举一例，比如研究河西史的国外论文，我们要搜集齐全，以贡献给国内所有研究河西史的学者。一般的书图书馆有，我们不会重复建设，我们需要特别的书、特别的论文，这样才能有特色，才能贡献给学界。我们在倡议捐赠的同时，也考虑“反捐”，我们必须发挥资料的公益效用，让学术成为天下之公器，要回报给捐赠者乃至所有需要的学者。这也是我的想法。

我今天又捐了 1 书、16 文，除了自己的 2 篇中文论文外，其他的全是英文、法文、日文书或论文。我的同事杨洁（以前跟我读的博士）前两天也捐了一些外文书。今天西北民大的华侃老师也说要捐献他的许多藏文书刊，真是令我们无限感动。本月末的统计，将会增添许多外文书、文，相信这些对于中国的学术研究一定会有大的切实的推进作用。

我们办有 3 个读书班。一是古代史研讨班，每月一次。二是法藏敦煌文献轮读会，每两周一次。上上次是敦煌研究院马德研究员讲的，上次是我讲的，本周末是敦煌研究院王东助理馆员讲（他以前也是跟我读的博士），再下次是兰大文学院陈晓强副教授和他的研究生李萍合讲，之后再是兰州商学院王祥伟副教授讲，可见范围已经逸出兰大，全兰州的学者都来参加和讲演，吴老师有时也从张掖赶来参加，12月21日有四位日本学者来讲。三是周末读书茶会，也是每两周一次，基本上是我的研究生参加，讨论最为激烈。上上次是我的四位研究生的野外考察报告，您大概是从吴老师那里看到了考察日志，学生们做得很不错，上次是两位博士生报告博士论文进展，下次是两位硕士生报告硕士论文进展。总的来说，读书的氛围还是很好的。

您手头已经有了英、法、俄藏敦煌文献的电子版，真是非常好，尤其是法藏的还是彩色图版，对于书法爱好或研究来说更佳。另外，日本的不知道以前拷给吴老师了没有，最近几年也出版了一些彩色图录。

我最近在修改一本关于归义军的小书，年底出版，届时再呈上请您教正。学术书读起来枯燥，比不得您的大著之轻盈灵动，但没有办法，从事学术就得一步一步求索，必须以解决问题为首务。另外，我下周去台湾一趟，成功大学有个敦煌吐鲁番的会议，在台湾清华大学、华梵大学也有交流活动；下月去香港大学参加饶宗颐先生的会议；再下月去日本京都，在那里过年，开学前回来。来年开春，我要去北京语言文化大学培训法语，为时半年，之后便要去法国待一年。人生匆匆，忽东忽西，但积淀下来的仍是从事教育和学术，心依然宁静。

今天我40岁了，人生不惑，很高兴今夜跟黄老师说说话，谈谈时下和将来的事情。不管怎么说，大家互相砥砺、共同进步，无论是专业精进，还是闲情雅兴，都是生活的应有之义。

培红　顿首

2013年11月5日

三

培红兄：

屈老师文件收到，很开心。惜乎路远，不能聆听，憾事也。奉上元旦试笔一首，以博一哂：不嗜烟酒不嗜茶，诗书万卷福我家。天命之后余何事，自开心颜种莲花。刚刚友人看见此诗，调侃说是千金贵体，只好哈哈。实际是余早年体弱，须得珍摄。所幸调治得当，至今才有安康。故不敢妄为也。茶酒诸善，我是无福消受。烟未染，却喜艾草香味，爱针灸故也。酒喜欢，却无法多喝，多即病。茶则只能稍稍饮红茶，其他不敢多饮，否则亦病。新的一年悄然来临，感谢给我的帮助和鼓励。祝元旦快乐，阖府安康。

岳年　上

2014 年 1 月 1 日

四

黄老师：

您好！

邮件收悉，诗作收到，不近烟酒茶，唯嗜万卷书，此甚好事。想多少人，抽烟饮酒，年轻时恣意挥霍，到老来透支。应当珍惜身体，才能更好地与家人共度人生，为国家和社会做更多的贡献。

我对烟酒茶亦都无瘾，但有朋同聚，或偶尔独处，则亦不全弃之。一般地，我烟每月一包，酒小酌耳，茶三日一饮。

年关交替之际，不意感冒严重，在床头校看书稿，亦一舒惬事也。

更好者，今早三点醒来，打开电脑，我昔日之日本导师发来邮件，同意接受王蕾去大阪大学读博士，转发王蕾，是元旦对她的一礼物也。

祝福新年，致您的全家！

培红

2014 年 1 月 1 日

五

培红兄：

在空间看见你的生活，充实而丰美，真是高兴。冯霞很好学，已经来找过我两次。一次是了解西来寺文物的历史情况，我拨通当年参与古建维修工程的吴正科电话，澄清了一些困惑。一次是昨天，来谈了上月在参加衡山堂周末读书茶会的情形，还给我带来了一支庄浪李氏笔庄制作的毛笔，是他们在省博那里碰上后特意买下的。此前我不知道我们甘肃竟然还出如此精美的毛笔，真是寡闻。今天早上，我用这支毛笔写了“苦读千年史，笑吟万家诗”的字幅，拍照后发给了你的学生向宇翔。贵州籍的向宇翔是你本科大一的学生，他非常敬仰你的学问人品。按照我的意见，向宇翔了解了你空间里所有的文字，一字不落地学习，较为深入地了解了他的冯老师。我告诉他，那里有为学为人的好门径，向冯老师学习，眼认真看，笔不停写，做好积累，养成好习惯，就会不负自己，也不负生活。现在看，他把这个话听进去了。如不出意外，向宇翔应是可造之材。自 2010 年至今，兄三年多些的时间，在空间里留下的文字已逾三十万，这也是社会财富。那只是随手实录的生活，也是每天向上的印记。见过的人，会为这份勤勉而鼓舞。认真读过的人，无疑会因借鉴而获得诸如治学门径、人生精进方面的大长进，冯门诸弟子阅读之，当如明镜然，照耀前路、助益美景，珍若拱璧也是自然的。

印了一本已故张掖农民诗人王登瑞的诗词集，方便时会奉上请益。平日里也在做一些愿意做的事。未必能做好，但做的过程是高兴的，这也就够了，一笑。

即颂

书安！

黄岳年　上

2014 年 5 月 24 日

六

黄老师：

您好！

我在北京，参加一个中古中国的政治与制度学术研讨会。下午有我的报告，不过前时因忙于书稿的校对，没有太多时间写会议论文，只是提交了一篇未完成稿，报告了自己的想法而已。明天下午有我的一场评论和一场主持，然后晚上回兰州。以后，我也将少出去开会和少写论文了，十年一书，一年一文，学术的东西是不能多的，更多的精力将用于教育学生。

谢谢您看我的空间，并叫向宇翔系统阅读！我自己都不知道写了多少字，只是平日感悟，随手写记而已。之前 QQ 被盗号一次，三年以前的东西全没了，不然更多。虽然也有不愉悦的时候，但总体来说是向上的，对他们或许也有所启发。谢谢您对冯霞和向宇翔的关心和指导！今天遇到北师大和复旦的老师，之前托他们的关照，我推荐的两位学生分别到他们那里学习了，这是很高兴的事。上次冯霞到兰州来参加读书茶会，这次我到北京参会，没想到我的一位学生魏一骏也自己来到北京听会，真是难得，出我意料。六月是学生的毕业季，我打算到时带学生去一趟河西，为毕业生送行，放松一下，兼做考察，大概在高台、张掖、马蹄一带。

昨日离兰来京前，让学生给吴老师寄出了两册《敦煌的归义军时代》，其中一册他会转交给您，请批评指正！

培红

5月24日夜于北京紫玉饭店

访学日记

小引：12月18日，收到兰大冯培红教授来信，附来了本周六法藏（即“法藏敦煌汉文非佛经文献整理和研究”）读书会的资料。19日上午，我致信冯老师，表达了与会的愿望。下午，要去制作法藏会手册、然后去榆中上课的冯老师抽空复信，发来会议海报并询问我的安排和想法：“上午也接到吴老师（按：即吴浩军教授）电话，得知您要来兰，真是太好了！您是明晚到吗？住的地方我事先订好，20、21日两晚，还是其他日子？发您海报，一览具体的日程安排。”19日夜半，冯老师复来信相询行期。20日中午，冯老师来信，详细叮嘱行程：“您下车后自用早餐，然后到兰大一分部里的教学楼衡山堂，5楼，8点半开门，9点开始。”晚间，冯老师再次来信，说“下午一日本学者又加一论文概要，刚翻译完。现在去晚餐，叫了兰州的一些同行，如敦煌研究院的杨富学、兰州商学院的高启安、西北民族大学的敖特根、内蒙古大学的包文胜、兰大的苗冬，一起和日本老师聊聊。匆草。”人未到，心相印，此情此谊，稀有难逢。况学术学养，百世可倚，故笔录之。截取双日记，酬我山水音。是为记。

2013年12月21日　星期六　张掖—兰州

稍稍在家里休息一下。零点一过，就准备出门了。因为提着一大包书，份量不轻，所以我把包放在了单位一楼的办公室里。下楼，校园，碰见了刚刚回家的张守平夫妇，问去哪里，我说兰州。校园里静悄悄的，但并不黑，街灯明耀，也照亮着夜的校园。门房值班的是老刘，快退休的人了，仍然认真地值着夜班。看见我打开办公楼门，老刘的手灯就照了过来。拿了书，老刘打着灯，我锁上了楼门。一起来到前院，打开校门，老刘陪着我在街上拦车。看了一下，似乎没有出租车，我说老刘你回去吧，太冷了。话音刚落，一辆出租车就过来了。呵呵，老天照顾我呢。我上了车，挥别老刘。问司机去火车站多少钱，司机说十五元。哦，现在是夜间，不加钱吗？谈话中他告诉我，他是顶儿子开一阵车的，自己的车，所以不加价，白天晚上都是这个价。有的人就不是这样了，他们夜车会要二十元。街灯明亮，马路上行人已经很少了，比起白天，街道上宽敞了许多。聊起张掖，他说滨河新区太远了，给十五元也不去。那里路修得好，但有时候都看不见车，让人有些害怕——没人啊。

到达车站的时候，时间还早，我先去售票处取票。票是老友吴浩军前天为我订好的。大厅里空无一人，但灯是亮着的。从网络取票机上取出车票，看售票窗口里还有一个人，我就过去，问能不能买到从兰州返回张掖的票。售票员是个女同志，她和善地说，能买到，但西行的车多，兰州又是始发站，到那边买很方便，这里还要多花五块钱的。我笑了笑，说谢谢啊，那就兰州买。再说，我也还没有想好明天几点回。走进候车室，一下子暖和了。候车室里的人不是很多，但也不能算少，大概有平日的三分之一。离乘车还有一个小时的样子，我且坐下来吧。铁凳子很冰，坐下来太凉了，我又站起来，行走着取暖。时间还多，我和暖气片旁边取暖的乘客聊了起来。列车说是晚点了，那朋友说，这趟车曾经晚点过几个小时。不想就在我们说话的时候，车已经来了，只比正点晚了几分钟。我们在二号站台候车。天真是冷啊，我知道这就是天气预报上说的那个最低温度，应该是零下十六七度了。我把包裹放在地上，小跑起来。一会儿，T9022 次列车到了，11 号车厢正好停在我站的地方，就在我面前打开了车门。摸黑找到了铺位，有人抱怨："怎么不开灯呢？"我已经睡下了，车厢里的灯又亮了。时间不长，灯又关了。已经是夜里两点多，睡觉是最美的事，一夜无话。六点半醒来，洗漱之后，车已经在兰州境内了。七点二十来分，比预定的时间早十分钟左右，火车到达兰州站。冯老师研究生王蕾的短信已经过来了，以下是手机上记录的短信：

王蕾：快到了吗？

我：天，你可真准时啊，谢。进站了。

下车后出站，我从东向西，穿过候车室前的广场，直接去了售票大厅，买返程票了。人也不多，稍稍排队后就轮到我了。跟售票员询问了向西的车次后，我听从她的建议，买了第二天下午三点二十分 T9203 次 2 车厢 41 座的车票。听见手机短信铃声在响，打开来看，还是王蕾的，心里暖和。

王蕾：那您直接打车过来吗？

王蕾：我去门口接您。

我：好的。我打车过来。

王蕾：到兰大一分部门口，就是华邦品牌内衣广场那站。我现在去正门。

我：好的。

王蕾：已经到了！

刚刚上车时，司机问去哪里，我说兰大。又问是一分部还是本部？我有些糊涂，老觉得一分部就是本部。看了一下王蕾的短信，确认了一分部。车子向东了，我问为什么转弯呢？司机说在这里转弯车少。我回话说，哦，是怕你绕我呀，呵呵。司机道："现在谁敢呀。前一段时间，有一个咱兰州的娃娃在西安上学，回家，下火车后打车，说着一口西安话。跟司机说，去某处。司机想，噢，外地人呀，就多了心眼。拉着小伙子转啊转，到了，说，下车吧，打了百五十块钱。小伙子家人也到了，站在车前，说，师傅，给七块行不？小伙子也说起了兰州话。司机傻眼了，白兮白兮眼珠子，只好说嗯嗯嗯，也行。”司机于是又和我吹起了诚信经：“您看，多倒霉呀，那一百五跟谁要去？现在做人，讲究诚信的，像我吧，拉了您，就挣我的起步价，十元，您下车了，我再拉一个人，多踏实。”

车子刚停在兰大校门口，就看见王蕾也到了，正在打着电话。我喊了一声王蕾，她就跑过来，接过了我手里沉重的书包。

我们到了衡山堂前，这就是敦煌学研究所的办公所在地。门尚未开，王蕾让我看会议海报，海报上有将要进行交流的学者介绍：

坂尻彰宏，男，1970 年生。1994 年毕业于大阪大学文学部，2003 年毕业于大阪大学大学院文学研究科，获文学博士学位，博士论文题目为《河西归义军节度使政权的文书处理系统》。2008 年起任大阪大学大学院文学研究科助教授，2012 年起任大阪大学全学教育推进机构准教授。从事敦煌学、内陆亚洲史研究。

松井太，男，1969 年生。1999 年毕业于大阪大学文学研究科，获文学博士学位，博士论文题目为《蒙元时代畏兀儿地区的税役制度和文书行政》。2001 年起任弘前大学人文学部讲师、助教授、准教授、教授。2004 年，论文《蒙元时代的度量衡》获第 23 回东方学会赏。现为弘前大学人文学部教授、财团法人东洋文库客员研究员。从事中亚史、蒙元史、古回鹘语及蒙古语出土文献研究。

佐藤贵保，男，1973 年生。1996 年毕业于新潟大学人文学部，2004 年毕业于大阪大学大学院文学研究科，获文学博士学位，博士论文题目为《西夏贸易史的研究》。2004 年起任大阪大学大学院文学研究科特任研究员，2008 年起任新潟大学超域研究机构准教授，现为新潟大学大学院现代社会文化研究科研究员。从事西夏学研究。

看过了海报，我们先去学校的食堂吃早餐。王蕾问吃什么，我说喝粥吧。由于学生食堂只能刷卡，我笑着对王蕾说，只好你请客了，本来是该我请的。我们都笑了。用过早餐，我把带来的两本书和两幅字给了王蕾。回到衡山堂的时候，楼门刚好开了。五楼会议室，兰大博士生论文答辩的红色会标还挂着，敦煌壁画仿真的释迦演法图壮丽古雅，释放出不一样的学术意味。

我们算是最早进入会场的人。

我正在手机上记录所见，冯培红教授过来了。握手后，他让我看看资料室的书，就又忙开了。我把带来的《张掖地区志》放在桌子上，告诉他这是带来的礼物。冯老师让学生带过去放到办公室。正坐在座位上的一个学者，认真地翻起了书，后来知道，他就是大名鼎鼎的敦煌学家高启安教授。

九点半，冯培红教授主持的敦煌文献会议法藏轮读会开始。冯老师讲了本次会议的议程安排，向大家介绍了将要宣读报告的三位日本友人。坂尻是冯老师主持的法藏项目成员，研究归义军史，通藏文，特长是同时利用汉文、藏文文献进行研究，这是国内治归义军史的学者所缺的。坂尻向会议提交了两件法藏文书 P.2598v、P.2484 的报告，前件前些天冯老师在香港大学时收到，在从港回兰的飞机上进行了汉译。后件冯老师 12 月 16 日清晨收到，17 日译毕，都发回给坂尻让其亲自校阅一遍。《归义军群牧籍考》是 12 月 20 号发来原稿，由冯老师与其学生王蕾赶着翻译出来的。佐藤研究西夏学，通西夏文，是新潟大学研究员。他提交了与荒川慎太郎氏合作的论文《莫高窟、榆林窟西夏文题记再考》，11 月下旬就发来了文章，王蕾和赵欢进行了汉译，冯老师校阅修改后，发回佐藤亲校一遍，荒川氏因故未能与会，交流就由佐藤进行了。松井研究回鹘文、蒙古文文献，是弘前大学教授，他提交了论文《敦煌莫高窟、榆林窟的回鹘文、蒙古文题记铭文续考》，12 月上旬发来论文，赵欢和王蕾进行了汉译，冯老师校阅修改后，发回松井亲校一遍。按照会议议程，松井应在佐藤前面。

第一个进行交流的是坂尻彰宏，王蕾翻译。络腮脸的坂尻，幽默洒脱，侃侃而谈。他说，早听说冯老师的读书会很好，想来学习。也不知道兰州的读书会是个什么样子，日本也有读书会，我就按照大阪大学读书会的方式进行报告。他调整了一下报告的顺序，先讲了 P.2598v《〈正月廿一日榜文〉及其他》。本文书是九世纪末归义军节度使张淮深发布的榜文书之草稿，甚或是抄本。最先出来的，当然是《正月廿一日榜文》的原件 PPT。日本学者的严谨踏实，在报告中是充分呈现了的。有一分证据说一分话，他引用的定名文件，就有七件之多。他使用了赤木的定名，认为这个最正确。去年夏秋时节，冯老师邀请坂尻和赤木来兰大讲学，那时坂尻刚从法国调查完敦煌文献回来。这次赤木患了病，不能前来。坂尻在演讲的时候，就使用了自己在法国参观的成果。录入的文字中，他按照冯老师的建议，确定了第 15 行的文字“使兵部尚书兼御史大夫张榜”。第 13 行“客者。恐众不知，故令晓喻（谕）”中，坂尻据眼见确定了“喻”。冯老师的博士生石建刚认为，这里的“喻”不需要改为“谕”，“晓喻”一词古已有之，意思是明白劝导、告知、多用于上对下，如《史记·司马相如列传》“故遣信使晓喻百姓以发卒之事”。同时，石建刚还说，本文书第 11 行的“街子”应是“衙子”。衙子，在衙门中当差的人。《说郛》卷七四引宋丁用晦《芝田录》：牛奇章帅维扬，牧之在幕中，夜多微服逸游。公闻之，以衙子数辈潜随牧之，以防不虞。第 9 行“目伤损。今固晓示，切令禁”中的“固”，诸家研究都定的是“周”（那波 1935，中村 1996，郑 1992，郝 1998 作“周晓示”。谭 1998a 此后未录）。坂尻放大了他的图片，我们看见，很明确的是个“固”字。坂尻指出，CMCT2 将本文书上部空白之处所写的极小文字识读作“咸通拾肆本”，推定榜文书的撰作年代为唐咸通十四年（873）。亦参《总目新》第 245 页。但实际上这些文字是否如此书写，难以判读，所以目前认为撰写于中和三年（883）左右是妥当的。对于这一点，讨论中我说，咸通十四年（873）与中和三年（883）相隔几年，或许这些小字是购纸的时候的编号。关于“阴贤君”及其相关的书写文字，讨论中大家也多有看法，我也从习字和书法的角度谈了自己的意见，认为是一个人所写，只是墨色不同罢了。就其字体来看，文书前面的和后面的是一个人所写，应该没有问题。

坂尻报告的第二份文书是《Pelliot chinois 2484〈戊辰年十月十八日就东园算会小印子群牧驼马牛羊见行籍〉》。本文书是戊辰年（968）十月十八日在沙州东园举行总称为小印子群牧的畜群头匹数的点检清单。研讨中，由于人多，大家订正出了好几处录入的失误，这是很开心的事。“小印子”，坂尻引用了张亚萍等人的观点，说是家畜身上的烙印等印记。

坂尻最后报告的是《归义军牧籍考》。这是海报上所没有的，翻译文字也是冯老师和王蕾赶着做出来的。这份报告中最有意思的，是羽34《乙未年十月四日就城角庄算会当宅群牧见行籍》。坂尻在杏雨书屋调查原物时发现文书正面右上角隐约书写着“夫人羊籍”四个字，之前的目录和照片都没有记录。坂尻出示了他拍下的照片，这个很珍贵。当时的节度使曹延禄有三位妻子，这里说的夫人是哪位？坂尻联系当时的历史情景，也进行了考订。由于演讲精彩，图片也好，大家听来兴味盎然。因为涉及曹延禄阴氏夫人的印章（支出羊的账簿断片S.11437中有曹氏夫人印章），对此深有研究的高启安老师也在现场，冯老师于是顺便介绍说，高老师曾经根据相关文书写过文章，《一件尘封千年的贵夫人情书——敦煌写卷S.0526内容试探》，就是高老师研究的成果。后来我问了高老师，得知内容还有修订。原文书为S.0526写卷，唐耕耦拟名《归义军时期武威郡夫人阴氏致某和尚书》，施萍婷拟名《武威郡夫人与某和尚书》，是武威郡夫人阴氏（即曹延禄夫人）给某和尚的一封书信。一个人就给了半天的时间作报告，冯老师对坂尻的看重可见一斑。

上午会议结束后，敦煌所请来的俄国专家也正好出来，郑炳林等先生也都在一起，于是大家在衡山堂门口合影。中午，冯老师在桃花岛设宴，三位日本友人和高启安教授、屈直敏教授、赵青山、杨洁等人同席，我也去了。

下午两点半，法藏会议继续。人数比上午多了不少，会议室有些拥挤，似乎人满为患了。但大家的兴趣还是很浓。先是松井先生讲《敦煌莫高窟、榆林窟的回鹘文、蒙古文题记铭文续考》，郑炳林老师的研究生赵欢担任翻译。松井是名教授，在学界影响很大，今天演讲的风格也很鲜明。他提供展示的图片很多，更多的则是他在榆林石窟进行调查时的回鹘文、蒙文记录手迹，这些对我国的敦煌学研究者有启发意义。在前人研究的基础上，他于 2006 年调查了榆林窟的回鹘文铭文，将一部分成果发表在 Matsui2008 论文中，又在 2010—2012 年的三年间，调查了莫高窟、榆林窟中的 87 个窟、约 170 条回鹘文、蒙古文的题记铭文资料，形成了他的研究成果。松井指出，在敦煌地区各个石窟（莫高窟、榆林窟、东千佛洞、西千佛洞等）残留的壁画中，有用汉文、藏文、西夏文、回鹘文、蒙古文等多种语言记载的铭文。这些铭文大致可以分为两类。第一种是为了认定供养人像而在旁边书写的题记，这些供养人都是和营建、重修石窟的当地政府官员和有权势的统治者相关的。第二种，则是从欧亚各地来到敦煌石窟的佛教巡礼者们为纪念自己的巡礼而留下的漫题。这两种铭文，对研究支持敦煌石窟和敦煌佛教的政治权力构成及佛教徒们的信仰状态来说，都是重要的史料。博士生陈光文以英语与松井交流，展现了兰大学子的风貌，松井教授很开心地与之进行了讨论。松井在报告中的“蒙元时代敦煌地区的文殊信仰”一节中，使用了杨富学教授的研究成果。杨富学教授长期从事西域、敦煌出土回鹘文文献及其所反映的古代历史文化问题的研究，成果丰硕。可惜的是杨老师今天不在场，无缘得见。松井在 PPT 中展示了他们在榆林石窟和莫高窟调查时拍下的照片，看着那些雪天里的身影，有些为他们的执着而感动。松井说，从莫高窟、榆林窟及其他敦煌石窟的整体来看，他所调查的不过约 10%。墨书书写的铭文由于不断褪色，随着时间的推移，其解读就更加困难了。还有些前人已经解读刊布的题记铭文资料，在修复石窟时被涂抹掉了。他希望与敦煌学相关的中国各研究机构在保护这些资料的同时，能以照片或其他形式提供给国际学术界，并说如果此次日本学者在前人调查成果的基础上能够有所贡献的话，他会感到十分荣幸。

佐藤老师的报告《莫高窟、榆林窟西夏文题记再考》是由他和东京外国语大学荒川慎太郎氏共同研究的成果。荒川氏因为出差去台湾，无法出席本次活动，故由佐藤为代表进行报告。2008—2012 年间，荒川氏和佐藤曾 4 次访问敦煌莫高窟和瓜州榆林窟，调查并解读了西夏文题记和西夏时期的汉文题记。这些题记对于研究西夏史和西夏语方面提供了新的、非常有意义的信息。据称，在伯希和与中国学者记录的西夏文题记中，有一些因为后期壁画修复中的损伤，现在已经看不到了。他举例说，在史金波等人的报告中，榆林窟第 25 窟里面曾存有很多的西夏文题记，但现在已经没有了。据榆林窟的工作人员介绍，这些题记似乎是在上世纪七十年代消失的。现在只能在《中国藏西夏文献》当中，看到这些题记最初被发现时所拍摄的黑白照片。

佐藤报告里涉及的一个人物引起了我的注意。他说榆林窟第 3 窟的甬道北壁上，分上下两段绘有男性供养人像。另外可确认存有 4 行西夏文的墨书，以 13 人巡礼为主题。巡礼者中有一人和西夏皇帝同姓“嵬名”。在莫高窟第 340 窟的题记第 2 行，“上”字的后面还写着四个字符。第一个字表示“众、多”的意思，后面的三个是用音读书写的文字。暂时用汉字“相魔鹅”来书写。“相魔鹅”或者是“魔鹅”，很有可能是个人名。但是，在此我们只能用跟西夏文字发音相近的汉字来进行适当的猜测，这个人身份如何还不得而知。此题记当中记录的人物，就是第 1 行中书写的“嵬名智海”。“嵬名”是西夏皇族的姓，他在第 61 窟用西夏文标记为“发愿者嵬名智海”，用汉语标记为“助缘僧嵬名志海”。据第 340 窟题记的第 2、3 行中的记录，身为皇族的“嵬名智海”，为了祈求“相魔鹅”的健康、长寿，特来巡礼并修建石窟。皇族有这样的举动，我们可以由此推测这个叫“相魔鹅”的人，具备皇室级别的身份。我受此启发，告诉大家，现存的西夏建筑物，只有我们张掖的大佛寺了。据《甘州府志》卷十一记述，修建大佛寺的僧人，叫嵬咩，他和嵬名音同字异，或即同一人也未可知。府志云“释嵬咩思能，燕丹国师门人也。妙领真乘，深入窔奥。感梵音，往寻之，得金甓翠瓦，覆涅槃佛像，倡愿建刹。会燕丹国师自天竺归，称说《昔记》，始知佛像迦叶所化，而思能即八地菩萨。道俗响应，坛施山积。其刹即今大寺。详《宝觉碑记》。”其师“释燕丹，西夏时人。道行深邃，时号国师。游天竺至拔提，见一石碑，载《如来昔记》云：‘甘泉有迦叶遗迹，当于来世释迦法中，遇八地菩萨，显迦叶之真义，益恢宏于慧业。自兹以往，如复有善信能以一花一香致瞻礼之诚者，必证佛果。’方归求之，而门人思能，已感梵音，得古涅槃佛像，于其地建刹顶礼，丹宣其说，众益影附。”要是关于“相魔鹅”身份的推测成立，则嵬名（咩）为了给“相魔鹅”祈福，来河西巡礼，并在张掖建大佛寺，在敦煌修建石窟，留下了今天我们所见的遗存，复不无意义矣。

我发言后，高启安教授说很有意义，佐藤则连连称谢。

省博物馆馆员赵天英就佐藤演讲中的语言现象提出了质疑，特别是涉及西夏文里的复数还是单数的人称接辞问题，翻译难度明显加大。连冯老师都说难了。但王蕾边听边笔录，赵老师停下时她适时和佐藤沟通，居然有了满意的回应。屏息以待的会场，呈现出欢欣的场景。

最后，佐藤也认为，有必要立刻对莫高窟、榆林窟的题记进行全面详细的调查。

会议结束的时候，日本朋友很工整地签名题字，向我赠送了他们的著作：佐藤贵保“西夏王国の官印に関する基礎的研究—日本 · 中国 · ロシア所蔵資料から—”《資料学研究》第 10 号，2013 年（日文）。坂尻彰宏“杏雨書屋藏敦煌秘笈所收懸泉索什子致沙州阿耶狀”《杏雨》第 15 号，2012 年。

冯老师说，原本是一个下午的交流，现在扩展成了一整天。我说好啊，是老天照顾了我，不对，是冯教授和大家看我来一趟不容易，照顾了我。欢声笑语中，我们离开了会场。

晚间，冯培红教授宴请马德、王志鹏、王建新、屈直敏、包文胜、苗冬、赵天英并日本友人，我和赵欢、王蕾等亦在其中。晚上的时间充裕些，大家都聊得开心。人们多喝红酒，冯老师则打开了白酒。先是王建新陪他喝，后来我也加入，再后来我又拉了王志鹏进来。我们的白酒干了三瓶。据说，昨天有杨富学老师在座，喝得更多。喝酒也是谈心和交流。博导们各有各的经历，娓娓夜话，沁人心脾。王建新原来是法学专业出身，曾在新疆公安厅工作，阅历丰富。王志鹏是唐代文学研究会的会长，负责联络学者、搭建平台，为学人的研究拓展了巨大的空间。他托我向老朋友吴浩军、朱玉章问好。要敬酒了，我有些怕喝，就说，在真正的读书人面前，是没有困难一说的，即便有困难，他们也不放在眼里，最难的，不过是要砍头的时候，就是那时候，他们也会仰天大笑出门去呢，呵呵。于是尽欢。包文胜在内蒙古大学，我请他代问好友张阿泉好，相约在大草原再见。

酒宴结束的时候，冯培红教授带三位日本友人去朋友家了，后来知道是去看吴景山的收藏。冯教授把我托付给包文胜，让他带我到萃英大酒店休息。房子是冯订好的，我住 1112 房。条件很好，大约是 480 元 / 天的标间。洗澡后我躺了一会，算是补早上少睡、中午没睡的瞌睡。十点半以后，冯培红教授又赶了过来，我们聊了许多。已经十二点了，我劝他快回，别太累了，还让他明天不要来了，让我自由一下。

2013 年 12 月 22 日　星期日　张掖—兰州　晴

七时许起来，沐浴后打坐。听黄念老录音，真是莫大的享受。手机上写好的日记文字丢了，很可惜，于是再写。也不要怕烦，补上就是。快十二点了，王蕾打来电话，说过来给我送硬盘了，已到楼下。硬盘是昨天我给她的。敦煌文献还缺不少，这回是让她把我缺的从敦煌所的资料中补齐。王蕾刚进来坐下，石建刚、朱艳桐两位博士生也过来了，他们奉冯老师之命来陪我吃饭，然后送我上车。感念中推脱不得，只好恭敬不如从命。我们退了房，离开了酒店。石建刚带我们在兰州饭店清真惠丰楼吃饭。原以为是火锅，没想到还是点菜，只好既来之，则安之。菜是我们商量着点的，要吃好但也一定不能浪费：葱炒羊肉，砂锅娃娃菜、牛腩炖笋，红烧带鱼，发菜肉丝汤，水饺一斤四十个。石建刚是陕西富平人，我笑着说国家当家人的老乡，我们就靠你了。我给了他们每人送了一幅字，留作纪念。聊天的时候，我让石建刚牵头，编辑《冯培红学记》，也交代了编写体例和方法。嘱咐他们说，这不是为冯老师，是为学术、为自己，整理书稿的过程，就是学习冯老师治学的过程，整理上十几二十年，书成了，学问也就成了。饭吃过后，三位研究生执意要送我，我拗不过他们，只好一起走。我们一直步行来到了火车站。他们担心我寂寞，我说会念佛安心。王蕾说，是出声念的吗？我说，那样别人会说遇见疯子了呀。呵呵。

进站后，就开始检票了。刚在二车厢坐定，有人要求和我换座位，说是爱人带着孩子，在我的座位旁边。我说行啊。车里多张掖人，邻座的是质监局的老苏，还有一幼的一位女老师。出兰州的时候，手机上发出短信：

又见海石湾，河清绿如蓝。
长忆冬至日，水饺发菜汤。

聊天、打盹、看风景、听音乐，是路上的时光。

晚九时许到家，妻已做好我爱吃的汤面片，热热火火，舒服舒服。

2013 年 12 月 23 日晚间从日记抄出

《访学日记》书后

冯培红教授主持法藏敦煌文献读书会，善莫大焉。因缘辏泊，与有荣焉。

日记录出后，我致信冯老师说盛会不可无记，“此行法藏会，承蒙关心，倍感欢欣。观摩学习，深为感喟。学术没有国界，学养永远有用。抄出日记，奉上一哂，略志寸心感念也”。冯老师为予肯定，谓来兰莅会已好，“更承著文记事，尤可宝也”。又说：“黄老师：昨晚收到邮件及文章，谢谢您了！刚做了一个 PPT，因为下午要去榆中校区评点本科生的论文。我仿照您的做法，把与学生往来的部分邮件，做成 PPT，这样更能反映出与学生的互动过程。现在出发，兼送孩子上小学，晚上十点回城。匆草。培红。12.24。”我复信表达了由衷的喜悦：“惭愧，却很开心。获此一信，则访学一记，功未唐捐。”接下来我对他派弟子相送的厚意表达了谢意，冯老师又复信说：“黄老师：夜从榆中归来，收到邮件，祝圣诞快乐！那日一早让建刚、艳桐和您午餐，倒没想到王蕾后来也去了。从学生那里，或许更可了解我的真实一面。呵呵。培红 12.24 圣诞前夕。”

23 日，冯老师的学生王蕾、石建刚阅读了初稿，他们很认真，读后提出了自己的观点和修订意见。

25 日，《访学日记》贴出，朋友围观，热议纷纷。特别是冯老师，数次回帖，意义非同寻常。

天津社科院的历史学博士曹宪仁说“这是一次很好的学术交流”！

四川南部的贾登荣表示了极大的兴趣。

株洲兰祁峰提问说：“怎么只有日本学者讲座呢？”

冯老师回答说："9月28日、10月27日、11月10日、11月24日、12月7日，以及尚未到来的1月5日，都是中国学者讲。12月21日是日本学者讲。"

深圳杨素兰跟帖说：敦煌在中国，但敦煌学在日本。我告诉她，"现在回来了，在中国"。湖南兰祁峰插言道："可惜那么多珍贵的敦煌文献却可能永远地流失海外了。"

26日上午，百忙中的冯培红教授回复杨素兰说："有一次李源潮问我，现在敦煌学的中心是否已经回到了中国？我说我认为是，但有些领域国外学者还比较领先（如这次三位日本学者从事的敦煌胡语研究）。当时手头正好有松本荣一《敦煌画的研究》一书，他没有来过敦煌，但在上个世纪三十年代出版的这本书，至今难以超越，只有沙武田《敦煌画稿研究》略可比肩。李听了我的话，似乎有些遗憾。当时陆浩在旁，估计是怕没面子，赶忙说敦煌学中心当然已经回到了中国。其实，很多领域我们确实是领先了，但敦煌学的国际性却衰落了，因为我们的著作出版太多，老外读不过来，如今他们已经不怎么玩敦煌学了。西方学界基本上已趋沉寂，唯有日本学者还在陪研。这次来的三位日本学者，在敦煌回鹘文、蒙古文、西夏文乃至藏文方面素有研究，每人都通好多门古代和现代的语言，这是老外的一个长项，希望我们的学者、学生多学几门语言，庶几在此领域有与老外平等对话的资格。"

小叩大鸣，我以为这一番话，说得真好，是当下学界真实的写照，也回答了敦煌学发展的要紧问题。

我的同行曹廷林则赋诗表扬说：

刚才读了黄老师参加敦煌学学术交流会的随记，感触颇深！作为同行，黄老师在繁忙的教学、管理之余，潜心学术研究，醉心墨海畅游，笔耕不辍，勤勉有加，且成就卓著，实在令人钦佩！

为学当效岳年兄，淡泊仕途不慕星。

方寸之间寻真意，泥金丛中探幽情。

呵呵，此中有真意，欲辨已忘言。

又，25日冯老师转来法藏会照片后，我复信云：“看见图片，复忆高谊。君所从事者，真学术也。此事所关甚大甚巨，于未来影响，或远在我们所能估量的范围内。君擘画筚路之衷，亦非人人所能深解者。此生一无所长，惟嗜观书。敦煌遗书面世百余年后，吾人可窥全貌，何其幸也。见仁见智，俱可钦敬，况建树深广者在焉。建刚诸子，列兄门墙，福无量也。值此太平岁月，获斯殊缘，何可轻忽。培植斯文，君子勉诸。复见空间回复，又如晤面，接谈相莞，风神洒然。神怡也，情洽也，欢欣无限。即颂书安。”

也还是25日，《访学日记》在闲闲书话贴出。原天涯社区闲闲书话首席版主深圳“一石”“一平”相继阅读。一石说：“真是羡慕这样的读书会，有如此珍贵的文献、专家、同好一起接近历史。”一平认为：“弱水赴会，途中略见地方风情，有趣。”现任首版“清扬婉兮”“阿湄”则留言说：“好。很详细的记录，有幸跟着弱水兄的文字访学了。看见论文题目里的‘小印子’纳闷了下，还好下文解了惑，很有意思的研究。向孜孜于敦煌学研究的学者们致敬！”资深版主“江南紫衣”也说：“所记翔实有趣。细读。黄老师向学之心，可钦可佩。”

27日夜，冯老师转来他和松井太、坂尻彰宏、佐藤贵保法藏会后往返的函件。冯老师致坂尻彰宏信中说：“邮件收到，得知您顺利归国，我也放心了。这次三位先生前来兰大讲演，为我们的法藏会增色添光，尤其是带来了优秀的研究成果，并和中国西北（兰州、张掖、西安、呼和浩特）的同行进行了切实的学术交流，我感到非常高兴，认为这很有意义。”三位日本学者感谢冯老师的工作，并向大家问候新年，希望今后继续保持交流，共同推动敦煌学研究的进步。

28日上午，吴浩军教授打来电话说，已将《访学日记》加按语转载至河西文献与文学研讨班博客。下面是吴老师写的按语：

黄老师这篇日记详细地记录了他这次到兰州访学的见闻，在让我们分享他那简单而纯净的快乐的同时，跟着他游历了一番，近距离地感受了冯培红教授所主持的法藏敦煌文书轮读会的学术氛围，领略到了新一代敦煌学人的为学态度，体悟到了他们的治学方法。

黄老师虽然没有专门从事敦煌学研究的经历，但因他博览群书，功力深厚，又于河西地方文献多有整理研究，并长期浸淫于书法艺术中，故在释读敦煌文书方面亦有独特的优势，能在这样一次真正回归了学术的民间盛会上一抒灼见。

他的快乐折射出学术之光的绚丽，这绚丽的学术光芒也让我们见证着他澄澈的心灵、明哲的大脑和丰厚的学养。我们借转载他的《访学日记》之机，表达我们的骄傲和自豪，也以此向敦煌学研究、向冯培红教授和他的团队、向黄老师表示由衷的祝福！

28 日午后，河西文献与文学研讨班成员王若梅、魏发发和我在吴浩军教授家未期而遇，愉快相聚。吴老师盛赞本次兰州法藏会，我则对王若梅《活动感言》给予肯定并略述会议情形。大家观摩了吴老师拓自西安碑林的汉敦煌太守裴岑纪功碑（东汉顺帝永和二年）帖。此汉碑瑰宝也，叙《后汉书》中未见记载之裴岑率兵战胜匈奴呼衍王事。纪晓岚曾说是汉碑之最善者。康有为《广艺舟双楫》评价其字云：“古茂雄深，得秦相笔意。”吴老师从乌鲁木齐学术会议上带来的文物复制性礼品，也引起了大家浓厚的兴趣。那是 1995 年 10 月 26 日，在中国新疆民丰县尼雅遗址，中日尼雅考察队开掘尼雅古墓群 8 号墓时发现的“五星出东方利中国”织锦护膊（护臂）蜀锦图样。原图光辉灿烂，有青底白色赫然织就的汉隶文字，以及鲜艳的白、赤、黄、绿四色在青地上织出的汉式典型的图案云气纹、鸟兽、辟邪和代表日月的红白圆形纹，令人叹为观止。晚 22 时 38 分，王若梅在研讨班 QQ 群发言说：“今天下午听黄老师、吴老师聊天，还有幸喝到老师的普洱茶，有一种纯粹的‘听师一席话，胜读十年书’的感觉。谢谢黄老师和吴老师。”

至29日上午，网络上浏览过《访学日记》的朋友已逾1600次。

2013年12月28日晚间写出，29日上午修订

匡庐婺源记

小引：学生离校后，毕业班同仁出行。不佞有幸，忝列其中。途中所见，大畅心怀，情不能已，遂用手机记录其一二。吟哦虽微，情事则真。春在堂主人集泰山《金刚经》字云：来从华严法界，去观天下名山。又云：合眼如见诸仙佛，入园即是小山河。余易后句之“园”为“文”，以为有味。董理敷衍，立为存照，三九消雪，以此为最。有之，或不负壮游所耗，日月之度也。

6月18日　张掖　晴

晚饭后启程，和三十多位同仁一起，即将赴庐山、三清山、婺源旅行。

火车晚点了。Y忘了手机，又打车回家去取，火车只晚点二十分钟，时间紧了些，但Y居然取了回来。教师临机处事的能力，或者比其他行业的人要强一些。一笑。

6月19日　兰州—河南　晴

五点钟，同仁们陆续起来了。车厢里卖东西的只轻柔地喊了一声“牙膏、牙刷、毛巾有没有需要的”，就被人制止了：“别喊，人家在睡觉呢。”

看来，出门后的人们，都愿意多睡一会。推己及人，也替别人操起了心。

大约到永登了吧。河西走廊彩色的山峦，让人想起了画家的画幅，皴法精妙，丹霞灿灿。一株株枣树，一丛丛柳树，像是一朵朵云彩，或远或近地飘过。黄土高原的夏日，正在妩媚时刻。念及要去的庐山，或许正是有雨的时候。

走廊六月新，风光云宜人。
听说九江水，正自天河倾。

这么早，不瞌睡觉，起来干啥呢。有人喃喃中，列车员喊叫着：“快起来，拿好票，换票了。还有四十分钟就要到兰州了。”

居然又是山洞。大约是海石湾吧，河清树绿，旭日照临的苍茫，一派生机。海石湾是马门溪龙化石的出土地，距离兰州和西宁各一百公里，大通河、湟水河在这里交汇，水似明镜，宛然水乡。

又见黄河水，海石清浅流。
曾经穆天子，西巡封诸侯。

兰州到了。熟悉的城市日新月异，看上去又整洁了许多。6:43，车停西站。C 去岳父家看望四岁的儿子，我给在家的妻子发去短信：“到兰州了。一个半小时后离开。”

Z 的男友来了，给她带来了礼品，但这显然是要大家分享的。那两瓶美酒，小姑娘显然是无法自个喝了的。Z 很负责任，和男友一起看着行李，我们去吃饭了。

在兰州站停留的时间不长，我们就上车了。组团旅行的好处，就是不用自己再操心买票。

我们乘坐的 K132 次 9 时 10 分离开兰州，终点站是深圳西。看来是要走京九线。京九线和陇海线的交汇点是商丘，从那里向南，经安徽，到达九江。

列车跑起来了，我拿出手机，开始干活。干活者，在手机上记录行程也。比如作诗曰：

神六接天宫，群情见本真。

一笑举国热，梦中千岁情。

车上的人们摆开了阵势，神侃打牌，自是常课。Z杀开了被我们惦记着的西瓜。西瓜真大，三十二个人每人吃了两瓣，还没有吃完。大家都带了足够而丰富的吃食，共产了互相吃，午餐真是比家里吃得还要好。

一觉醒来，列车员说这里是天水和宝鸡之间。大山耸峙，大河如带，一直伴随我们的，该是渭河了。高书记说，这里是季风区了，太平洋暖湿气流造成了这里秀美的山川。渭河是黄河上游最主要的支流之一，她在陕西境内和泾河交汇。交汇点处，泾河清，渭河浑，于是有泾渭分明的成语。之所以这样，是因为泾河流域的植被好，河水自清，渭河流域多为黄土高原，水土流失严重，河水自浊。《西游记》开头，有李世民梦中斩泾河龙王之首的故事，很有趣的。

一山连着一山，山洞接着山洞。秦岭山峻，宝鸡地险，明修栈道、暗度陈仓的故事，就发生在这里。项羽自封为西楚霸王后，就向各诸侯分封领地，张良用计，使项羽把巴、蜀、汉中三郡分封给刘邦，立为汉王。刘邦在去领地的途中令部下烧毁了栈道，他这是向项羽表白没有向东扩张的意图。陈仓即宝鸡，是刘邦进入关中的必经之地，两地之间有险山峻岭阻隔，又有雍王章邯的重兵把守。刘邦按韩信的计策派了樊哙带领一万人去修五百里栈道，并以军令限一月内修好。这样浩大的工程即使三年也不可能完成。这是韩信教给刘邦的办法。刘邦避开雍王章邯的正面防御，从故道“暗度陈仓”，从侧面出其不意地打败了雍王章邯、塞王司马欣和翟王董翳，一举平定三秦，夺取了关中宝地。略定三秦，刘邦倚据富饶、形胜的关中地区，便可以与项羽逐鹿天下了。

李白入蜀，也见过这山，他说“山从人面起，云伴马头生”。呵呵，要是把“马头”改为“列车”，我就是他了。

一山势接天，有水出陈仓。

应是清都境，长与故人欢。

有水深万丈，蛟龙藏其间。

紫烟凝云色，鹤舞迎风翔。

宝鸡到潼关，是史册艳称的八百里秦川。物阜民丰，一片安详。这该是千百年来少有的风光了。盛世太平，山河也和百姓一样，享福了。中国农业最大的成就就在这里。这里也历来是兵家必争之地，谁拥有了这里，就衣食无忧。

暴雨侵蚀，土质疏松，植被覆盖率低，使黄土高原形成了它特有的塬、梁、峁。秦岭多地震，宝天段尤甚。铁路运行也一度大受影响。曾有民谚云："宝天段，瞎胡闹，不是塌方就断道。平板车，卖客票，啥时开车不知道。"这是上世纪七八十年代铁路运行的情状。秦岭的范围很大。华山、嵩山，都在秦岭范围之内。黄河水浊，主要是暴雨，土质疏松，植被覆盖差。渭河、汾河，就是主要的输沙通道。这些泥沙注入黄河水，到三门峡一带，就有了一石水，六斗泥，四斗水的说法。汉水故地，安康山谷中，行政区划依山势划，宜于独立。

宝鸡有炎帝祠，神农庙。火车上看到的，是炎帝祠。那该是在渭滨区神农乡的常羊山上，神农炎帝的陵寝就在那里。《国语・晋语》中说："黄帝以姬水成，炎帝以姜水成。"《一统志》记载："姜水在宝鸡县南。"宝鸡是神农之乡、炎帝故里。炎帝庙大殿联曰："创始定有人千载岐黄崇炎帝，流传安无据八方稼穑念神农。"

下午 4 时 46 分。列车在渭河平原上行驶。一马平川，人烟稠密。渭河由西向东横贯渭河平原，干流及支流泾河、北洛河等均有灌溉之利。中国古代著名水利工程如郑国渠、白渠、漕渠、成国渠、龙首渠都引自这些河流。从西周始，先后有秦、西汉、隋、唐等十多个王朝建都于关中平原中心，历时千余年。

18 时 6 分，咸阳车站。热浪滚滚，舒服的还是车厢里。咸阳是来过好几次的地方了，但真实的咸阳，记忆里还是书上的。咸阳在渭河北岸，九嵕山之南，山南水北俱为阳，故名。秦始皇建都之后，咸阳就成了最有名的古都之一。西汉十一个皇帝中有九个葬在咸阳北原，我曾一望茂陵。渭河浩浩，大桥一座又一座，感觉真还不一般。在甘肃那么小的渭河，在这里成了气候，居然养育了华夏文明。

漫道古咸阳，风光日月长。

兴废多少事，随风到眼前。

18时28分，古城西安的城墙在夕阳雾影里真实不虚，尚武门城门好，字匾也好。无法想象汉唐将士排比而出的军威。列车不停，城磔壮丽。进入车站了，历史和沧桑也隐没了。扑面而来的习习凉风，让人通体舒服。拍照一张，记录今天的时刻。

渭南、潼关一一穿过，这里发生过多少故事，想是无法想出的，那么就让潼关、函谷关一重接着一重的关隘深藏着吧，期待一千年、一万年后，会有新的奇迹出现。

在三门峡一带，收到了山西运城的欢迎短信。哦，无意中又触摸到了文学圣殿中的又一个软处，赵树理在运城所遇的种种，一时浮上心头。这些年，山西省的运城市、临汾市，陕西省的渭南市，河南省的三门峡市在搞黄河金三角试验区，风生水起。真诚祝愿这些地方的人们能搞出名堂来，造福一方。原以为此行只是要经过陕甘地区和河南、安徽、江西，不想这回还到了山西，呵呵，现代信息赐予的思古之幽情，也笑纳了吧。

突然有一个想法：陆游他们是细雨骑驴入剑门的，张中行也是喜欢坐车看看的，短信还没有写入他们的诗歌或文章，我今天写，是第一个吗？

洛阳，郑州，这些中华文明中的地标，将在一枕酣梦中亲历，今夜之旅，幸福吧？

6月20日　开封—九江　晴

凌晨二时许醒来，开封站刚刚停过车，窗外黑黑的。人们多在梦中。曹操故里亳州，也在夜里过去了。嗯，想想就好。其实我知道，站前广场的曹操雕像，那是在列车上可以看到背影的，这里还是华佗故里，药材之乡。6时28分起床，7时58分到达安徽阜阳站。下车走走，演太极一过，留影。阜阳是皖西北的门户，人口一千万，是安徽省人口最多的城市。史志上说这里“襟带长淮，东连三吴，南引荆汝，其水洄曲，其地平舒，梁宋吴楚之冲，齐鲁汴洛之道，淮南内屏，东南枢辖”。泉河、颍河穿城而过。阜阳还是姜子牙、甘茂、甘罗、管仲、鲍叔牙、嵇康、吕蒙的故里。

阜阳民居，已见出徽派建筑的气象来：虽是小楼独院，也质朴古雅，比如不饰雕琢的风格，比如楼顶小屋的设计。一条大河在原野上静静地流淌，在车上，我们一时弄不明白那是哪条河，不过，东升的旭日告诉了我们方位，哦，那南北方向流淌着的巨流河，是淮河啊。我把一份祝福装在心中。“一定要把淮河修好”，1949年后老人家第一件想办的就是治淮，可见大雨大灾、小雨小灾的淮河流域当时饿殍遍野、民不聊生的状况有多么严重。淮河在平原上摆动，是历史上的害河。淮河南岸支流受梅雨影响，北岸支流受华北地区夏季暴雨影响，水量巨大。由于黄河高悬，水无法流进去，这一带就成为淮河积水区。黄河向南夺淮河入海，向北夺海河入海，所以华北平原又叫黄淮海平原。淮河，是塑造华北平原的主力军。淮河的入海口有两个。南面的由京杭大运河经长江入东海，产生泥沙淤积。入海时，人为污染严重，养鱼养虾、淘米洗菜，导致野生鱼虾绝迹。人们依淮河生存，也污染了淮河。

淮河发源于秦岭向大别山的过渡地带上的桐柏山，那里奇峰竞秀，层峦叠嶂，森林密布，瀑泉众多，景象万千，据说“比华山高险、与黄山竞秀”。桐柏山区域有独特的淮源文化，更兼具盘古文化、佛道文化、地质文化和苏区文化。

更难得的是桐柏山还具有南北气候交汇区域最为完整的自然生态环境和中原罕见的原始次生植被。我国划分暖温带和亚热带的地理分界线就是秦岭—淮河一线。此线以北属于暖温带半湿润半干旱地区，以南为亚热带湿润半湿润地区。元月，淮河以南不结冰，以北结冰。橘生淮南，枳生淮北。南经北政，饮食上为南米北面，房屋是南敞北封，语言是南繁北齐（即南方语言繁杂，北方语言比较单一），交通则是南船北马，武术上又有南拳北腿之说，这些都与地理环境有关。话题太多了，聊不胜聊。

8时43分，河南信阳的欢迎短信也来了。车停，原来是小苏州潢川车站到了。这是中华黄姓的发源地，上海城市之父春申君黄歇之故乡，春秋战国时期的黄国故城遗址在焉。我过这里，就算是寻根问祖了。春申君陵园应是一谒的，惜不能往。黄国后来入楚，之后秦并诸侯，属九江郡。西汉则汝南郡。再后来是光州。名胜有弋阳古镇、小南海、望河楼、三义观等。一直到九点半，沿途我拍了许多照片，在记忆里存留下印记。黄歇和江夏有缘，潢川又有“小武汉”之称。江夏与潢川，是天下黄姓的故国。

接下来经过的新县，是红军的故乡，将军的摇篮。许世友、李德生、郑维山等将军都是这里的人。新县地处大别山腹地、鄂豫皖三省结合部，素有“三省通衢”和“中原南门之称”，盛产林果、茶叶、中药材等，其中，板栗、银杏、茶叶、野生猕猴桃品质及产量均居河南之冠，被誉为“板栗之乡”“银杏之乡”。

泗店，看起来是运石料的车站。

或许路赶得太快了，车在罗铺站停了一阵。同伴说这里的生态真好。放眼原野，绿水青山，真个是宜居宜游之地。站牌告诉我们，下一站将是麻城。位于湖北省东北部的麻城，在鄂豫皖三省交界的大别山中段南麓，处于武汉、郑州、合肥三角经济区域中心，紧邻省城武汉。麻城有龟峰山、杏花村、五脑山国家森林公园、柏子塔等景点，距麻城八十公里处是武汉的天河机场。路边的夹竹桃红艳似火。

城名蕲入麻，家家种莲花。

一路大别山，可到神仙家。

11 时许，列车在长江边上行驶了。11 时 30 分，列车在黄石小停，赤壁在焉。

惊涛迷乱水，赤壁战云催。

一千六百年，心逐片云飞。

武穴站。这是黄冈地区所辖市，著名的油菜高产区。市属田家镇位于长江中游峡谷卡口，被称为“楚天锁钥”“鄂东咽喉”，地扼吴头楚尾，历来是鄂、皖、赣毗连地段的“三省七县通衢”，是江防要地，历来为军事重镇。

13 时 19 分车到九江。梅雨时节的庐山，以艳阳高照来欢迎我们。九江古称江州、浔阳、柴桑、汝南、湓城、德化，有江西北门之称，北隔长江、幕阜山与安徽、湖北相邻。地势东西高，中部低，南部略高，向北倾斜，平均海拔 32 米，全境东西长 270 公里，南北宽 140 公里，总面积 1.88 万平方公里。询问列车员，接下来有南昌、吉安、赣州等站，随后铁路进入广东，终点站是深圳西。

浔阳有宿因，五老述前生。

曾经莲花座，听经侍远公。

导游小黄在车上开始了他的工作：“来自大西北的各位朋友们，4400 万革命老表欢迎你。别看我小，我已经三十了，是两个孩子的父亲，和大家一样，我也是老师。开车的是陈师傅。我们熟悉了之后，就是朋友，这几天有什么事，都可以和我说。九江历史悠久，我很喜欢。宋江，陶渊明，在这里都有故事。水到浔阳分九派。江西是革命老区，但经济发展水平在全国相对靠后。这里也是通往梅关古道的要紧地区。江西有五百里井冈山，呈簸箕形。九江是长江流域四火炉之一。江西人比较憨，革命中向前冲的，是江西人。秋收起义，八一起义，安源大罢工，都在江西。1931 年，邓小平在瑞金当过县长。中国革命的关键节点，多与江西有关。庐山一带，自春节后到现在，只有一个多月的晴天，你们赶上了。你们是贵宾啊。”教师出身的黄导游，口舌如簧，说得真真假假，蛮像那么回事儿似的。

导游一路神侃。庐山的地理位置好，在九江之南，江西之北。大诗人李白是五上庐山，留了十四首好诗；江州司马白居易来，《大林寺桃花》留在花径胜迹之后，更有传世名篇《琵琶行》；苏东坡来了，留的是《题西林壁》；毛泽东来庐山，写了三首诗。中国有众多的诗，是和庐山有关的。朱元璋鄱阳湖大战胜利，寻恩人仙人周颠不着，在出仙人洞门附近的锦绣峰顶“白鹿升仙台”，建一石亭，名为“御碑亭”。亭内矗立一块大碑石，碑上镌有《周颠仙人传》及朱元璋写的《颠仙诗》。亭的两侧有石刻诗联：“一亭烟雨壑万松，四辟云雾江湖棹”。美庐是唯一的国共两党最高领袖在庐山都住过的别墅。

15 时 18 分，给妻子发去短信：已在庐山上，天朗气清。

跃上葱茏四百旋。四百旋太多，我们都晕了。距牯岭两公里处，车子坏了，等待的时候，大家得到了休整。

我们在飞来石宾馆下榻。

庐山的风景很好。不论是山坡上还是山谷里，也不论是陡峭的悬崖还是高峻的峰巅，映入眼帘的都是一色挺拔的水杉和苍劲的松柏，远远望去，郁郁葱葱，很少能看到裸露的岩石与泥地。

晚餐后逛牯岭大街。这是二十五年前来过的地方，江山无恙，风景依旧，看着牯岭大街上的车水马龙，想到的是刘禹锡的诗：

紫陌红尘拂面来，无人不道看花回。
玄都观里桃千树，尽是刘郎去后栽。

当然没有刘禹锡的失意和得意，但愉快的心境却相仿佛。

离吃饭的时间还有一个半小时，我们且放步花径，寻白司马庐山胜迹。转出下榻的飞来石宾馆，按照导游说的左拐，我们闻见了扑鼻的艾草香，原来是家医院。热心的职工为我们指路时说，庐山的房子是公家的，私人在庐山没有房子。按照热心人指出的方向，左拐，就见到了第一处景观飞来石。每个人都选了好几个角度，终于拍出了满意的照片。被唐人誉为“匡庐第一境”的花径公园里有一个花径湖，人们也叫它如琴湖。建于 1961 年的如琴湖因湖面如一把提琴而得名。我们先到了呈椭圆形的湖心岛，岛上有九曲桥与湖岸相连。岛四周苍松翠绿，宛如一根碧绿的“项链”平铺在湖面上。我在岛东端的忆琴亭边留了影。岛西端有一水榭，很好看。花径公园海拔高 1035 米，曾是庐山历史上的三大名寺（西林寺、东林寺、大林寺）之一的大林寺所在地。寻到白司马花径处的时候，已经快到吃饭的时间了，我们原路返回。

顺路我花二十八元买了一双沙滩鞋，预备雨天穿。

路边有卖桃子的老人在叫卖着。去的时候我没有买，回来的时候，想到老人不易，就按她说的，花十块钱买了三斤。不想桃子好极了，酷似我们家当年父亲种的。吃着桃子，我和大家说着老家，又是一份难得的记忆。

晚饭后我们逛牯岭街。这似乎是熟悉的地方，我似乎找到了二十五年前住过的宾馆，然而一切都是新鲜的。我在一家商店里买了一串佛珠，想带回家给母亲。店家说是开过光的，不兴讲价，随缘就好。我又要了一串。街心花园里的灯已经亮了，那水牛很大，也很逼真，这该是这条街的象征了。游客们纷纷在这里拍照留念。一个女孩站在了旁边，同行的友人吆喝说，好美吆，是维纳斯呢。小巷里有一个卖画的小伙子，画油画很是用心，我称赞说有出息。再询问，知道他是和父亲一起画的作品。

晚间，弟兄们来到房间，小酌。

6月21日　游庐山　夏至

晨五时许，沐浴，打坐。念及远公。刘义庆的《世说新语·规箴》里说："远公在庐山中，虽老，讲论不辍。弟子中或有堕者，远公曰：桑榆之光，理无远照。但愿朝阳之晖，与时并明耳。执经登坐，讽诵朗畅，词色甚苦。高足之徒，皆肃然增敬。"远公创净土祖庭于庐山东林寺，东林寺在九江市庐山西麓，北距九江市十六公里，东距庐山牯岭街五十公里。因处于西林寺以东，故名。东林寺建于东晋大元九年（384）。江西有三大国际交流道场，一处是这里，另两处是久负盛名的云居山与三合寺。

早餐后，一天的游程开始。第一站是含鄱口。这是庐山东谷含鄱岭中央的山间凹口，海拔1210米，在五老峰和太乙峰之间。因面临鄱阳湖，故名含鄱口。"千里鄱湖一岭函"，这里的风光之好，没得说。天朗气清，空间宽敞，视野开阔，万山葱茏，山静水远，宜人万分。伙伴们高兴了，忙着拍照留影。四柱三门的石坊，中央镌有"含鄱口"字样，左右分别刻有"湖光""山色"四字。坊后山脊上有一伞顶圆亭，红柱绿瓦分外醒目，名含鄱亭。二十五年前我曾在此处留影，今日何妨再次照相。从这里北望是五老峰，东瞰是鄱阳湖，南眺是汉阳峰，西观为庐山植物园，游人若鹜，也是自然而然了。含鄱亭下有置藤椅吸引拍照者，指示说这是当年老人家照相的地方，大家也可照相，体会伟人感受。我给几个同伴选了角度，拍出来看，效果还不错。人多了一起游，这种感觉不错。

此时，收到花寨中学鞠校长手机短信，说"想请你明天去大野口"。我说谢谢啊，只是我去不了了。现在在庐山，一周后才可以回来。老鞠说：那就以后再说吧，祝您旅途愉快！

接着收到的短信上说：

夏至到来，笑脸像鲜花美丽鲜艳，身体像枝叶茁壮康健，爱情像细雨滋

润绵绵，薪水像小河水一涨再涨，好运像庄稼一眼望不到边，生活就像六月的天，蒸蒸日上，幸福无限！

呵呵，原来今天是夏至日。这个日子在庐山上过，有意思。

导游征询大家的意见，说看瀑布的话，一个是李白写了诗的，去那里平坦，不大费劲；一个是三叠泉，路难走，还有小列车，但景观也是最好的，有“不到三叠泉，不算庐山客”之说。三叠泉景太好了，我们选了三叠泉。

我提议选三叠泉，还有一个理由。那是袁中郎在《西京稿序》里说的，朱熹离开庐山，“以不见三叠泉为恨，千里乞绘，以快一观。此其高韵未可与深衣古折道也”。朱熹是庐山大有成就的人，他都如此，我们何可例外。

车子拉我们走了一阵后，大家改坐小列车前行。从车窗望出，看得见车下深谷里循着小路前行的游人。其实我们原也可以走着去游三叠泉的。庐山景区各主要景点之间的距离本身不是太大，旅行社方面故意弄了不少玄虚，七拐八绕地来来去去，晕晕乎乎中大家纷纷掏钱，游客和旅行社各取所需，皆大欢喜。

古人说“匡庐瀑布，首推三叠”，那是庐山第一奇观。据说在历史上，三叠泉曾长期未被发现，隐居在它上源屏风叠的李白和在它下游白鹿洞讲学的朱熹都不知离自己咫尺之地有此胜境。宋绍熙二年（1191）三叠泉始被樵者发现，“一朝何事失扃钥，樵者得之人共传”。

下了小列车，我们向谷底进发。九叠屏、含珠石、鹰嘴峰、玉川门、铁壁精舍、天门潭、神龟朝圣（龙潭）等景点一一掠过眼前，移步换景，我们的欣赏角度也一一换新。边看边留影，蛮浪漫的感受。终于到达目的地了。在观瀑亭听瀑鸣如击鼓，见瀑像喷晶抛珠，水洒溅玉，连垂素练，落入深谷。飞瀑流经的峭壁有三级，溪水分三叠飞泻而下，落差共一百五十五米，极为壮观，撼人魂魄。每叠各具特色。一叠直垂，水从巅其背上一倾而下；二叠弯曲，直入潭中。古人说“上级如飘云拖练，中级如碎石摧冰，下级如玉龙走潭，散珠喷雪，真天下绝景”。站在第三叠磐石上抬头仰望，三叠泉抛珠溅玉，宛如白鹭千片，上下争飞；又如百副冰绡，抖腾长空，万斛明珠，九天飞洒。经阳光折射，五光十色，瑰丽夺目，又恰似银河九天飞来。大家在泉边戏水，显得欢喜而自在。我说，知道一个地方和身临其境，是两码事，人放松了，心情飞起来了。三叠泉所经之处，形成了一条狭长的山谷。电影《庐山恋》中有男女主人公袒露心迹的感情戏，就以此为拍摄现场，来到这里的情侣，多有效仿。

初上三叠泉，二十五年前。
今日再濯足，流水复流光。

一对挥汗如雨的东北夫妇顺着泉水去路从谷底上来了，他们问我们，上去还远吗？大家都需要鼓励，我说了“也不是很远”的话，他们很高兴地继续爬山了。其实他们的来路，正是二十五年前我走过的，现在我们是随团走了，感觉自然不一样，钱花出去了，人轻松了。

原路返回小列车的时候，景物的新鲜吸引力相对减弱了些，加上由下山改成了登山，大家兴致也小了。我正好边走边整理，得了句子若干：

林荫匝道处，万物蕴天机。
流汗复流汗，随手握天时。

面对生机盎然的景象，体味人生，真一大快事也。袁中郎游庐山，留下了《开先寺至黄岩寺瀑记》。在文中他说：“恋躯惜命，何用游山？与其死于床，何若死于一片冷石也。”他是把水的一貌一情，都以文遇之的，故悲笑歌哭，猝然与水俱发，而不能自止。

滑竿登山具，敬老孝道初。
寄语年轻人，惜身先惜福。

山道上有滑竿，廿五年前我见到的时候，觉得只有旧社会里恶人压榨穷人的时候是这样。现在看来，意识形态强加给我们大脑的这个认识是错误的。你去坐了滑竿，那是那些抬竿人最愿意的事，你呢，是帮了他们的。但是思想上，我还是转不好这个弯子，于是写出这几句，也算是一个记录。

三叠亦有亭，登山歇路人。

我来留脚迹，且步先贤尘。

哪里没有登山的人，哪里没有歇脚的亭子。人来人往，各怀心思。我呢，读了些书，已经受了许多影响，是难以摆脱了。一个友人近日见面，说自己是快乐得无可救药。我觉得这个心态是可取的。那就乐山吧，或许是仁者了。仁者乐山，仁者爱人，爱不了别人，爱自己亦佳。思之可发一笑，呵呵。

一部旧相机，千张匡庐影。

谁谓功无用，唐捐何处寻。

相机是许多年前购置的，像素好像很低。但是，万里河山百张影，也挺豪迈的。人生，其实说简单也很简单，只要用心，处处都可以活出精彩来。比如我写这几行字，感觉就不比留下照片差。

一步一棱蹭，再望上山顶。

人生何处是，脚下见烟云。

恁高的山顶，说到就到了，尽管上得艰难。笑傲烟云，俯瞰登山者如蚁，此时山风吹来，凉爽朗然。庐山给人的享受是多方面的。身心俱悦，这也是人们喜欢旅行的最主要的方面。

护路在名山，花木惜流年。

为山倾心处，泉水见三叠。

路上见到了三叠泉景区管理所的刘卫华，攀谈之下，觉得他们爱护景区的心地，是很好、很真诚的。他告诉我，他已经在这里工作了数十年。他们有二十个人，专门做景区的安全环境和护卫的工作。看着他们在扫路，捡拾垃圾废弃物，心里不由得感叹：十多年，饶是胜景，辛劳也属不易。

名山复名胜，不负登山人。

移步换景处，心眼一时新。

天下匡庐，何人不欣赏。人生来一次不易，我已经是第二次来了，幸何如之。山水是不亏人的，你欣赏它，它也欣赏你，那其中的乐趣，多了去了。关键是要善于体察。眼看见了，是一乐，心看见了，才是真乐。

万古匡庐景，岁岁游山人。

雨去雾又来，无恙是天风。

多少人来过庐山，多少人喜欢庐山。都不用管。此时此刻，我们见到的是庐山真面目。没有雨夜没有云，山和树还有水，都示人以和美。且享受吧。

小列车在山中悬空飞驶。收到太原李晓勤君的来信了：

黄老师好："遵生八笺稿"已见报。样报我随后寄出。下周四即28日我们策划了一期关于桃子的专题，想请您再做两个版的内容，一是桃子的文化，包括桃木避邪、桃花赏心、桃仁治病等，另一个是诗词名作中的桃子、名画中的桃子、名人与桃子等。格式同以前，字数3000以内。还想麻烦您帮我起个总题，诗意强烈的好。谢黄老师。祝您夏安。

行程匆匆，暂顾不上回复，但心里，做了接下任务的准备。

下了小列车，在路边见到有售卖篆刻图章的，我觉得很好，做生意的也不容易，就挑了一方引首章朱文“福寿”，付款三十元，算是对艺术工作的支持。想着以后在写好的字画上加盖，祝愿看见的人吉祥。同行的老胡也看上了，没有现成的，就定了内容，让先刻好，我们吃过饭再来取。吃过饭，我陪老胡取了他的印章后，又经过书画摊，见有嵌名作诗的“名家”，就又拍了几个镜头。老胡也让“名家”为自己写了诗。收好后我们赶路，似乎迟了些。

游客中心附近有关于毛泽东的展览，匆匆进去一看即出。

午后的行程，是庐山大剧院、美庐和花径。

庐山人民剧院即庐山会议旧址，在庐山牯岭东谷长冲河畔。走进大门，是大红色影壁墙，上书镏金宋体大字“中国共产党庐山会议旧址”，影壁前是毛泽东全身金像。绕过红色影壁墙，有一台 DVD 投影机在不间断地播放历次庐山会议的内部影视资料。跨过大门向前走入会场，眼前是一把藤椅、一张洁白长条桌子、一个陶瓷水杯，加上主席台上悬挂着的毛泽东巨幅照片，还有毛泽东、林彪、周恩来、陈伯达、康生五位的座位。

与庐山有关的，还有李四光等人。除了在石油方面的贡献之外，李四光在庐山发现了第四纪冰川。从十九世纪以来，“中国不存在第四纪冰川”已经成为地质学界的一个定论。但李四光根据研究，提出了中国存在第四纪冰川的看法。1931 年，李四光开始对庐山地质进行考察。他发现牯岭西谷的一块巨石矗立在另一块巨石之上，还发现 U 型谷、冰桌、悬谷、刃川擦痕等众多第四纪冰川遗迹，确认庐山在第四纪时发生过多次冰川，坚定地认为庐山是“中国第四纪冰川的典型地区”，据此写出的名著《冰期之庐山》，为中国第四纪冰川地质学奠定了基础，引起世界地质学界的广泛关注。十年以后，他不仅得出庐山有大量冰川遗迹的结论，而且认为中国第四纪冰川主要是山谷冰川，并且可划为三次冰期。1936 年，李四光十多年的艰苦努力，第一次得到外国科学家的公开承认。他干脆把家搬到庐山上，又在庐山脚下建立了一个冰川陈列馆，起名叫“白石陈列馆”，更深入细致地进行冰川研究。

接下来去的，是始建于 1935 年的庐山牯岭图书馆（现名抗战纪念馆），这是民国时期庐山的三大建筑之一。当年，国民政府曾在这里召开由各界代表参加的“牯岭谈话会”。1937 年 7 月 17 日，蒋介石曾在这里发表了著名的“庐山谈话”：“如果战端一开，就是地无分南北，年无分老幼，无论何人，皆有守土抗战之责任，皆应抱定牺牲一切之决心。”我在庐山谈话发表处留影后，也拍了一些相关的书影。蒋介石、蔡元培、毛泽东、周恩来以及美籍科学家吴健雄、袁家骝等许多著名学者都借阅过这里的馆藏图书。

庐山有着众多的名人别墅，来了庐山，是该去看看的。最有名的是美庐和芦林一号别墅。此外，山上还有朱德曾下榻的别墅，国民党元老李烈钧的别墅，外国女作家赛珍珠的别墅。赛珍珠在那里创作的以中国农民为题材的小说《大地》曾获诺贝尔文学奖。

我们来到了河西路 180 号（最初为脂红路 12 号、13 号）的美庐。这是庐山别墅的代表。美庐在十九世纪末建成。有说是买，有说是送，总之在 1934 年，宋美龄成了这栋别墅唯一的主人。美庐前临长冲河，背依大月山，地形如安乐椅。蒋介石夫妇很喜欢这里的恬静、秀美。宋美龄名字中也有一个“美”字，于是他们将这幢别墅命名为“美庐”。蒋介石还手书二字，刻于院落石头之上。从此，神秘的面纱便形影不离，笼罩了这幢别墅长达半个世纪。

登十字形长石阶，步通透式凉台，进入室内，就见到装饰典雅、中西合璧的会客厅。猫眼绿的地毯，墨绿的沙发，墙壁上挂着宋美龄不同时期的半身照片，以及蒋介石夫妇在美庐生活的部分照片。紧邻的是当年“第一夫人”的卧室，室内陈设基本保持原貌。居中有双人床，据说是用英国优质木料制作，床左侧放置一圆形雕花梳妆台，方柜上摆设着精致的象牙扇等物品。二楼，是蒋介石的办公室、会客厅、卧室。卧室的配置和宋美龄卧室相仿，却多了一张躺式沙发。办公室的斜对面，是侍从室第二处主任、有“文胆”之称的陈布雷的办公室兼卧室。办公室的左边，分别建有凉台和阳台，均有石柱、石栏，显得宽阔而安适。

与主楼相连的附房，是1934年冬按照主人的意图所增建的。封闭式内廓和原屋联为一体。从外面看，是一排玻璃窗，而内部布局则一侧是通道，一侧是各自独立的功能用房：餐厅、琴房、侍卫室等。现在这里被辟为展览厅。展览厅所展示的内容，可分为三个部分：一为美庐留存物品，二为国民政府要员们在“夏都”政治活动的历史照片及历史物品，三为牯岭历史风貌及三十年代所拍摄的庐山名胜照片。

在美庐，后来者也留下了足迹。

1960年，宋庆龄住过美庐；1962年，林彪住过美庐。郭沫若、陈毅、胡耀邦等六十年代上庐山时，也都住过美庐。

美庐风景好，清雅格调高。

曾经双峰峙，梦幻泡影杳。

花径公园的名字是大大的榜书，和大门两旁“花开山寺，咏留诗人”的对联都是灰底白字的石刻隶书，很是别致。我一边厢拍照，一边厢顺口吟出诗句：

花径胜迹万古传，桃红柳绿总新鲜。

草堂司马一笑后，诗留人间日月长。

花径，相传是唐代诗人白居易咏诗《大林寺桃花》的地方。一首诗留下一个万古胜迹，也是叹为观止的事。白居易被贬任江州司马时，曾来庐山游览，当时正值暮春，白居易有感于山下桃花已落而此处桃花仍在盛开，吟出了“人间四月芳菲尽，山寺桃花始盛开”的绝美诗句。在湖畔，有书法家胡献雅书写的巨幅石刻“白司马花径”。草地上有伞状红顶的圆亭，这就是花径亭。在花径亭中的石刻板上，刻有“花径”二字，相传是白居易手书。这是1929年湖北汉阳人李凤高游大林寺时发现的。李凤高在此石刻迷失了一千多年之后，重新发现了它，很高兴。于是他邀集在庐山上的社会贤达、名流集资捐款，在此建造了景白亭、花径亭，并补种了五百多棵桃树，再现了昔日的桃花胜景，亦使花径成为文人雅士的聚会之所。

景白亭系一尖顶方亭，坐东朝南，木石结构，铁瓦飞檐，亭前是陈三立撰写的《景白亭记》石碑。花径中还有 1988 年按照白居易《庐山草堂记》里“五架三间草堂，石阶挂柱竹编墙”的建筑形式复建的白居易草堂陈列室，坐北朝南，木结构，草顶。雕塑家王克庆于 1996 年雕刻成的白居易塑像伫立在草堂之前。竹篱茅舍风光好，草堂东面有一股瀑布，水悬一米余，灌入石渠中，水声如抚琴瑟。

离开花径，车子拐了几个弯，就到了锦绣谷。由大林峰与天池山交汇而成的锦绣谷是山间凹地，经过冰川的反复刻切，形成了平底陡壁的景观。前人说“春时杂英百千种，灿烂如炽，至冬初苍翠不剥，丹枫缀之，亦自满眼雕缋”。四时红紫匝地，花团锦簇，故名锦绣。

放眼谷中，含苞欲放的庐山芙蓉，圣洁素雅的牯岭玉兰，纯洁端庄的“多叶诗人草”，风雅华贵的庐山瑞香，五彩斑斓的杜鹃，百花遍野，点缀风光，温馨漫遍整个山谷，令人迷醉。谷中生长的瑞香花，《群芳谱》中称为“风流树”。早在宋代天圣年间（1023—1032）即已传闻于世。张祠部《庐山瑞香》诗云：

曾向庐山睡里闻，香风占断世间春。
窥花莫扑枝头蝶，惊沉南窗午梦人。

《本草纲目》里说：“瑞香产庐山，原名‘睡香’。相传古代有一僧侣，昼寝岩下，梦中但闻异香酷烈，沉而寻之，故名。”后人惊奇，认为是瑞祥之兆，改名“瑞香”。

锦绣谷不仅花奇，而且石怪。累累巨石，形态各异，奇峰怒拔，气象万千。有的如白发老翁，有的似跳出水面的青蛙，有的若搏斗的双狮、扬鬃撒足的野马、翱翔长空的雄鹰，还有的像观音对台梳妆。人们给这里的峰岩取了许多动人的名字，赋予它们优美的传说，牵动着无数游人的思绪。“天桥”悬空，相传救过朱元璋。人头石、锦绣洞、锦绣门，景观都很好。锦绣谷石刻很多，名气很大的欧阳修撰、王阳明书写的名刻《庐山高》，就在这里。宋皇祐五年（1053），欧阳修自南京送母归葬故里，返职途中，到庐山拜访老友刘涣，并作长诗《庐山高歌赠刘凝之》：

庐山高哉，几千仞兮，根盘几百里，峨然屹立乎长江。长江西来走其下，是为扬澜左蠡兮，洪涛巨浪日夕相冲撞。云消风止水镜净，泊舟登岸而望远兮，上摩青苍以晻霭，下压后土之鸿庞。试往造乎其间兮，攀缘石磴窥空谼。千崖万壑响松桧，悬崖巨石飞流淙。水声聒聒乱人耳，六月飞雪洒石矼。仙翁释子亦往往而逢兮，吾尝恶其学幻而言哤。但见丹霞翠壁远近映楼阁，晨钟暮鼓杳霭罗幡幢。幽花野草不知其名兮，风吹露湿香涧谷，时有白鹤飞来双。幽寻远去不可极，便欲绝世遗纷痝。羡君买田筑室老其下，插秧盈畴兮酿酒盈缸。欲令浮岚暖翠千万状，坐卧常对乎轩窗。君怀磊砢有至宝，世俗不辨珉与玒。策名为吏二十载，青衫白首困一邦。宠荣声利不可以苟屈兮，自非清泉白石有深趣，其意吼硉何由降？丈夫壮节似君少，嗟我欲说安得巨笔如长杠！

黄庭坚读了《庐山高》后，连声称绝，并有题跋：“庐山之美，既备于欧阳文忠公之诗。中朝士大夫读之慨然。”据说，某天酒后，欧阳修曾语其子棐云：吾诗《庐山高》，今人莫能为，惟李太白能之。明正德十六年（1521），时任右副都御史、巡抚赣南的王阳明，在平定宁王朱濠的叛乱后，游历庐山，将这首诗录于纸上。七年后，户部主事寇天舆和九江兵备副使何斐将王阳明手书刻于路边岩石上，并在其旁兴建了一座石坊。《庐山高》石刻栉风沐雨四百年，殊为珍贵。

我也不能白来呀，就口占一首吧：

繁花似锦锦绣谷，睡仙故事细细听。
天桥曾佑朱皇帝，庐山高处聆古音。

好运石，听说是一块陨石。人们纷纷往上面投钱，祈福许愿。我则吟哦一记，算是记录：

好运石边人，随手摘星辰。
白云千万里，红日捧心中。

险峰一游后，匡庐烟云收。
从此仙家乐，悠然驻心头。

仙人洞边梵音泉，谈判台上剑无霜。
可惜失却兄弟意，竹林寺匾妙亭观。

访仙亭、观妙亭、御碑亭俱朱元璋所建。访仙亭亦称“谈判台”，为1933年蒋介石重建。1946年7月，美国特使马歇尔与蒋介石曾在此会晤，商讨调停国共内战。马歇尔八上庐山，多次到这里会晤蒋介石。

脚步不停，我为李老师拍了最美的一张照片后继续登山。仙人洞到了，神仙吕洞宾在这里接受人们的香火。险峰在望，且看风光。

仙踪渺黄鹤，人事忆白莲。
一场风雨后，电影《庐山恋》。

首句是仙人洞圆门联，署吴浸阳撰。命意很好，我抄录之。想起每天在播放的电影《庐山恋》，这里正好是影片中避雨的地方。二十五年前我来这里，也在雨中，当时还照了一张披着雨披的相片。

晚餐后归来，见飞来石下榻处有小园门，细看有门联刻在上面，于是探寻，抄录如下：

一面题“春苑”，联云：园对湖水千山绿，内藏人间万卷丹。

一面题“江园”，联云：玉液滴出回春日，金丹夺来益寿年。

有署名曰“1983 鄂梅光才撰并书”。

晚间，小黄、小臧两导游过访。黄讲，庐山有二万居民，端午节每人发一百元。他们很多人都在九江有房子，人人都被安置了。庐山没有私人房。

手机上网，在王成玉博客文后留言：美庐风景好，清雅格调高。曾经双峰峙，梦幻泡影杳。踪迹已近先生，惜不能溯水而上，一聆法音。身在江西，神往先哲，抄旅程中口占一首，应和先生。

复见四川朱晓剑新发的新浪微博：“读书风景文丛”之《水西流集》，黄岳年著。有“河西第一才子”之称的黄兄，最近几年连连推出书话集，在教书之余，能写大量文章，不能不说读书之博杂，才有如此的繁树开花了。他在书的序言中说，在瀚海绿洲丹霞流彩中读写，并看长河落日圆，是人生一大乐事。

山东“谷雨”转发并留言：

河西走廊走甘州，断臂张掖古风流。
落日驼铃愁瀚海，引吭高歌弱水游。

万里应和，情谊深厚，念之心热。

晚餐后，继续在牯岭大街上转了一下之后，就回旅馆休息了。

同伴们携酒来话，诗以纪之。

壬辰夏至日，仙人洞游后，徐吉斌、雒奋廷、周吉科、王鸿斌以江西特产四特消夜。高增明书记谈匡庐地理佐酒，规划明日白鹿洞之游，口占一首：

庐山晚归说四特，诸香协调饮太和。

记得今夜三杯酒，绵绵醇厚人生歌。

据称，唐时就有“四特土烧”工艺，明时江西籍的大科学家宋应星还将四特土烧的工艺写进《天工开物》。一篇《曲蘖》，影响了后来中国白酒的规范化和规模化酿造。四特酒是以整粒大米为原料，优质大曲为糖化发酵剂，有“亮似钻石透如晶，芬芳扑鼻迷逗人，柔和醇甘无杂味，滋身清神类灵芝”四大特点，故名“四特酒”。1959 年，周恩来总理品尝四特酒后称赞道：“清香醇纯，回味无穷。”名山名酒，胜友良夜，此乐何极。

6 月 22 日　庐山—九江　雨

晨五时许起沐浴，打坐。六点半出发。

我们到达后，未见过的山雨光临。雨声中鸟语啾啾，颇为动听。念及醒来后卧听雨声鸟鸣的佳意，顺手记录下来：

听雨在庐山，鸟声伴雨声。

空谷妙音乐，一夜到天明。

车子开往黄龙寺。我在车上一边看景，一边吟哦，也查看黄龙寺的资料。黄龙寺坐落于庐山玉屏峰麓，前对天王峰，后枕玉屏峰，西为赐经亭，下临大溪。寺宇“万山环抱，松杉碧绕”，修篁蔽日，景色奇幽，“居然胜地”。相传早在晋代，释昙诜在此修持，并栽下两株婆娑宝树、一株银杏。这就是黄龙寺山门前的“庙堂之宝”——“三宝树”。现在的黄龙寺是明代僧人释彻空于万历年间（1573—1620）开始修建的。当年释彻空云游至玉屏峰下，目睹这里“山势环拥”，丛林茂密，清潭飞瀑，风景幽邃，即“心爱之”，并有住下弘法之愿。但当时看到山麓之中，千鹿成群，游嬉其中，不可接近，有碍建寺。当即默念祈祷“此间于我有缘，群鹿为徙”。次日，释彻空再往探看，果如所愿，“不见鹿踪”。于是，释彻空开始了他的建寺活动。初以此处曾是群鹿出没之处，山野空旷，名之“鹿野”。寺亦名曰“鹿野禅林”，时任江西提学副使王宗沐曾题寺额。其后释彻空法承临济宗黄龙派，寺又靠黄龙潭而建，故又名之曰“黄龙寺”。释彻空十分看重寺宇周围林木的保护，告诫僧众对寺宇周围、山谷之中的“山木不得折一枝。折之，必讼至枝长而后已”。寺僧以树木为生命，以故丛林茂密。

烟雨庐山趣无穷，峰峰秀色景不同。
最是千年松前望，含鄱香炉捧玉青。

浓荫蔽日，绿浪连天，高四十米的三宝树凌空耸立，形同宝塔。千年古柯，树下石上镌有“晋僧昙诜手植”数字。昙诜亦大林寺创始人，东林寺高僧慧远弟子。

雨大起来了。有雨伴着，我们的游山平添别样的兴味。沿着龙潭路，继续看景，寻找我们要去的黄龙潭和五龙潭。今年是龙年，在庐山看龙景，也算是别有趣味了。从三宝树到黄龙潭瀑布，路很近。幽谷之中，崖壁陡立，岩石层叠。茂盛草木中，一条瀑布从十几米高的崖上跌下，发出轰鸣声，瀑布跌落潭中，稍作停积，继而又在石缝之中蜿蜒流淌，奔向下游。黄龙潭瀑布以秀、幽见长，潭边瀑下的石块崖壁上，青苔遍布，小涧一片绿色。黄龙潭瀑布旁边还有一些石刻，突出的是右侧摩崖的红色篆字“龙泉”二字。另外，黄龙潭也被称为“好运潭”，传说，在这里洗手会给自己带来好运气。于是我们也洗手，沾染些山灵的好运。

雨中游龙潭，一尝万古缘。
今生福已深，莫欲来生强。

万竿葱绿处，流泉出山初。
龙潭洗手际，人人享清福。

雨还在下。有人听说五龙潭要远些，就返回了。我和更多的同伴，则选择了继续看景。雨中，吟咏继续：

万古小径且须行，撑伞直上最高峰。
山间一木仙人住，慈晖瞬息送好音。

乌龙潭快到了。我们从一个石桥上走过。桥下有面积很大的数方石刻，一方是楷隶书红色的大字“性天同乐”，一方是未予描红的、1931年某人游山的行记，字大如拳，数了一下，约为一百二十八字。

乌龙潭在东谷山冲底头，两山夹峙，中为一线幽涧，树木交翠，绿荫掩映。潭上平列着一排一丈多高的巨岩，彼此乱杂形成瀑床，泉源来自长冲、芦林之水，终年长流不间断。水分五股从隙缝中轻飘而下，就像五把灿烂银梭斜立崖前。下端潭面平阔不深，河水清澈，是观瀑佳处。这里有“《西游记》庐山水帘洞拍摄外景地”的牌子，于是大家忙着拍照留念。相传，潭里有条乌龙，性情温顺，修炼从善，乐施好助，每逢大旱，便为山林喷云生雾，催降甘霖，因而深受民间崇敬。每年农历六月六日，山民们都到这里来祭祀。我有诗云：

乌龙潭作水帘洞，美猴王是好大圣。
又是八万四千劫，种了沧海种桑田。

离开乌龙潭，我们原路返回了。山路崎岖，路滑雨淋，但心里还是高兴的。

车子把我们拉到了芦林湖旁的芦林一号别墅。先看见的是高105厘米“璇玑玉衡”，这是最大直径84厘米、生铁铸造的重约吨余的太平宫古物。表体留有“岁次癸未七月（原铸字不详）”。经考证为明朝嘉靖二年（1523）由匠人张文进铸造。

残存的实物由上下两截组成。下截形如倒覆之甑，上截推之可转，中铁广厚经尺，上下四旁，俱有图翅，长半尺许，周围拱之。其中向下一翅，与下覆甑柄凿相含，如石磨中轴眼，推之圆转如轮。诗人陆游有记，唐玄宗敕建的太平宫到宋代已是“庙中钟鼓二楼，高达十余丈。累砖而成，栏棚翚飞，工艺精良，岿然对峙，气势雄伟，叹为观止。每楼耗资在三万钱以上”。但太平宫（又名九天使者庙）在历史上迭遭破坏，殿堂楼阁颓废殆尽，碑碣书画无一幸存，仅“璇玑玉衡”奇迹般地残存了下来。有意思的是，璇玑玉衡复原图于 1990 年由甘肃省政协委员张巨湘绘出，揭开了历史之谜。庐山风光中，有甘肃元素，这是让人欣慰的：

璇玑列星辰，玉衡太平宫。

百代雨洗后，千秋日月明。

芦林一号是一栋中西合璧的别墅建筑，人称芦林别墅。因门牌房号是一号，故亦称“芦林一号别墅”。那是上世纪六十年代初，专门为毛泽东修建的。1961 年 7 月 20 日晚，毛泽东主席再上庐山，住进了芦林一号别墅。1961 年中共中央工作会议和 1970 年中共九届二中全会期间，毛泽东均在此工作和休息。毛泽东除了白天在这里开会、读书、游泳外，每天凌晨，还是乘车回到那幢老房子，也就是美庐睡觉。据美庐和芦林一号的工作人员回忆，毛泽东没有在芦林一号睡过一晚觉。别墅为单层平顶式，坐东朝西，石与混凝土结构。芦林一号的主楼是“四合院”式，中间有个约三百四十平方米的天井花园。别墅除了展出毛泽东当年的居住状况外，还有庐山博物馆的陈列展览。庐山博物馆是 1985 年挂牌的，馆内藏品有当地出土和从外地搜集的古代青铜器和历代陶瓷，有颜真卿、柳公权、米芾、黄庭坚等在庐山的手书碑拓，有唐寅、郑板桥、朱耷的字画卷轴。最珍贵的则是《五百罗汉图》、血书《华严经》和水晶佛珠，都是国家一级文物珍品。

一边看，一边尽可能地拍了照片。我很感兴趣的是历代名人游庐山图文展和庐山老照片陈列。这些我都一一拍了下来，尽管不很清楚。我拍的最多的是“伟大的读书者 / 毛泽东在庐山读书展”。他在庐山住了一百三十五天，除了北京带来的书之外，还在庐山借阅了二百多册书。六七十岁了，他还这样读书。那些书，那些笔墨纸砚，那篇他写的《琵琶行》，我都拍了下来。

走出一号别墅，我们的庐山行程就要结束了。细雨蒙蒙，颇见留恋。按照我的想法，东林寺是要去的，但导游不积极，说离得很远，其实我知道，这是在搪塞。更要紧的是要在原定行程之外另加，没法统一意见。无可奈何之中，只好加了白鹿洞和石钟山两个景点。

十时许，我们离开庐山。下山路上，儿子打来电话，车上干扰多，我又发了短信。庐山脚下午餐后，前往白鹿洞书院。

车子沿着五老峰南麓行驶。五老峰在这个时候看起来格外清晰，李白诗境焕然而出：

庐山东南五老峰，青天削出金芙蓉。
九江秀色可揽结，吾将此地巢云松。

庐山景区东大门在车窗外掠过。星子县就在前面，桃花源也在前面，星子岩也在前方。看着美景，我还在手机上记录：

朝山应不疑，白鹿洞天机。
当年云飞处，祖师是朱熹。

去白鹿洞，对我们来说，有朝山的意味。车子离开大路，拐入一条林荫蔽天的乡间小路，林间隐约见水，碧水透亮。巨大的树冠将道路完全遮盖起来。路很长，也很窄。青瓦白墙的古建筑出现了。书院傍山而建，一簇楼阁庭园尽在参天古木的掩映之中。大门上的“白鹿洞书院”匾额，是王阳明时代的文学家李梦阳书写的。白鹿洞在唐代时原为诗人李渤兄弟隐居读书的地方。李渤当时养白鹿自娱，传说该鹿通晓人性，能跋涉数十里到星子县城为主人购买书、纸、笔、墨，李渤遂有“白鹿先生”之称。后来，李渤出任江州刺史，于此修楼建亭，取名白鹿洞。白居易过江州，有诗赠李渤，曰“君家白鹿洞，闻道亦生苔”之句。此后兴废叠经，沧桑历尽。

朱熹的出现，奠定了白鹿洞在往后七百年间的学术位置，直至科举制度结束为止，白鹿洞书院都被称为“海内书院第一”。

南宋淳熙六年（1179），朱熹出任南康太守，他勘察白鹿洞书院废址后写道：“观其四面山水，清邃环合，无市井之喧，有泉石之胜，真群居讲学、遁迹著书之所。”当时书院建筑规模较北宋时小了不少，学生也只有十余人。为兴复白鹿洞书院，朱熹订下学规，置田建屋，向各地发文征求图书，把《四书》《五经》纳入教学课程。同时，朱熹请南宋理学另一派代表吕祖谦为修复工作写记，交流学识，朱熹本人亦撰写白鹿洞书院学规，并亲临讲课，与学生质疑问难。书院在1180年农历三月间完成重建，理学又一派代表人物陆九渊从金溪来访白鹿洞书院。在朱熹盛邀之下，登台讲学。陆九渊的“君子喻于义，小人喻于利”，令在场的学生和客人热泪盈眶。在朱熹的要求下，陆九渊将这段演讲内容写下，刻在石碑上。朱熹在南康任职的两年时间，是白鹿洞书院历史上的黄金时期。翌年朱熹与陆象山共同讲学，称作“白鹿洞之会”，朱熹并奏请赐额及御书，白鹿洞书院名声再度大振，成为宋末至清初数百年间中国一个重要文化摇篮。白鹿洞书院和岳麓书院、应天府书院、嵩阳书院合称“四大书院”。江西也弄了“四大书院”的名号，由白鹿洞与吉安白鹭洲书院、铅山的鹅湖书院、南昌的豫章书院并称。朱熹订立的《白鹿洞书院学规》，也成为后来千余年教育的准则和规范，影响着中国历史文化的进程。

明代，王阳明也在白鹿洞修道问学，为他后来的心学创立奠定了基础。

白鹿洞书院建筑群南面是一条清澈的小溪，名“贯道溪”，以孟子“吾道一以贯之”命意。对着贯道溪，从西到东一字排开五个院落，分别是“先贤书院”“棂星门院”“白鹿洞书院”“紫阳书院”和“延宾馆”。每个院落都是沿南北中轴线的布局，建筑坐北朝南。五座院落相对独立，各有主体建筑和面朝贯道溪而开的大门。五个院落内部又有门可相互贯通，一道白净的青瓦围墙将五座院落在外观上围成一个整体。书院内古木参天，书院外茂林修竹，门前流水潺潺，泉清石秀。难得一个夏日消暑的清凉之地，喧嚣中的宁静之所，的确是一个读书的好地方。

五个院落中西边第一个院落是先贤书院。门上的“先贤书院”四字是明代书法家李时达的真迹。门右柱上还有写着“朱熹纪念馆”的牌子。先贤书院中的那个“贤”字很独特：上半部是右“忠”左“臣”，合起来一个“忠臣”，也就是说只有忠臣当得一个“贤”字。跨进院门，穿过一个小花园，前面有一个过道门，门内高悬“洞贤天下”牌匾，很有气势，看见的时候，会想起岳麓书院“惟楚有才，于斯为盛”的对联。门内又是一个花园，比第一进的小花园要大些。对着门口有座四角的亭子，上有匾额“丹桂亭”，亭内有石碑一方，上书“紫阳手植丹桂”，由光绪四年（1878）时任赣州知府的岭南人曹秉睿题写。亭前左右各有一花坛，是两棵桂树，枝繁叶茂，看上去很有些年头了。从石碑上的话看，似乎是朱熹栽下的树，但实际上不是。前人虽然讲究实事求是，但必要的忽悠，看来也还是少不了的。

花园的东、西、南三面碑廊里镶嵌着宋至明清古碑刻一百二十多块。李梦阳所写的“白鹿洞书院”手迹也在其中。据说，这些碑刻中最著名的是明代紫霞真人用蒲草书写的《游白鹿洞歌》：

何年白鹿洞，正傍五老峰。五老去天不盈尺，俯视人世烟云重。我欲揽秀色，一一青芙蓉。举手石扇开半掩，绿鬟玉女如相逢。风雷隐隐万壑泻，凭崖倚树闻清钟。洞门之外百丈松，千株尽化为苍龙。驾苍龙，骑白鹿，泉堪饮，芝可服，何人肯入空山宿？空山空山即我屋，一卷黄庭石上读。

先贤书院的主体建筑是丹桂亭北面并列着的报功祠和朱子祠。报功祠祭祀有功于白鹿洞书院的人，我认真看了的是朱子祠。

朱子祠门外柱楹联曰：列嶂成垣，永护考亭之遗迹；环溪作泮，遥通泗水之真源。

泗水在曲阜，和孔子有关，朱熹是孔子千余年后的传人，所以对联这样说。

朱子祠建于清康熙四十八年（1709），由时任南康知府张象文所建，专祀朱子。祠堂正中墙上，是线描的朱熹石刻画像，像左立张象文手书《文公朱子专祠碑记》，右立朱熹所撰《白鹿洞书院学规》，上悬康熙帝所赐“学达性天”金字匾额。画像两面的墙上是周敦颐、程颐、程颢、陆九渊等理学、心学大师以及朱熹十四弟子的像。周敦颐与二程是理学先行者，为朱熹前辈，然而在这里只能同朱熹的弟子一样，陪祀两侧。

白鹿洞书院学规

朱熹

父子有亲。君臣有义。夫妇有别。长幼有序。朋友有信。

右五教之目。尧、舜使契为司徒，敬敷五教，即此是也。学者学此而已。而其所以学之序，亦有五焉，其别如左：博学之。审问之。谨思之。明辨之。笃行之。

右为学之序。学、问、思、辨四者，所以穷理也。若夫笃行之事，则自修身以至于处事、接物，亦各有要，其别如左：

言忠信。行笃敬。惩忿窒欲。迁善改过。右修身之要。

正其义不谋其利。明其道不计其功。右处事之要。

己所不欲，勿施于人。行有不得，反求诸己。右接物之道。

熹窃观古昔圣贤所以教人为学之意，莫非使之讲明义理，以修其身，然后推以及人，非徒欲其务记览、为词章、以钓声名，取利禄而已也。今人之为学者，则既反是矣。然圣贤所以教人之法，具存于经，有志之士，固当熟读、深思而问、辨之。苟知其理之当然，而责其身以必然，则夫规矩禁防之具，岂待他人设之而后有所持循哉？近世于学有规，其待学者为已浅矣，而其为法，又未必古人之意也。故今不复以施于此堂，而特取凡圣贤所以教人为学之大端，条列如右，而揭之楣间。诸君其相与讲明遵守而责之于身焉，则夫思虑云为之际，其所以戒谨而恐惧者，必有严于彼者矣。其有不然，而或出于此言之所弃，则彼所谓规者，必将取之，固不得而略也。诸君其亦念之哉！

《白鹿洞书院学规》出现后，一些朱熹的弟子及当时的学者或仿效，或照搬，纷纷兴办和管理书院，《白鹿洞书院学规》遂风行全国。南宋绍熙五年（1194），朱熹任湖南安抚使，为振兴岳麓书院，将《白鹿洞书院教条》颁于该书院，以贯彻他的办学方针和教学思想。朱熹的高足弟子刘偏任国子司业时，上奏朝廷“请刊行所注学、庸、语、孟以备劝讲及白鹿洞规示大学”（《宋元学案·沧州诸儒学案·刘愉》卷六九）。到宋淳祐六年（1246），“理宗诏颁《白鹿洞学规》于各州府县立石”，《白鹿洞书院学规》成为南宋书院统一的学规，后来也成了元明清各朝书院学规的范本，并影响到各级各类官学，成为封建社会后期办学的准则。王阳明云：“夫为学之方，白鹿之规尽矣”。（《阳明全书·紫阳书院集序》）

依山傍水白鹿洞，七百年来计其功。
处事接物求诸己，通天彻地自在人。

我在砖木结构的书院大门前留影。礼圣殿、先贤书院、白鹿洞书院、紫阳书院和延宾馆里，我们都留下了足迹。我们在周敦颐铜像前，在朱熹铜像前，都留了影。

“贯道溪”的对岸，是江西历代状元榜，也是很好的一道景观。我循行到了溪水上游的一个亭子边，又折回看了状元榜，感受了江西文脉。

手机上网，见到新浪博客上有“小龙女晴耕雨读”在博文《朱晓剑：书话作家谱系》后的留言：拜读学习，写得很好。阿滢先生说，民办刊物的创办者是纯正的读书种子。几位老师已经成为民间阅读文化的一道风景，正在默默地影响更多的人走进书香。

接到成都天地出版社打来的电话，说拙编《水西流集》出版后已经发出一批书给我。

离开岳麓书院，我们的车子一路向景德镇飞驰。导游想绕过去，但大家觉得既然来了，就该看看，于是我们就去了。后来知道，我们还是上当了，到的地方，距离景德镇市区还远。

先参观的是千年博大瓷艺。据说，这是上海世博会指定厂家，“白如玉、明如镜、薄如纸、声如磬”的名瓷四大特色在这里展现得淋漓尽致。据说，这里的董事长本人就是陶瓷工艺设计大师，由他设计的庆祝建国六十周年和谐盛典青花中式餐具，获得了国家青花大赛设计奖。在2010年上海世博会上，该公司产品荣获上海世博会千年金奖。东西都是不错的。但买也不现实，于是我就拍照。工作人员不时干扰，说不要拍照，但我觉得，既然要宣传，为什么又拦着呢？

上车，录观赏口号曰：

瓷艺夺天工，博大千年精。

珍赏件件美，极品铸画屏。

二十五年前，我来过景德镇。询问当年看过的景德镇百货大楼，想找一点怀旧的踪迹，摆摊的百姓说，那还在市中心，离这里好远的。

后来知道，我们到的是石林山，原本是景德镇郊区，现在已是瓷都工业园区。园区的大门和路灯，都是陶艺青花瓷精品。昌南阁边的锦绣昌南是这里的核心区，据说是国家4A级景区，但给我的感觉是人不多。先看到的是融徽派建筑与现代风格于一体的两幢门楼，走进去就看见像天坛一样的千禧坛祈福阁。坛分上、中、下三层。上部中央四个不同方向的幕墙上耸立着瓷塔，塔的临街面竖立着瓷园雕塑“窑神”。据说，这里会定期举办祭窑神大型民俗活动，瓷乐队会演奏带有宗教色彩的庄重音乐，五湖四海的陶瓷业主及从业人员将顶礼膜拜窑神，祈祷世界和平、瓷业兴隆、事业有成和全家平安幸福。瓷坛中部是多功能大厅，底部则为超市商场。坛边是“锦绣湖”，荡漾在瓷坛的东南方。湖的周边，是造型各异、栩栩如生的瓷艺雕塑。陶瓷珍品馆也在这里，可惜闭馆，不能进去看看。

我们在园区的上层和下层市场间打转，同伴买了看中的瓷器，或是打包邮寄，或是随身带着。

找不着当年的感觉了，但心情还是很好的。临上车，小雒买了夹着鸡蛋的饼子充饥，就在摊子旁边吃了，蛮好。离开景德镇的时候，感觉天色不早了。

感叹之余，口占俚句云：

离开廿五年，瓷都换新颜。

锦绣昌南地，曾经驻荒莽。

天色暗下来的时候，我们到达了慕名已久的文化之乡婺源。在宾馆住好，吃了些饭后，我们在雨中上街。我和高书记、小雒一起走进了一个市场，小伙子没吃饱，又寻了一家面馆去吃饭了。

婺源自古即为徽饶古道必经之地。周边有著名旅游景区庐山、黄山、九华山、武夷山、三清山、龙虎山、鄱阳湖、千岛湖等，涵盖了“名山、名水、名镇、名村”四大看点。婺源的经济作物中历来以茶叶为主，所生产的绿茶在国内外享有很高的声誉，旧有“祁红婺绿”之称。祁红，是指祁门及周边地区所产的红茶，婺绿则是指婺源的绿茶。1987 年我游黄山，在屯溪乘火车，祁门也是到了的，那也是古徽州的六县之一。亲历福地，心潮喜悦。

2012年6月23日　云　婺源

晨五时许起，沐浴，打坐。

七时许出发，今天将要去的地方是江湾、汪口、晓起村和李坑。

“茂林修竹映村廓，飞禽走兽相对鸣”的婺源，被誉为“中国最美的乡村”。坐在旅游大巴上，我们去江湾，看着沿路的风光，能更深切地感受到婺源之美。一路走一路看，满目是青山绿水。真个是人与自然和谐相处，文化与生态完美结合的地方。婺源山水环绕、风水佳绝，是古徽州风水文化的典范，风水之渊薮。据说，我国风水学鼻祖郭璞，其学即得于婺源。婺源南山村距神秘的太极晕仅有咫尺之遥，那里灵古洞口的“虾须蟹眼”，就是郭璞和他经书的埋藏之处。

十时许，我们到达江湾。

江湾原名叫云湾。这座钟灵毓秀的千年古镇，现今半数以上的村民都姓江。江湾的江姓祖先原本姓萧，故称萧江。他们奉汉代的萧何为初祖。后经变故，始有江姓。萧江一世祖江祯是唐朝宰相萧遘的第二个儿子。萧祯天生英杰，文武双全。僖宗广明年（880）七月，因平黄巢起义有功，萧祯被皇帝敕封为柱国上将军、江南节度使，赐府第于安徽县篁墩。唐朝光启三年（887），秦宗权叛逆，萧祯奉旨领兵保金陵，剿灭秦宗权。后朱温篡位当了皇帝，灭唐，建后梁，萧祯因耻侍二主，指江易姓，改姓为江。从此隐居篁墩到死，人称萧公。萧祯生有三子，长子江董，二子江威，三子江郑。江董于唐天复年间（901—903）迁入婺源皋径（今大畈水路），曾任婺源主簿，后加赠银青光禄大夫，是迁入婺源之始祖，庄严肃穆的董公陵园墓便是他的安息地。到了八世祖江敌，于宋元丰二年（1709）从旃坑迁入江湾村居住，子孙逐渐繁衍成为巨族。

江湾文风鼎盛、群贤辈出。明代隆庆年间的户部侍郎江一麟，清代著名经学家江永，清代户部主事江桂高，清末著名教育家、佛学家江谦等一大批学士名流都是江湾人。江湾村人著述多达八十八种，其中十五部一百六十一卷选入《四库全书》。村人中任七品以上仕宦者二十五人，是当之无愧的婺源“书乡”代表。江湾至今还保存着三省堂、敦崇堂、培心堂、滕家老屋等一大批徽派古建筑和萧江宗祠、江永纪念馆、南关亭、北斗七星井等景点，极具历史价值和观赏价值。

千年古镇江湾，嵌于锦峰绣岭、清溪碧河之中。聚落北部后龙山逶迤东去，山上林木葱郁，“仙人桥”是古人实践风水理论的杰出典范。南侧梨园河呈太极图S形，由东而西蜿蜒流过。御史府、中宪第等明清官邸，东和、南关、西安、北钥四座古门亭，以及岳武穆构筑的岳飞桥、明代剑泉井等，加上星罗棋布的古建民居，真个是风水宝地。江湾是越看越美，山水环绕，风光旖旎，无论怎样赞美，都觉得贴切不过。

下车伊始，我们首先见到的是规模宏大、雕刻精美、建筑材料考究的萧江宗祠。萧江宗祠明朝万历六年（1578）始建，毁于太平天国战火，1924年重建，“文化大革命”期间又被拆毁，曾被誉为江南七十座著名宗祠中“最好的一座宗祠”，是婺源古代四大古建之首。2003年2月，据说又耗资五千万，第三次进行了重建。一进门就看到的，是墙壁上萧江宗族的族谱。

我们陆续到敦崇堂、三省堂、培心堂和滕家老屋等处参观。

敦崇堂建于清同治四年（1865），是清同治年间户部主事江桂高宅第，是一组坐北朝南横向布局的徽派建筑。店堂、落轿厅、会客厅、正屋厅，四间横向相连，各有大门出入，又以内门相通，后为花园。建筑很气派，充分体现了主人的地位和富有。正屋为一脊两厅，双天井，两层楼建筑。门庭地面用鹅卵石铺成钱币图案，寓意财源滚滚而来。正厅天井置有太平缸，说明徽州人家防火意识很强。堂上高挂“敦崇堂”匾，两边是两幅富含哲理的楹联：

惜时惜衣非为惜财源惜福

求名求利终须求己莫求人

敦序承祧延世泽

崇儒务本振家声

三省堂是清末民初教育家、佛学家江谦的祖屋。堂建于清朝中叶，原为三进二层楼建筑，现存第一进及后堂灶间。堂名语出《论语·学而》，寓意子孙铭记“吾曰三省吾身”之道德修养。四周高昂的马头墙直插云天，房子坐北朝南。天井两边不设厢房，而成两廊式的开间，重大庆宴时可摆设餐桌，显示大户人家的阔气。正厅两边设东西厢房，它比厅堂开间要小，地面用木板架空，比客厅高一台阶，显然是为了防潮。厢房较暗，只有靠天井采光。门从头到脚均雕花，上部镂空用来采光透气，上面还雕了人物八仙，寓意“八仙过海各显神通”。裙板雕牡丹、花瓶，取“保平富贵”之意。由于门的形状高挑细长，又很漂亮，人们将它比作一位美丽的淑女。顶上那小块称头格，上部镂空称门身，中间小块称束腰，下部雕花瓶的这块长的叫裙板，最下面那块小的叫束脚。江谦（1876—1946）字易园，号阳复居士，清末民初教育家、佛学家，曾为南通张謇创办通州师范，后历任南京高等师范校长、江苏省教育司长。在南京和南通，他曾多次拜会最后一个状元公张謇，讲究学问。由于他功绩卓著，曾被孙中山大总统授予三等嘉禾章。徘徊间，我写下了纪实的句子：

三省堂上怀易园，中山曾受嘉禾章。

师范教育亲情近，南京南通拜张謇。

坐落在老商业街上的培心堂，是一幢典型的前为店面、中间住宅、后为厨房的清代徽商住宅。徽派儒商的设计与众不同，店门口的上方设计了水磨砖雕门楼，砖雕工艺精湛，儒雅清秀。门楣额枋上楷书“乐山安宅”四个大字，书法潇洒秀丽，有大家风范。乐山安宅语出孔子“智者乐水，仁者乐山”“智者动，仁者静。智者乐，仁者寿”。穿过门厅，是一个正方形的小院，小院南墙下是一道砖雕石库门楼，桃、荷、菊、梅，渔、樵、耕、读，雀、鹿、蝠、寿等砖雕图案，栩栩如生，中间是“拱宸萃庆”四个大字。客厅宽阔高大，横排三间，中为正厅，侧为卧室。正厅前有天井，东墙开有花窗，上方悬挂“培心堂”匾，两旁木柱挂着楹联“千古文章传性道，一堂友孝乐天伦”“泉水温随时令转，庭花笑引客人来”。置身其中，令人倍感幽静、典雅。

江湾历史最早的巷子是滕家巷。这里有明末的一府六院遗址，据说江泽民的祖居也在这里。这幢房子就是滕姓的老屋，它的特别处是每块墙砖上都印了一个滕字。几百年过去了，巷子里住的人家并不都姓滕了，但墙上的滕字却永远地留在了这里。“一府六院”原指的是过去徽州地区“一府六县”，府即徽州府，六县即歙县、休宁、婺源、黟县、祁门、绩溪。江湾人为何把一幢房子叫作一府六院呢？原来这在江湾乃至在婺源都算是一幢大房子。它建于明代末期，特点是四层楼、占地广，建筑雕梁画栋，格局惟妙惟肖。一幢大房套了六幢小房，每小房都有天井、正厅、厢房，自成一家。六家之间由风火墙和火巷隔开，但有小门相通。生人进入屋内，简直是进了迷宫，进得去出不来。所以有人形容进来这里，就似乎到了“一府六院”。四百多年过去了，房子几易其主，到上世纪八十年代初，房子正堂倒塌，住在这幢大房里的人才全部搬出。我们看到的只是屋场，留给游人的，也只有想象和回忆了。残存的屋子是三层楼，还看得出占地广、气势宏大的特点。

清末民初的徽商江仁庆在上海致富后，返乡建宅，故居至今完好。他的房屋也是典型的徽派穿堂式结构，建筑考究，风格独特。砖雕门楼气派不凡，浮雕、深雕镂空，景致多达五六个层次，人物形象生动。结构布局严谨，木雕精美，处处体现着主人的高雅审美情趣。导游说，这里关不拢的门，告诉你有关风水学的秘密。太平池观赏，或许也能使您体验到几分幽闲雅致。而青石板护墙，见得出主人的富有和气派。

抗倭英雄江一麟（1520—1580）的纪念馆，是徽派众屋式建筑，雄浑、古朴。江湾生长的江一麟，是明代隆庆年间的右都御使兼户部侍郎、抗倭英雄、治淮功臣，功勋卓著。

我在江永故居前久久驻足。这是一座遗址性质的清代民居加私塾式徽派建筑。江永（1681—1762），字慎修，号慎斋，清代经学家、音韵学家，皖派经学的创始人。一生蛰居乡里，以教书为业，著有大量的治学必读著作。精通中西历算，对“三礼”有精深研究，尤精通音律声韵，其学术成就以考据最为见长。他一个人被《四库全书》收录的著作就有二十七部之多。

我们刚到江湾的时候，天下起了小雨，后来就放晴了。天助游兴，好看风景。婺源太美了，歌以述之：

徽商南北说婺源，粉墙黛瓦马头墙。
平常一句无心话，天下游子访故乡。

据说许多年前，一位长者的姐姐到江湾村寻祖，当地老人对她讲，她们家的老屋就在砖墙上有“滕”字的那座屋对面。多少年后，他姐姐告诉后辈：“在江湾村一家老屋墙上有‘滕’字砖的门对面，就是我们祖上的老屋基。”

徽派建筑最宜民，左瓶右镜老摆钟。
族谱萧江成往事，李坑风情风水新。

此咏民俗也。婺源是徽州文明之根，故而徽派风格十足。左瓶右镜老摆钟，是旧日民间家里的装饰布局，亦当时之“三大件”也。

荷包红鲤石头砚，数棵雪梨话江湾。
人生合是婺源老，小桥流水沐香樟。

婺源有鱼，头小尾短，背高腹园，全身色泽橙红鲜艳，形似荷包，故称荷包红鲤鱼，十分可爱，被誉为“人间天物”。江湾雪梨有“六月雪”“西降坞”“白梨”“苏梨”“马铃梨”等品种，尤以“西降坞”梨为上品。据说，明代婺源人从歙县丁字桥引进梨苗，与当地野生棠梨嫁接，获此梨种。江湾雪梨体大肉厚，皮薄核小，汁纯味美，松脆香甜。我从树下路过，仰望再三，叹为观止。

水墨无力驻丹青，有福江湾有福人。
烟岚起处霓裳起，艾叶端午秀色明。

江湾之美，有非笔墨所能尽述者。百姓说，这里端午的时候，要用艾叶驱邪趋吉。

祠堂戏台古牌坊，村落处处有规章。
南关端午鸣鞭炮，紫荊抱起抱香港。

江湾虽是乡村，但规划的程度很高。真不相信古人何以如此智慧。在江湾，端午节是要放炮庆祝的。一株紫荆花树开在弄堂口，人说是江湾抱起了紫荆花。好事者附会说，香港回归的征兆，早在这里长好了。

江湾村里江启昌，教书育人四十年。
神清龙虎书写后，笔墨飘香流八方。

已经退休的江启昌老人，原是江湾小学的老师。江湾旅游火起来后，江启昌家也成了游人必到的地方，到老人的家中参观游览，也不收钱。我们去的时候，导游说，老人曾经和总书记握过手，大家就争着同他握手。我们也在握手后同老人一道坐在他家的八仙桌旁合影。合影罢，和蔼的老人把我们引到一张摆满扇子的木桌旁，向我们介绍他的扇子。当他把扇子展开在我们面前时，我们看到扇子上有字，老人说是他自己写的。扇子上的字是竖排着的，右起第一行为“萧江”，第二行为“龙腾世纪启”，第三行为“虎跃万民昌”，第四行为“辛酉年书”。这四行各自的最末一字合起来就是“江启昌书”四字——老人把自己的名字嵌了进去。另有“江湾”二字，为摹江泽民体。还有一笔龙字和一笔虎字各一个，其中虎字为摹唐伯虎体。同伴们掏钱，买了扇子。老人得到了他用劳动换来的三十元钱。

后龙山福荫百代，江湾水恩泽万民。

乡贤园里先贤驻，山河无恙树色新。

在江湾，景色宜人的后龙山脚下有一个乡贤园，是由古代园林“后桃园”扩建而成的，有二十八亩。一个村子，居然有这样一个园林，而且经历了“文革”那样的浩劫，也还完好地保存了下来，真是不可思议。乡贤园中，有名人名树观赏区，有进思舫、观鱼台等。历代名人石雕群里，江湾籍的贤者一一在目，格外精神。汇贤湖、文笔塔和仰山茶社，在各类名贵花木的掩映中魅力十足，让人留恋。

龙尾歙砚天下惊，语石艺术天然新。

曾经沧海水未识，精微聚墨画卷明。

这是游览江湾歙砚区时我写下的句子。歙砚因产于安徽歙县而得名，以婺源龙尾山下溪涧中的石材所制者为最优，故又称龙尾砚。歙砚在唐开元年间已有生产，南唐时形成一定规模。歙砚石具有“涩不留笔，滑不拒墨，瓜肤而縠里，金声而玉德”等优点，按天然纹样分为眉子、罗纹、金星、金晕、鱼子、玉带等石品，是读书人的珍品。

砖雕江南第一榜，忠孝节义文王贤。

连中三元耕渔樵，诗书传家颂萧江。

上晓起的人多姓汪，而下晓起的人多姓江，据说是江上青烈士的原住地。

在上晓起村，一间百年老屋上的砖雕是最靓丽的风景，有江南第一砖雕之誉。砖雕采用圆雕、透雕、浮雕等工艺，刻画的是文王访贤和渔樵耕读等故事，内容十分丰富。据称，“文革”期间，村民用黄泥糊在砖雕之上，外刷当时的流行标语，从而躲过一劫。

一河清水出湖湾，八十老太尚经商。

晓起村里古樟木，根深叶茂越千年。

晓起村号称“中国茶文化第一村”，也是清代两淮盐务使江人镜的故里。位置在婺源县城东北四十五公里的段莘水和晓起水交合处，有上、下晓起之分。村屋多为清代建筑，村中小巷均铺青石，曲曲折折，回环如棋局。主要景观是双亭耸峙、枫樟流荫、进士第、大夫第、荣禄第、江氏祠堂、砖雕门罩、养生河与古濯台等。“古树高低屋，斜阳远近山。林梢烟似带，村外水如环。”古人的诗歌形象生动地描绘了晓起村美丽的山光水色，有“绝妙何图诚若是”之感。晓起村始建于公元 787 年，始居人为汪万武，据晓川《汪氏宗谱》载，唐乾符年间（874—879）歙县篁墩汪万武逃避战乱，至此天刚破晓，只见青山环绕，绿水潺潺，地沃草肥，花香四野，便搭草棚、起炊烟，而将此取名“晓起”，亦称晓川。后来，汪姓在小溪上游一公里处建村，也称晓起。两溪汇合处的下晓起，村边水口的十几棵数百年老树和村小学后成片的古樟树林，即使在古树遍布的婺源也不多见。据传，江南大户人家，若生女婴，便在家中庭院栽香樟树一棵，女儿到待嫁年龄时，香樟树也长成。媒婆在院外只要看到此树，便知该家有待嫁姑娘，便可来提亲。女儿出嫁时，家人要将树砍掉，做成两个大箱子，并放入丝绸，作为嫁妆，取“两厢厮守（两箱丝绸）”之意。

汪口村里古码头，端午家家洒粉游

锲石镂金图印记，千年百年无忧愁

在江湾，我见到人家墙角处有白灰撒过，觉得奇怪。询问后知道，这是端午过节的时候人们留下的。遂叹曰：乡俗十里有不同。

游李坑咏状元李知诚

闻鸡晨舞剑，挑灯夜读书。

学成报国去，知诚亦知福。

李坑村四面环山，村外两条山溪在村中汇合为一条小河，溪河两岸均傍水建有徽派民居，河上建有各具特色的石拱桥和木桥。河边用石板铺就洗菜、洗衣的溪埠。山光水色与古民居融为一体，相得益彰，活生生一幅“小桥流水人家”的景象。我花八元钱，在一家店铺里买了一串紫檀佛珠。南宋乾道三年（1166）的武状元李知诚故居至今尚在，看他的书屋，觉得时光流逝的好像还是不多。他家的后院里有一颗紫薇树，树龄五百余年。看似衰老不堪，树干、树枝几乎枯萎，只靠树皮吸收养分，但至今仍旧开花，且花期长达九十天。有诗赞叹：“谁道花无百日红，紫薇长放三月久。”

灵龟

神龟九百岁，灵气照溪水。

寄语世间人，莫逐尘埃飞。

在李知诚故居，有一灵龟，说是九百岁了。游人纷纷观瞻，以沾仙气。

离开李坑的时候，雨大起来了。

晚间微雨，婺源街头漫步，友人二三陪焉。闲情胜意，欣念久之。婺源街头，每每隔一段路，就有歙砚店一家。看着眼馋，就花钱买了一方，图案为荷花并蒂。回到宾馆，同伴饮酒聊天，说是祝贺得砚。

次日有得砚诗咏其事：

一砚遂心人精神，砚边芙蕖植宿因。
远公当年演法处，九品台上莲花生。

2012年6月24日　雨　三清山—仿古街

手机上见到南京徐雁先生发来的贺节文章《知识奠基与文化给养：作为“终身学习者”楷模的孙犁》。徐公盛赞孙犁，以为是读书人的楷模。他并倡导在孙犁诞辰一百周年的时候，举行较大规模的纪念活动。

今天游三清山，这是值得一游的地方。二十五年前我游黄山，居然不知道一游距离不远的三清山，真是惭愧。

三清山是后来开发的景区，据说开发的时间也只有二十五年，但二十五年间，声望快要赶得上黄山了。可见景观太好。

车到三清山下的时候，雨正要下。

赣东北的三清山，古有“天下无双福地”“江南第一仙峰”之称，因玉京、玉虚、玉华三峰“如三清列坐其巅”而得名。三清山历来是道教胜地，前人赞其为“高凌云汉江南第一仙峰，清绝尘嚣天下无双福地”，有露天道教博物馆之称。据史书记载，东晋升平年间（357—361），葛洪于三清山结庐炼丹，至今山上还有葛洪所掘的丹井和炼丹炉的遗迹。特别是那口丹井，历时一千余载，依然终年不涸，其水味甘，素有仙井之称。葛洪是三清山的开山始祖，葛洪之后，代有发展。最先在三清山修建道观的是唐朝信州太守王鉴的后裔。唐僖宗时（873—888）王鉴奉旨抚民，到达三清山北麓，见此山风光秀丽，景色清幽，卸任后即携家归隐于此。宋时，其后裔王霖捐资兴建道观，成为道家洞天福地。延至明景泰年间（1450—1456），王霖后裔王祐又在三清山大兴土木，重建三清宫。从登山处步云桥直至天门三清福地，共兴建宫观、亭阁、石刻、石雕、山门、桥梁等二百余处，使道教建筑遍布全山，其规模与气势，可与青城山、武当山、龙虎山媲美。名贤朱熹、王安石、苏东坡等都在这里留下了足迹。三清山风景特点是“东险、西奇、南绝、北秀”。

买了雨披，扎好裤脚，我们开始了登山之旅。雨很大，导游说山上的部分景区正在维修中，我们能看的，只有南部。

行走在山间，雨中的我们飘飘荡荡地体会着鱼儿游弋般的欢畅。滴滴答答的雨点中，有人撑伞，有人包裹着雨衣，我们是既有雨衣又有雨伞，但是浑身还是被雨淋透了。前后左右的能见度只有五米左右。南清园一路，山木葱郁，水珠晶亮，雨声溪声咆哮在一起，喧洒着雨季的流畅。恼人的雨雾让人无法全睹三清美景，但间或跳出来的参天怪石，石中奇树，让人对隐在雾中的山景，有着别样的期待。云雾散开的一瞬间，天朗地新，万壑毕现，每一条山的线条，都清晰地呈现眼前。更多的时候，我们面对着的，是一幕精彩的剪影。峰顶之上，怪石成列，形状各异。在巨大的造化神功之前，个体显得如此渺小。一阵风过，感觉飘飘荡荡，不知道那风将把我吹向何处。南清园景区算是三清山中心位置了，自然景观最为奇绝。这里集中展示了十四亿年地质演化形成的花岗岩峰林地貌特征，是三清山自然景观的精华所在。驴友谓：“不到南清游，枉到三清山”。游仙谷、一线天、杜鹃谷、巨蟒出山、司春女神、浏霞台、禹皇顶，我们在环线上一一看过。印象深的是游仙谷里方圆数万亩的千年杜鹃谷，谷中树龄上千年的杜鹃树比比皆是，可惜由于时令的原因，我们看不见花开时节芬芳满山的杜鹃花。再就是司春女神了，整座山体造型就像一位秀发披肩的少女，天地造化，鬼斧神工。亿万年来，女神端坐山峰，默然注视芸芸众生，神态祥和。传说女神为西王母第二十三女，名瑶姬。人们认为她是春天的化身，因而又称之为“司春女神”。在观景台上拍照，能充分地感受到这一带奇峰异石、雄浑山岳、壮阔云海、珍奇花木景观的丰富。

游山途中，尽管雨下个不停，但兴致之好，仍近乎无法言说，套用古书里的话说，也算是有诗为证：

三清山是云家乡，如海青松树画廊。
仙人道长大名垂，葛洪当年炼金丹。

巨蟒出山云满天，企鹅向日游婺源。
狸猫老去灵术在，紫芝香暖玉婵媛。

三清山奇景无数，是一个令无数游人永远魂牵梦萦的“银梦仙境”。而这色彩斑斓、华光绚丽的仙境，是看不完也说不尽的。

葛洪奏曲观音听，玉女开怀龙戏松。
红日东升霞万道，银梦仙境涌流金。

观音赏曲位于南天门群峰之间，由两座山峰构成，一为观音像，一为葛洪像。相传葛洪有感于民间疾苦，以琵琶对天倾诉。琴声感动天庭，观音下凡探访，合十聆听，留此法相。此处观音也是三清山观音三法相之一。玉女开怀是三清山至纯至美的象征，石峰却柔情，世所罕见。神龙戏松在南清园景区一线天的下方，山峰石壁上紧贴着一条龙，眼睛紧盯着山顶上一棵松树，似乎和松树游戏。民间传说这条龙蛰伏于此，想找机会进南天门，却被守护南天门的鲲鹏发现，一直苦无良机。

雨中登山趣已多，又听山泉唱山歌。
如画美景看不足，欢欣鼓舞好上坡。

玉皇顶上礼苍天，太平日月祈心愿。
神州有福河海晏，为赋金马笑甘泉。

三个多小时后，我们乘索道下山了。三清山更多的景观我们没有看到，珍禽异兽我们也没有看到，留待以后再来观赏吧。

从三清山下来，我们就返回婺源了。到达婺源县城的时候，大约是下午四时，我们让车子停在婺源老街上，去看古城紫阳镇。

还在2010年的时候，中国邮政发行《朱熹诞辰880周年》纪念邮票一事曾引发网上热议。论者云，一个朱熹，四个故里，四十多亿元的盘子，圣人气象真是威武、宏大。原来圣人大寿，引得两省四地——福建的尤溪县、建阳市和武夷山市，以及江西婺源县，以“朱熹故里”为名，各自倾注地区和省域之力，汇聚总量超过四十亿元的资本项目，以作圣人“寿礼”。我到达朱子故里了，如何可以不来感受一下。

进入步行街前，先看到的是紫阳第一小学。学校以圣哲先贤朱熹的别号冠名，坐落于风光旖旎的婺源县城儒学山下。说起来，其前身是清光绪二十九年（1904）始建的“崇报书院”。当时，这里是孔庙原址，也是当地的儒学中心。百余年来，这里走出了一大批优秀的人才。走进校园，首先映入眼帘的是教学楼前的孔子、朱子塑像。校园里有百年柿树，塑胶操场也颇为好看。在徽州，朱子理学近乎是一种传统修养，一种社会公德。人们不太去区分民主性精华或封建性糟粕，但却在生活中进行着自然抉择与筛选。历史和时代都发生了变化，但实际的现实是朱熹夫子还“活”在人间。

走过图书馆，再往前看，就看见婺源古城里重建的“文公阙里”牌坊了。朱熹故里的这座牌坊，始建于公元1334年，当时婺源知州干文传请于朝，得圣旨核准兴建。原牌坊已毁，现在重建的“文公阙里”牌坊呈“一”字形，四柱通天，高十一米，宽九米，据说保持了六百七十二年前的原貌。看着琼楼玉宇般的金字牌坊，想我们多灾多难的民族啊，真是健忘，曾经毁了的，原来如此美丽。

朱熹十四岁丧父，十七岁中举，十九岁中进士，四十六岁名震天下，六十七岁被权奸排挤、迫害，七十一岁忧愤病逝，可谓一生坎坷，仕途险恶。其间，当地方官五任，在朝仅四十六天。他有四十余年时间聚徒讲学、研究学问，即使做官也没有中断讲学与做学问。对于他来说，政治上虽不得志，但学术与教育却为他开了一条金光大道，“倡千百年绝传之学，开愚蒙而立亿万世一定之规”，地位直追孔子。朱子卒后七年，朝廷为他平反昭雪，并不断地追封爵位。婺源“文公阙里”即为南宋理宗皇帝赵昀赐额。在婺源，关于朱子的遗迹和传说甚多，摘要记之以备忘。

虹井：在婺源县城紫阳镇南门的松岩里。宋理宗赵昀皇帝赐额“文公阙里”。前有星江畅流，对岸山峦林茂。故居后院有书斋井，井圈直径四尺许，石制六角形，井旁立石碑一通，刻有“虹井”二字。《县志》记载：“建炎四年庚戌九月十五日甲寅生朱子于龙溪寓舍。先是，吏部公（朱松）生时邑城有白气如虹，自井出，至是复有紫气如虹，自井腾上，因铭之曰‘虹井’。”元末明初，朱元璋修建城墙时，旧阙被毁，曾在城东旧察院基址兴建“朱文公阙里”。屡经兴废。“文革”期间悉毁，唯紫阳镇南街虹井尚存。

廉泉：在婺源县城东门桥南旧城墙脚下。凿石为泉池，约两米见方，池圈青苔斑驳，池后一线甘凉清泉，“旱涝不盈涸，风摇亦不浊”。泉水清澈凉冽，甘醇可口。池旁“廉泉”碑刻，为朱子手书。

朱绯塘：在武口乡三都村旁山坡脚下。《县志》载，淳熙丙申（1176），朱子还婺扫墓，与门人滕璘到此，见山水幽静，即命作亭，为书“草堂”二字，并写下传诵至今的诗句：“半亩方塘一鉴开，天光云影共徘徊。问渠哪得清如许，为有源头活水来。”随着诗的流传，朱绯塘也因而驰名，“朱塘鸥雨”成为婺源县城八景之一。元朝学者胡炳文有诗赞道：

一夜水痕高几许，鸟也忘机淡无语。
朝来晴碧更好年，天光云影源头水。

文公山：在县城西南三十公里晓林乡官坑村，原名九老芙蓉山。有朱氏四祖朱维甫妻程氏墓，朱熹曾多次上山祭拜祖母，墓地山表林茂。因朱子谥号“文公”，人们称此山为文公山。朱熹在积庆亭立碑，碑刻“枯枝败叶不得挪动”。据称，朱熹于南宋绍兴二十年（1150）回乡省亲时，亲手在其祖墓周围按八卦布局栽植了二十四棵杉树。历经八百多年的风雨，现存十六棵，有“江南古杉王群”之誉。文公山承载着朱子“流荫先灵”“积庆后昆”的思想内涵。

6 月 25 日　清华镇—卧龙谷—鄱阳湖—九江　阴雨

晨五时许起。离开紫阳镇，第一站要去的是清华镇。路上赋诗，纪念行旅。记起昨晚购砚，不可无诗，遂有得砚诗，抄记于前。复感美景窗前，亦不可无诗也：

水北江南今又来，苍壁礼天大木栽。
雾雨有情随我走，山上茶园朱子开。

千年古镇清华的风景美极了。古人真是会起名字，这镇子就因“清溪萦绕，华照增辉”而得名。清华镇的古建筑比较集中，老街，虹桥，“从”字木桥等景点都在一起。老街在大桥与虹桥之间，有三里路长。彩虹桥是中国最美丽的廊桥，是南宋时期修建的，已有八百年历史。一百四十米长的桥上，有三对六个亭子、五条长廊，古风古迹，完好地保留了下来。真不容易啊，这些好风景，保留了这么久。

清华老婺源，彩虹新景观。
亏了有识者，留得好水乡。

宋人建桥处，胡家姓字香。
水从桥下流，人走一千年。

关于彩虹桥，传说：当年清华村有一位出家的和尚，俗名胡济祥，村里也有一位能人，叫胡永班。他们都想为清华人建一座永久性的桥。胡济祥云游四海，用三年多的时间化缘，筹集到了修桥的款子。然后胡永班就进行设计、建造、施工。四年多后，桥建成了。在大桥即将竣工、封盖最后几片瓦时，正好到了傍晚时分，西边的山背上出现了一道美丽的彩虹，夕阳透过云层，倒映在水中，构成一幅美丽的图画。胡济祥、胡永班见此情景，认为是吉兆，就叫村里人放鞭炮庆祝，桥也取名为彩虹桥。后人为纪念他们，在中间亭子里立碑，永志不忘。

走过彩虹桥，沿岸是民俗陈列。水碓、石磨等数百年前的老物件，一一原样呈现，我们像是又回到了农耕时代。

导游曾说，清华镇本来是婺源的老县城，风景好得不是一般。说最美，那是一点都不过分的。我看清华镇之美，全由于有那一河水，那一座桥。那河边的水碓，那清彻，那古老，全世界大约再没有第二家了。同伴们都惊呆了，人从水上过，水清河见底。戏水上岸，每个人都好似从仙境里走了一遭出来。到老婺源了，要再给自己留下一点念想，我于是买了两锭老墨，留作纪念。

在雨中，我们的车子到达江南第一奇谷卧龙谷。下车的时候，雨已经很大了。但是神仙世界的吸引力，还是冲淡了大雨带来的烦恼。

地处皖赣地界的大鄣山区，是婺源的北部屏障，属黄山余脉。大鄣山又称鄣公山，是“吴楚分源”的屋脊，是鄱阳湖水系乐安江与钱塘江水系新安江的分水岭。《山海经》称为“三天子都”，主峰上至今仍存“三天子都”的巨形残碑。“浙江、庐江皆发源于此地。”唐末，道士张公隐居这里，终日采药炼丹，故名张公山，后易名为鄣公山。主峰擂鼓尖海拔 1630 米，高耸入云。清风岭、瀑布泉、伽井、仰天台、卧龙井、张以洞、天生棋局、仙人跨涧、仙人药臼等胜景，各具特色，争奇斗胜。明代徽州通判汪循《登大鄣山》诗云：“清风岭上豁双眸，擂鼓峰前数九州。蟠踞徽饶三百里，平分吴楚两源头。白云有脚乾坤合，远水无波日月浮。谁识本来真面目，乍晴乍雨几时休？”

“卧龙谷”几个字是金庸题写的。金大侠的书是写神了的，影视作品也扩够了影响。不用回想作品中主人公的情形，我心里冒出来的第一个想法，居然是“要是正在上大学的儿子将来结婚，就建议他在蜜月里带上自己的爱人，来卧龙谷一游”。这个想法很可笑。但父亲想让儿子看到最美风景的心情，却很真实。

群山环抱，山峰林立，完全原始风貌的卧龙谷，是金庸笔下的人间美景、世外桃源。谷口是峭石嶙峋，溪流潺潺，枝叶扶疏，潭静池幽。谷内是树在石上生，石在水中长，瀑在岩上飞，泉在山间唱。渐行渐深，流泉随山势起伏，回旋、转折，有时一如素绢白练，随意漫流；有时又如游龙飞舞，飘逸毕现。再前行，高百米的瀑布无所顾忌地喧泄腾挪，张扬着个性。峡谷里水气、雾气交织升腾，彩珠晶体相互碰撞，俨然一部雄浑跌宕而又充满野性的交响曲。

雨是越来越大，雨伞已经全然不起作用，然而风景却是越来越好。以雄、险、奇、秀而著称的卧龙谷真是名不虚传。谷底的巨流飞瀑，响声如雷、飞练似虹，在青山茂林间回旋。红军洞前，驻足当年赣南战士的遗踪，不免一叹。一线天、七叠泉一类景观，层出不穷。俗语云，山水无常属，闲者是主人。我说来的是主人，且看如画美景吧。溯溪而上，身旁淌着山泉，感受一下高瀑震撼，聆听鸟的鸣啾、泉的欢唱，呼吸清新的气息，是何等奇妙的享受。在一处索桥上拍照后，我们队伍里的小孩跳个不停，一对情侣中的男生一屁股跌坐在地上，鞋子一下子飞出，加入了溪流，飘出山外。小伙子也不急不恼，反倒哈哈大笑，一旁的女孩搀起他，相扶着前行。倒是我有些担心：这里已是深山，赤脚的小伙子，该如何走出去呢？同伴说，不用担心，有了爱情，还有什么不能解决的问题？

导游确定的折回点到了，不甚甘心的我们在一步三回首中下山。卧龙谷啊，我还会来：

金庸笔下卧龙谷，大鄣山色饱眼福。

龙心虎胆飞瀑下，七叠仿佛万卷书。

离开卧龙谷，我们的车子向九江方向前行。

石钟山在前，这是好地方。唐李勃，宋苏轼、陆游，元文天祥，明太祖朱元璋，清曾国藩等都来过，郭沫若亦有《登湖口石钟山》诗留此。山上历代石刻尚存二百余方，唐魏征的手迹，宋王安石写的“古仙洞”，明常遇春的“记怀天地”等都是石质翰墨中的珍品。明代诗人王英形容石钟山的形胜是“五老云中出，九江天际来。惊涛撼岩石，万鼙鼓风雷”。

我第一次登石钟山是在二十五年前。当时，我们是三个人，现在，我们是三十多个人。阵容是大了，不过思想却不一定也大起来，想想不免气馁。清浊亭给我的印象没有当年那样突出了。若不是特意寻找，我几乎都错过了。许是照片的缘故，影集里那张清浊亭前的留影，二十五年间一直没有忘掉。我寻找当年的位置，请同伴再度按下快门，当年是胶片的，现在是数码的。亭子上“江湖水分两色，石钟浪击千年”的联语依然做了背景色。同伴说我蛮潇洒的，他不知道我为什么独自在这里留影。

看起来显眼的，是怀苏亭。这也是应该的。东坡父子是石钟山的功臣。天下名山，得坡公诗文，那是千万年的荣耀。横看成岭侧成峰的庐山，就是一个好例子。王映霞曾经说过，没有郁达夫，天下的人都不会知道我。石钟山要是会说话，也会说要是没有苏东坡，天下人或许也不知道石钟山。

东坡三游石钟山，日月高悬留名篇。

可惜江豚未起浪，不然青史亦流芳。

从石钟山园区出来后，我们在阵雨中上了轮船，游鄱阳湖。小雨中的鄱阳湖，船多水阔，江猪在波涛中出没，像山一样，引得船上的伙伴们惊呼阵阵，也难怪，大西北来的旱鸭子，谁见这样的阵势。在鄱阳湖上体味江湖水分两色的奇观，感觉又不同，江水混浊，湖水清波，水界标浮着，该是航道的区分了。回望雨中的石钟山，巍峨峻拔，亭阁森然。

放舟鄱阳湖，钟石作金瓯。
人物分今古，新朋复旧雨。

千年浪击今又来，二十五年雾云开。
人生清浊分明甚，好上九品金莲台。

游石钟山后，和友人兰校长见面。兰校长设宴，盛情招待我和高书记。临别，兰校长以茶叶等浔阳特产相赠。

晚八时许，我们归队。我和高书记在灯火辉煌的街道上漫步。记挂着九江一中，于是我们一同前往。一中是百年老校，周敦颐所创办的濂溪书院为其前身，校友中以教育活动家许德珩、物理学家黄祖洽、水电专家朱伯芳最为著名。现在是一校两区，有新特点。学校将举行110周年校庆。校门很新很大，楼宇也多，特别的地方在于，校内有缓缓的山坡，坡下有一泓小湖，湖畔是灯光明亮的教学楼。林荫道上的宣传栏里，是校庆期间八十多岁的老校友、科学院院士的照片。

十点钟，我们在九江车站开始候车。室内人挤无座，天很热，大家把行李集中在一起，派人轮流看护。我和高书记去候车室外透气，在站前小店门前借凳子聊天。女老板三十来岁的样子，身体瘦弱，有一个孩子，一间铺面，年租金四万。生意平平，房租很高，开店也就是挣一份工资而已。我说还可以再生一个。她说，养不起的，哪有那么多钱。高书记买了饮料，算是对聊天借座的酬谢。

车晚点二十五分，零点，深圳过来的K132/1次列车到了。我们鱼贯而上，以为酷热可以解除了。然而，更要命的是10号车厢内好像没有空调，热死了。询问中大家被告知，本节东厢的空调坏了，一直修不好。看来是没有办法。看着有些偏瘦的男乘务员，大家都有些火了。但他的态度却格外好，非常和气，所以火也就发不起来。

一时许，火车离开九江。

夜已深，人已累，热也得睡了。

6月26日　潢川—开封—西安　热

六时许醒来，到了新县。念及这一带是祖栖地，浮想联翩。

注目黄川礼祖先，前人栽树后人凉。
春申当年稼穑处，沪上汉上稠人烟。

七时许车过黄川，痴看风景久之。

瞻仰黄川心虔诚，依稀听得春秋声。
今年太平游诸夏，治世人念乱世人。

黄川有河富两岸，平畴沃野树白杨。
阡陌交通人烟密，新县淮滨说故乡。

微博发出文字和图片“阜阳站惊险一幕”。

车停阜阳站的时候，三十岁左右的姊妹俩带四个小孩，乘k132/1次列车，在九车厢，前往兰考。十时许，车停阜阳站，一母亲带孩子去站台，买饮料，孩子在站台上自个儿玩耍，一不小心，约两岁的孩子掉进了车下的轨道。乘客大惊，一男性乘务员没说话，从车厢连接处攀入车下轨道，救出了血流满面的孩子。孩子头伤需要缝合，车上无法处理，列车长等已和车站接洽，进行善后救治。后来和那个乘务员说起此事，他说，谁碰上了都会这样。一中年女性乘客说，现在这样的人，不多了。

两岁儿童掉下车，阜阳有险人抢险。
铁轨无情人有情，张列车长好心眼。

亳州有曹操，石像尚英豪。
谁家青白子，试与一比高。

列车摇晃中，沿途车站一一掠过，赋诗以记。

接到西发货运部电话，说我的书到了。这是指四川版的拙编《水西流集》。到家，就能见到书了，可喜也。车过商丘，诗以纪之：

商丘长寿城，取火是燧人。
庄周梦蝶处，仓颉造字文。

商丘是好地方啊，尽管乘车路过了许多次，但我还是没有去过。商丘有三皇之首燧人氏燧皇陵，有三皇之一炎帝神农氏朱襄陵，有五帝之一帝喾高辛氏帝喾陵，有音乐始祖葛天氏陵，有造字鼻祖仓颉墓，有火神台（据说这是世界上最早的天文台），有中国商文化博物馆，有商朝主题纪念地华商文化广场，有商朝名相伊尹墓，有宋氏始祖微子祠，有宋、戴、牛等九大姓氏祖陵三陵台，有宋国国都遗址宋国故城，有春秋五霸葵丘会盟台，有春秋宋国、楚国争霸的泓水之战遗址，有孔子回宋国老家祭祖省墓的孔子还乡祠，有孔子讲学论道的文雅台，有孔子讲学途中避雨的孔子避雨处，有庄周墓，有刘邦斩蛇碑，有西汉梁国皇家园林梁园七台八景，有闻名中外的西汉梁孝王芒砀山汉墓群，有巾帼英雄木兰祠，有南朝才子江淹墓，有陈胜墓，有隋唐大运河商丘码头遗址，有颜真卿书法神品八关斋，有李白爱情悲剧的青陵台，有魏征墓，有大唐忠烈张巡祠，有赵匡胤避暑的拴马树，有北宋全国四大书院之首的应天书院，有中原四大名寺之一的白云寺，有中国保存最为完整的古城商丘古城，有中原现存规模最大的文庙建筑归德府文庙，有明末清初著名文学家侯方域故居壮悔堂，有侯方域爱妻李香君的翡翠楼，有大司马袁可立道教建筑群袁家山，有归德府城内富商穆氏家族穆氏四合院，有佛教圣地小南海，有明清黄河故道“水上长城”等。商丘还是许多美丽故事传说的发源地：相思鸟吟唱千年一曲、大小乔醉曹千口一传、花木兰忠贞千古一人、月老人牵情千里一线、李太白娶妻千金一壁、李香君贞烈千古一扇。“庄周梦蝶”“守株待兔”“拔苗助长”“朝三暮四”“江郎才尽”等成语的发源地也都在商丘。商丘也是中原唯一的长寿之乡。历史上，商丘就是长寿区，宋代不少京官告老不还乡，退休不回家，来商丘安度晚年。现存美国图书馆的《五老图》描绘了北宋时期商丘长寿老人的故事。看好这里了。未来退休，可能的话就在商丘住下，过消闲的日子。

14时33分，车进开封站。想到东坡、王安石、欧阳修他们，都把这里当作安顿灵魂的精神家园。给朋友说，哈，刚出开封站。少有的白天看开封风光。可朋友说，那里看不到什么开封风光的。开封的特色在老街小巷，在古朴民风，在那种不紧不慢的休闲中。说的或许对，于是口号记之：

开封自古民风醇，小巷至今仍从容。
回首一千年间事，樊楼春意美酒中。

樊楼是李师师的居所，与柳永齐名的张先写了《师师令》之后，秦观、晏几道、周邦彦还有赵家皇帝都来了，那是能说得完的吗？

车过偃师，想起有老同学在这里，为一望之。

偃师曾是商王都，五百年间奠鸿图。

纣王毁灭繁华尽，桃林牛羊颂周武。

《读史方舆纪要》上说：“周武伐纣，回师息戎，因我偃师。”武王伐纣之后，回师西亳，息偃戎师，马放南山，牛放桃林，表示不再用兵，偃师因此而得名。因此，西亳从周代时始称“偃师”。“放马华阳”，兵车入库，表示不再打仗。这是多美的事啊，值得千万世称颂。

洛阳牡丹甲天下，天香国色大唐花。

新安二十八公里，千唐志斋浪淘沙。

十年前，曾在洛阳看过牡丹。新安县古属虢州辖区。相传黄帝、炎帝曾在新安活动，因而人们又称新安为“表里山河”“帝王之乡”。境内有多处仰韶文化遗址，有全国最大的墓志铭博物馆——千唐志斋，还有汉函谷关、王乔洞、洞真观等人文景观。“诗圣”杜甫“三吏三别”中的《新安吏》就是写于新安。汉函谷关在城东，暖泉沟的温泉（旧称“夷里温泉”）也很有名。新安的澄泥砚是四大名砚之一，唐宋时曾为贡品，杜佑的《通典》、宋代欧阳修《唐书·地理志》都曾有记载。宋代李之彦《砚谱》云：“虢州澄泥，唐人品砚以为第一。”据称虢州土贡新安县生产的澄泥砚精于雕琢，巧夺天工，泽若美玉，国色天香。贮墨不耗，积墨不腐，冬不冻，夏不枯，写字画虫不蛀。置于案头飘逸出淡淡清香，具有清心怡神的妙用。苏东坡、米芾、朱元璋均有所钟并记述之，乾隆皇帝赞其“抚如石，呵生津”。澄泥砚以鳝鱼黄、朱砂红最为名贵。

四山三川澄泥砚，新安县是帝王乡。

唐风宋韵休云乐，老子青牛已出关。

在新安，黄河横于北，秦岭障于南，中间四山（荆紫山、青要山、邙山、郁山）夹三川（青河川、畛河川、涧河川）。真是山高、岭多、河谷碎。可新安县又是古都洛阳畿地和西方门户，地扼函关古道，东连郑汴，西通长安，自古为中原要塞，军事重地。

晚23时，到达西安站。大西北啊，我们到家了。

6月27日　星雨　兰州—张掖

五点多醒来，列车已到了陇西。用蓝牙给张列车长发送了阜阳微博照片。

打坐后稍事休息。依高书记提议，议定上午十一时离开。于是和张中芸列车长约好，不出站，送我们直接上七点四十的子弹头列车返回张掖。然而大家意见不一致，有同伴想吃牛肉面了，于是出站，打算乘九点的车。但排队买票时才知道，西去列车中最早的，也只有下午五点后的列车才有票了。

在兰州站下车后，约上已经考取博士的兰大宋翔，请他带着，去拜访当代考古文博与佛教考古研究专家杜斗城先生。宋翔叫了杜老师的高足宋宝泉，去了杜老师在兰大一分部的家里。杜老师正在吃早饭，我的到来是扰着他了，不过他也没有介意。杜夫人很热情地沏了茶，洗了水果让我们吃。杜老师是天水人，我收藏有他的名作《陇右高僧录》《北凉译经论》，我们谈话的内容自然与这两部书有关。我谈起了张掖城的旧址和修筑时间。杜老师讲，按通例，大些的城郭，多是晋代和隋唐间放弃，但河西的城郭是个例外。比如十六国时的武威，很明显，就是今天的武威城，地址没有变动。张掖也是这样，大佛寺的修筑时间，也可以推想。“要留意考古发现”，杜老师说，“小地方，也可以做出大工作”。

1984年，杜老师发现了张掖大藏经，并确定那就是永乐北藏。他也作了目录，只是未写文章。美国有专家来的时候，杜老师告诉他们，武威也有永乐北藏，上面还有专门的章子，是专书。临别，承杜老师以标价148元的《正史佛教资料类编》签名相赠。

接着，宋翔带我去见他的导师冯培红教授。1973年出生的冯老师，已是博士生导师。我们聊得很投机。冯老师说，那时候的张掖郡，可是不得了，河西四郡变成了三个，即敦煌、张掖和酒泉。冯老师有一个学生，毕业论文的题目就是论隋唐时期的甘州。时间过得很快，快到十二点了，我们告别冯老师。此后不久，冯老师西行，我们又在张掖晤谈，诗歌唱和，快意非常，这是后话。

午间，宋翔的师妹王蕾设宴，为即将离兰的宋翔饯行，宋翔就拉我同去。在兰州王府井商城一家不错的店里，宋翔他们点了粥菜，可惜那么好的鱼，最后也都没有吃完。同去的除王蕾外，还有宋翔女友冯晓霞和将要去复旦读博的王晶。宋翔笑称，黄老师将兰大研究生一网打尽了。这些学富五车的年轻人朝气蓬勃，也很可爱、很机灵，席间我出来想要结账，竟被识破，受到指责，只好作罢。

结缘兰大识高贤，硕儒才俊布四方。

敦煌有幸新日月，大木可期柱长天。

下午上车，西返张掖。

博客中看见靳逊在《水西流集》自序后的留言：这小序写得很雅致啊，也很自在，黄兄厉害，写着写着就是一本书。最近读你博文，尤其写孙犁的几篇，感觉是颇认真地读了，有感而出的文字。这样的文字是有自己的生命在的。你好像有两个博客，两个博客的文字都很耐读。我曾下载了理洵的部分博文，此前还下载过怀一的博文，他们的博文都是书的文字，这种没有私利的写作真是让人钦佩。出书不是目的，目的在于抒写情怀。

按：靳兄过奖了。所谓两个博客，是被新浪网上的提醒弄昏了头，修改密码，结果忘了密码，回不去了，只好另外注册一个。此邯郸学步之现代翻版也，思之一笑。

晚十时许到家，为即将出行的妻子打点行装。

见到成都发来的新书《水西流集》，灯下闲翻，渐入梦乡。

行程中手机记录的文字，断续整理。2013 年 1 月 4 日晚霞中修订完稿。重温行旅日记，感受胜境心情，作为新年起始，快事也。

《文心书影》序

1983年出生的张家鸿很年轻。人生好景，正是风华正茂的好时节。有什么资本，能比年轻更金贵呢？

然而，又有谁没有年轻过呢？但年轻的张家鸿不同于别人的，是他特别爱读书。同吃饭一样，读书不消化，多了也会噎着。所谓学而不思则罔是也。家鸿的特点，是他一边读书，一边消化，一边受用，还取得了很好的效果。只有三十岁的张家鸿，读书、教书、写文章，学生欢迎，同事赞许。现在他将文字聚拢，分题“书林杂谈”“岁月回想”和“癸巳年读书记”，结集为《文心书影》出版。

家鸿读的书多。沈从文的小说，何兆武的《上学记》，蔡元培、孙犁、巴金、钟叔河、董桥、启功、黄永玉、沈从文、新凤霞、刘再复、余秋雨、陈平原、姜德明还有梵高，都是他阅读的对象。我熟悉的友人中，王稼句、董宁文、孙卫卫、俞晓群、自牧、钦鸿、姜晓铭、阿滢、马国兴、周立民、文彦群的书，他也都收读着。笔底波浪，胸中丘壑，读书人心里的热望和气脉，家鸿找着了。

张家鸿读书，有一个很突出的特点，是把书读旧读透。我和家鸿，至今没有见过面。我们的熟悉，是通过书。拙编《水西流集》出版后，张家鸿寄来了一本。是他买了读后，寄来让我题签的。看着书上一条条的批注，一页页的手迹，我深为这本书找到了一个喜欢自己的主人而高兴，于是写下了题为《千山千水寄书来》的文字来述说。

家鸿对买来的每一本书，都用心读了。随兴圈拉点划自不必说，他还写下了大量的读书笔记，是不动笔墨不读书了。《水西流集》里有《书不必多看》一篇，家鸿似乎看得格外认真，圈点也多。天头上，他写下了下面的话："读书需融会贯通，把小溪小河汇成大江大海。"这个愿发得很大，对读书人来说，这应该是一个方向。

读着家鸿的书稿，我被深深感动了。这样好学的青年教师，半年多的时间里写下了十余万字的书稿，仅仅用才华横溢来形容，是不够的。他教了七年书，学然后知不足，教然后知困，教书之余，青灯黄卷，写出来的文字，有其难得的成分。还在上初中的时候，十四岁的张家鸿就去了惠安净峰寺，"于其间的弘一法师纪念馆徘徊许久，不忍离开"。弘一法师舍利所在的清源山弥陀岩，是他人生燃灯的地方，有书中《此心安处是吾乡》的动情文字为证。念佛不忘救国，救国必须念佛。青年张家鸿，应自是不能完全领悟法师的境界，但熏染他的仙风道骨，却一定为自己的文字注入了灵气。这是佛家所说的慧根吗？弘一法师是中华文明里璀璨的灯塔之一，得其照拂者有福，张家鸿，是福缘匪浅的有缘人。

书到今生读已迟。家鸿的文字，让我想起自己读书的过程了。大凡爱书的人，都有大体相似的经历，都有赖在书店里看书，都有从母亲手里要钱，买书、看书、做书架，直到插架盈室的过程。只是家鸿写出这份福缘的时间格外早，文字又写得质朴，写得好。他没有多说自己为什么于爱读之外也痴迷于写，但这正是张家鸿之不同于一般人的地方。他的写作格外勤，也格外多。我甚至想，是勤于动笔，才成就了一个别样的张家鸿。多读自知，多写自好，不知疲倦地读和写，在读和写中思索，提高是必然的。通常情况下的著述，应该是五十岁左右好些，那时的阅历和经验，就差不多趋于成熟了。然而家鸿的文字告诉我，三十岁的文字也可以这样好。套一句旧书里的成话，便是"无它，心地善良、勤于读写耳"。

张家鸿生长在惠安的农耕之家。父母亲日出工作，日没而息，辛劳厚道，生活艰苦。张家鸿感念父亲受伤住院、母亲勉力撑持的那一份艰难和苍凉。他是家中的长子，生活于他是厚爱的，他可以用特别的责任去感觉那种不言而喻的亲情。他多次说过母亲的教育，说过母亲在家里的顶梁柱作用。许多年前，我看过一张题为惠安女子的画，贤惠温柔也朴实勤勉，多少年过去了，那模糊但久远的印象，至今忆念，无法淡忘。张家鸿成长在母亲的慈爱里，幸运地坚持了自己的读书爱好，不论生活多难，也要成全儿子读书的母亲，就成了他奋发努力的强大精神动力。渗透进家鸿文字里的良好心态，正是这种成长的一个印证。大孝养心，家鸿的书，是慰藉母亲白发最好的礼品吧。

《文心书影》是张家鸿的第一部书，是他而立之年的一份读写录。他的身上有农家子弟最可宝贵的诚悫品质。我常常念及杜甫的诗句，还愿意和家鸿再分享一次：在家常早起，忧国愿年丰。家鸿年富，在读书精神的指引下，还该有多少个半年多，会写出多少部书呢？我满怀信心地期待着。是为序。

2013年11月17日傍晚录出，19日夕照中改定

（《文心书影》，张家鸿著，山东画报出版社出版）

《翰苑茗香》自序

负暄翁张中行谈到太湖石的时候，说透过其形体的可爱，会想到小民的汗水甚至血泪。他后来是谢绝去看秦始皇的兵马俑了，说对于以李斯、赵高为左右手，焚书坑儒，想拥有万世统治权的暴君一向没有好感。及于兵马俑，他说看见会想到已经死了的在上者仍在横行霸道，小民则在下俯首听命，忍，忍。他觉得还会想得更多，如人性，历史，俟河之清，难免要痛心。于是遵循炎汉高帝吕后的高明见解，以为人生短促，不宜自苦，躲开也罢。他奉劝自己，为了养生，还是随缘看看太湖石，少想秦始皇吧。

愚意与负暄翁并无二致。惜乎身处僻壤，欲寻太湖石而不得，遂于断简残楮间网罗可看的一二，为思追贤者之乐云尔。

闲来饮茶，与友人聊起书。改坡翁句云，戏作小字君莫笑，从来佳书似佳人。友人怂恿者再，说翰墨文字，诗酒佳意，于可有可无间见性情本色，亦人生苦短中一乐也。于是莞尔，在册页间涂鸦，戏题翰苑茗香。虽不免僭妄之嫌，但心向往之的愿望，却是真的。

时光荏苒，三复其年。过去只是贵族享受的文明文化，现在是深入寻常百姓中了。套句摩登的话，这是拜时代发展、社会进步、科技发展所赐。只要愿意，人人可以饮上品茶，读翰墨书，大家都是雅人了。生逢其时，常兴三生有幸之叹。回望往昔，读书人或宦或隐，或读或耕，历历可讽。徘徊于文字记录的历史中，今之视昔，亦犹后之视今者也。右军一语说中了历史，也说中了现实。且去翻书，且去品茗，莫论其他。

然而真实的文化，无不关乎人生，关乎性情，关乎民生。性情须要陶冶，生命亦当升华。圣贤如王船山，高道如刘一明，词客如顾太清，学者如王壬秋，宦游如梁鼎芬，读书如陆心源，前贤名士，事或可入茗，作茶余酒后谈资，而人，则已然千秋。虽是任人评说，却并不寡淡无味。且胡思乱想，信马由缰，做一回自由的自己。

忙碌于生计，或许忽略了人生和历史的滋味，何妨借书起兴。《旧约》有言："已有之事将来必有，已行之事将来必行，太阳底下无新事。"人生太过匆忙，文字几成呓语。但话总还是要说的。于尘封的书册中翻出一些乐子来，不亦宜乎。是为序。

2011年11月7日

《翰苑茗香》后记

七月下旬，我记录了一些云南行游的感受，其中说：

丽江不夜城，流水听新琴。
人住懒窝里，不复思乡情。

暑天云南行，天凉气也清。
滇中多少事，最忆是老金。

懒窝窝是束河一个客栈的名字。妻子那天说，这回可真是懒人住了懒窝窝，懒到家了。我笑了，说懒是天性，惰是懈怠，只要不惰就好了。老金是一个战斗英雄，军转创业的模范，受他精神的鼓舞，我的云南之旅充满了激情。

自昆明返回甘肃的那天是三十日，雨一直在下着。我们西北，也降温了。

早晨买车票很费劲，说是回张掖的列车，今天已经没有票了。我说那么多的西去列车，如何就没有了呢？售票员查了查，说下午还有一列，只是没有坐票。想都没有想，我就定下了。

候车的时候，电话铃声响了起来。谁呢？来电显示的是兰州的号码。我问，你好，找谁呢？一个女声传了出来，问“你是黄老师吗”？我说是。接着我知道了，是《翰苑茗香》的责任编辑锁晓梅打来的，谈书稿的出版事宜。简短交谈后，我说这个电话要是早来两个小时就好了，那样我今天就不走了，正好可以面对面交换意见。

遗憾归遗憾，行路归行路。车上也没有想象的那么紧张，座位也还是坐上了。我如期回到张掖，到家了。

回来后我打开邮箱，看晓梅君发来的书稿修订电子版。

看着书稿，我很高兴。见了的朋友说，这个编辑很认真啊。我说是，她是我知道的编辑中很用心的一个。

我写这些话的时候，是在完成了校稿后。

几年来，我出了一些书。这样或那样的问题，总会让我产生一些没有必要的困扰。这一次，因了晓梅君的认真，文字讹误的困扰没有了，我很高兴。

八月二日，在与西行考察途中的兰大冯培红教授唱和中，我说：

行路复行路，人生不计苦。

今我非故我，岁岁在征途。

《翰苑茗香》是我人生和读书行程中的又一个驿站，就要付印了，欢喜依旧。书名由姑苏名士王稼句先生题写，再好不过。恰好前些天收到先生来信，我正好收进来，为拙编增辉，这是要深为感谢的。王文思君应约欣然制序，给我鼓舞。没有朋友的支援，我什么也做不好，在这里说感谢，都显得苍白了。

2012 年 8 月 7 日晚间校稿后写于灯下

（《翰苑茗香》，黄岳年著，兰州大学出版社 2012 年 10 月出版）

《水西流集》自序

2009年11月27日，我在博客上记录了金陵雁斋主人关于《弱水读书记》的感言：

> 接到南京大学徐雁教授来函，云“昨晚方从教研室取回题赠新著《弱水读书记》，心怀有感：江淮今日，雾锁南北。午后从容浏览尊序。君所谓‘适心快意读书法’，吾心曰同也。教书而读书，最是吾辈天职，可惜同道乏人，古调难鸣矣。学海无边，自一瓢而二三瓢，可知先生愈饮愈欢，当至欣然之境而鼓之舞之矣。书此为祝，兼谢赠书。”徐雁有言，为我们民族的跨世纪发展培育下千万个“读书种子”。从先生所领之军，发读书之愿，做一个新脉望，生活于书林，亦快事也。勉之。

岁月匆匆，2012年的春节也已经过去了。心愿依旧。

书斋里那册流沙河先生题签的《再说龙及其他》毛边本，也裁开来读了数遍。借先生用过的词说，是日月跳丸，千余次了。常翻常新，感动时有。

八十二岁的国际政治及美国研究专家资中筠，岁末给友人写了一封信，在深忧当代中国“祸在萧墙之内”之余，说她每每见到“方今熙熙攘攘之世，仍有人有所追求、有所坚守，不计利害、安危，执着地为百姓的权益鼓与呼，破谎言、求真理，为社会正义、民族振兴而脚踏实地、见缝插针地做着有益的事，都感到欣慰，升起希望，乃至肃然起敬”。做不了先生所期望的事，但在家常早起，忧国愿年丰的心愿总是有的。于是常常涂抹一些心向往之的文字。蒙读者朋友厚爱和鼓励，尚能出版，真是幸运。

这些文字多数曾在《人物》《博览群书》《杂文月刊》《开卷》《藏书报》《悦读时代》《海南日报》《日记杂志》《太原晚报》《温州日报》《甘肃文史》《文化兴化》《清泉部落》《温州读书报》《太原晚报》《书脉》等纸媒上刊载过。当然，也在博客上和大家见过面。数十万朋友，以“即金钱”的时间来看我无用的文字，想到就觉得温暖。

随园主人袁枚说过，文字之交有甚于骨肉妻孥者。《随园诗话》云：“万里之外，交生情，情生文。存其文，思其事，见其人，又可弃乎？”笔者于210余年后在随园故址读其诗文，颂其往事，想见其人，亦人生难得之境也。乡居有幸，得值善友，上上之善也。赋诗论文，自不可妄与前人比，但享友情之深，或有过前人处。

余与读书诸君，君子之交也，其淡如水，不尚虚华，以义相择。诸君人贤言雅，往来如春风拂照，欢欣无限。昔人云，若无花月美人，不愿生此世界。予益之云：若无翰墨友人，人生必也无趣。以书会友，与读书人天涯比邻，交游谈艺，亦人生化境，智者所欣。

拙编面世，同好辄相赏玩，会心多有。援笔著文，予以称扬，虽云谬奖，情真意实。凡数万言，奖勉至多。予也不敏，然铭心感佩之念，亦自久萦。限于篇幅和体例，仅录董国和、王成玉、夏春锦先生三篇文字，作深挚情谊之证。

西域之水，多向西流。弱水，是其大者，流过故乡而向西向北，成就了敦煌与居延文明。在瀚海绿洲丹霞流彩中读写，并看长河落日，是人生一大乐事。

此集，即上述生活之映照也。

2012年2月5日晚间写出。时为立春后第一日，元宵节前一日。街灯明艳，华彩流光，置身其间，不知在天上还是在人间。

（《水西流集》，黄岳年著，天地出版社2012年5月出版）

《王登瑞诗存》后记

王登瑞诗好，这是张掖文化人都知道的。其实，王登瑞原是个读书人，他参加了工作，本来有希望做官，可是他又太耿直，后来就成为一个读了书又种田的农民。

当农民也就当了，但他又写诗。写诗就写诗，他还写得好，这就和别人不一样了。

王登瑞生前，我是多闻其名。据其哲嗣王鹏飞说，我们见过面。说起来，我们是亲戚，他的儿子娶了我堂兄的姑娘，我们应该见过面。但是，我一直是闻其名、服其诗而不曾深交。

数年前我想，有机会了，要和老王见见面，为了农民诗人的诗歌，也为了我们张掖的文化。当然，也还为了我爱好的文字和爱好的诗歌。

但是，当我顾得上齐全地搜罗王登瑞诗词的时候，他已经在2010年5月7日七十二岁的时候，身归道山。

人生自古谁无死。王登瑞走了。他生前甚至数度整理了自己的诗稿，也一度几乎就要付梓刊印了。

只是可惜，他的愿望没有在生前实现。

我为诗人感到遗憾。有的诗不好，但印出了诗集。王登瑞诗好，却没有在生前出版。

我收集到了王登瑞留下的数百篇诗文。

虽不算是日月经天，但也已难能可贵。在文化欠发达的今日张掖，王登瑞留下了最好的文字、最好的诗歌。

关于这些诗作的保存，王登瑞的文字里已经有了说明，我这里不再赘述。但对于关心文化、关怀诗人的人，我还是要深表敬意，没有大家的劳心劳力，王登瑞的这些诗歌，就不可能和我们见面了。这些，我都在这个集子的编辑体例中有所体现了。

感谢原甘肃省委书记马西林为本书题写了书名。马先生在张掖担任地委书记时，就很关心王登瑞，他和诗人之间的情谊，原本也是文坛佳话。

非常感谢张掖市地方史志学会会长张志纯先生为本书出版所做的有益工作。他的奔波努力，是《王登瑞诗存》出版的源动力。为张掖文化奋斗了一辈子、著作等身的志纯先生，是诗人的老友，诗人身后，志纯先生主持了善后事宜，并亲撰墓志铭述其生平。

与甘州区人民政府区长张玉林先生合作，共同抢救已故农民诗人的作品，我倍感荣幸。张先生对诗人作品的珍视，展现了当代主政甘州的领导儒雅谦和、为优秀文化薪火相传而不遗余力的襟怀和作风，这对甘州文明的发展，有着深远的意义。

好友张全义审定了书稿，谨此致谢。

红尘万丈，知己相酬。王登瑞以其诗作赢得了世人的尊敬和怀念，社会和历史记住了他，文化记住了他，他是幸运的。

2012 年 9 月 2 日下午

（《王登瑞诗存》，张玉林、黄岳年编，甘肃文化出版社 2013 年 12 月出版）

附录

风雅弱水轩　逍遥读书人

——黄岳年先生印象

甘肃张掖　傅德锋

张掖乃河西四郡之一，自汉武帝开通西域以来，其历史地位便日益明显。但在外界人眼里，张掖虽系历史文化名城，却地处偏远，经济、交通等皆不甚发达。其知名度与酒泉、敦煌相比，尚有不及。表面上看来，自进入新时期以来，张掖文化氛围似在相对浓郁之列，文学及书画创作方面也出现了一批中青年人才。然真正能够在学术上有所造就并在全国有一定影响力的有识之士，却是凤毛麟角，屈指可数。

如果让我说出一位在全国文化界有一定影响的张掖本土代表性人物来，则首推我所熟悉的弱水轩主人黄岳年先生。

黄岳年网名弱水月年，与我乃同乡。身为一名中学教师，长期工作于教育战线。在传道授业解惑之余，颇好藏书、读书，每有心得体会，则行诸文字，日积月累，渐成体系，行文畅达，清新可读。嗜好读书以外，亦常把笔临池，赏玩金石。以儒立命，兼修内典、道藏，于中医、武术、经史等均有涉猎。喜交游，行迹广布海内外。数十年如一日，浸淫诗书翰墨，在读书、教育、旅游、生态诸方面颇有广泛之观察、独到之见解。文字刊布于各大报刊，影响所及，好评如潮。曾校河西方志，著《走进河西》《弱水书话》《书蠹生活》《弱水读书记》《书林疏叶》等书，已然文士作派、学者风范。

我自去年在张恒善兄介绍下与岳年先生相识以来，先后畅叙数次，话题之范围，大抵不外乎文史、书画之类。从其言语，可知其志向之高远，思想之宏博。尤可钦佩者，则在于其淡定从容、悠游自如之心态也。

岳年先生尝将“闭门即是深山，开卷便为净土”一语当作口头禅一般，不仅时时诵念，且身体力行之，读书悟道，属文立说，塑造自我之同时惠泽世人。在这钱权思想横扫一切，而拜金观念甚嚣尘上的当下，能够有此作为，诚属难能可贵。

先生曾先后赠我《弱水书话》《书林疏叶》《风雅旧曾谙》等四部著作，我皆认真拜读，不仅对他本人的生活及学术状态有了系统而深入的了解和认识，且良有启发，于无声处，若闻惊雷，深沁心脾，获益颇多。

岳年先生读书涉及范围之广，我辈恐难以望其项背。举凡文学诗词、经史典籍、前人笔记、先贤传记、人物评论以及与金石书画相关之论著等等，尽在搜求研读之列。其好书藏书雅好之甚，更令人生艳慕之心。为广求善本，开阔眼界，常常不远万里，不惜倾囊相向。如是有年，则足迹遍及大江南北，书友广布五湖四海。此岂非书林之佳话，文坛之轶事乎？！

黄岳年先生将其书斋命名曰“弱水轩”，自有其深意在。于我看来，“弱水”者，有其双重含义：一指其居西望“黑河”（古称“弱水”），不过数里之遥，盖取其地域之意也；一指主人之思想境界，如老子之所谓“上善若水”，水之性，处柔处弱，所以无攻不克、无坚不摧，乃成其“大”者也。至于“轩”字，不妨借用岳年兄本人之言解之：“轩者高也，敞也，亮也。我爱其意，以之名居，聊志欢喜之意。”轩中有书既丰且广，主人爱书既智且慧，风晨雨夜，春去秋来，朝斯夕斯，沉酣其间。读书如蜂之采蜜，有“破万卷”之功；下笔若蚕之吐丝，可达“如有神”之境。岂欺世盗名之流所可旦夕梦见也，非志大才疏之辈所可同日而语耶！

近日深居简出，闭门读书，思虑之间，颇有感悟。所谓读好书，交良友，结善缘，且能兼著妙文者，或虽身处体制之内，而志必在三界之外。纵然户外喧嚣一片，而室内却是书香四溢。心中奇思不断，笔下佳作连连。远离世俗争斗，亲近自然山水。风雅若此者，方得谓之为真风雅也。

方今之世，附庸风雅之辈何其多哉？此类人，以官商为多，或官或商，貌似风雅之人，实则庸俗之辈。其日夜所思者，非清心治本，返璞归真，"醉翁之意不在酒"，在乎升官发财、豪宅名车之间也。与文化人之交往，不在于求其立身之品，治学之道，意在点缀门面而已，终不离作秀之嫌。文章千古事，仕途一时荣。官场商界之角逐，无论是非成败，转头皆空。所谓"多少六朝兴废事，尽入渔樵闲话"是也。

真正风雅之士则不然，往往虚怀若谷，心胸豁达，不以世俗荣华为念，以一首诗、半阙词、数篇文，则能传之久远，彪炳千秋。文采斐然，含蕴深刻，启迪后世，善莫大焉。

黄岳年先生之文，不仅可读，且颇耐品赏。行文叙事，若不经意之中娓娓道来而无不妥帖。既无掉"书袋子"之习气，亦无"假洋鬼子"之作派。掉书袋子与假洋鬼子两者，余深恶之。盖愚以为寻章摘句与故弄玄虚，皆非上流学者之为。仁者之文，智者之论，言语之间，当以简洁自然，亲切感人为尚，岳年兄之文便有如此特点。短句之运用乃其所长，且看似口语化，实则颇渊雅，直抒胸臆，了无挂碍，郁郁芊芊，洋洋洒洒，行于所当行处，止于所当止处。无矫揉造作之态，有逍遥洒脱之行。此文人心态，达者情怀，实乃积学累功，厚积薄发，却又非他人所能随意模仿一旦可求也。

黄岳年先生之文，无论叙事论人，总能自出己意，不随世碌碌，探幽发微，雄视深究，略无道听途说、信口开河之嫌，故自有其品格在焉。

古来文士讲求"修齐治平"，方今和平年代，虽不必多生"治平"之心，然却须稍存“修齐”之意。既为读书人，当如弱水轩主人，以有限之生命，求无尽之修为。一缕书香在手，四季风光无限。

在我看来，庄子所谓的逍遥之境，其实并非仅在“梦蝶”一般的幻境之中，而更在人的内心世界里，也在现实人生里。

故曰：“风雅弱水轩，逍遥读书人。”岳年兄足可当之矣！

醉墨先生于古风堂西窗，时 2012 年 2 月 10 日星期五晚 9 点

附记：

张掖之读书人，能入醉墨之眼者，确然不多，除黄岳年大兄之外，尚有张恒善仁兄，张全义贤弟，三人与我皆交往甚契，盖因志同道合之故也。所谓“道不同不相为谋”，书友文朋之间，虽性情有别，然精神追求一也。

恒善兄似受岳年兄之影响较明显，文章以读书笔记较多，但因其本身供职于新闻单位，故新闻写作尤为其所长。撇开其本职勿论，仅就其读书笔记而言，文笔通畅，语言平实是其特点。数日前曾与他一聚，言及此事，他对岳年兄、全义弟及笔者褒奖有加，而独对自己淡然处之。自言读书写作，不过是为了充实业余生活。愚虽深以其言为然，但对其低调谦虚之意，则更为宝爱之。假以时日，岂可等闲视之也。

全义弟和岳年兄同在教育战线，同为“传道授业解惑”者。其在教学方面，成效显著，有口皆碑。好文史典籍、书画金石，嗜玉器杂项，勤于收藏。书斋之内，书画典籍、金石玉器琳琅满目。他在史哲方面，积储颇丰，且文笔绝佳，见解独到。于诗词文赋，可信手拈来，用典寓意，文采斐然。先时有诸多教育教学论文常见诸报刊，一一读来，使命担当，无所不在。近年略受愚之影响，留意于书法理论，经心于时事批评，已有多篇妙文刊布于书画报刊。若能更加文墨并重，勤于实践，取精用弘，假以时

日，当更见高致。

愚虽不敏，愿陈此数言，与诸位共勉！倘若遥相呼应，同频共振，影响所及，自不待言。如此久之，则书香张掖，可有待于来日矣！

醉墨先生补记于即日，时夜深人静，万籁俱静

（傅德锋，张掖人。著名书法家、艺术评论家）

书中识得黄岳年

安徽芜湖　汪应泽

多年前，在网上读到友人写他似有北方人大声吟诗、大口吃肉的豪爽，后来在成都年会见到其人，果然是个性情开朗、儒雅大方的知书达理之士。

承他好意，曾获赠《弱水书话》毛边本。开卷拜读之余，一个博览群书、勤于思索的读书人形象，在我脑际形成，对照他那憨厚朴实的面容，真是文如其人，其中还包含着大智大勇的内涵。

黄岳年，甘肃张掖四中副校长。从事中学语文教学三十余年，学识渊博，深得中国古典文学精髓，出口成章，擅长诗词创作。教学之余喜爱读书、勤于著作。有《弱水书话》《弱水读书记》《书林疏叶》《水西流集》《翰苑茗香》《风雅旧曾谙》《走近河西》等著作问世，是致力书香社会建设的知名读书人。

他在一首词中写道："读书好，风雅旧曾谙。莫问人间兴废事，东风无恙月年年。能不爱书香？"这是他的读书宣言，也是他喜爱读书的内心写照。展开那本散发着浓郁书香的《风雅旧曾谙》，会看到他辑录了古今名人及其熟识的书友二百余人，并用其精练的语言概括这些人的一生，会知晓他读书范围之广，研读古人成就之深，非一般读书人所能及也。譬如他所写的《文化徐世昌》《也读叶德辉》《国学大师李审言》等文中，无不例举中外诸十名家对主人公成就的评价，有忆人有述事，有书评有感想，内容丰富，文笔酣畅，字里行间流淌着陈年的书香和知书达人的智慧。这种新颖剔透的写法，既让人耳目一新又给人深刻的启迪，确有董桥散文的余韵墨香。

他的另一部书话《书林疏叶》，让我回味无穷。书中所说的人物，都是我经常与之进行精神对话的精英。黄侃、陈平原、钱仲联、黄裳、扬之水、谷林和止庵，他们的书我读了不只一遍，有的人我还曾在京城与之谋面，照说对他们的声容笑貌，还是比较熟悉的，但比之黄岳年对他们的理解，还不知相差几千里。譬如说黄侃，他在文字考据方面的成就有目共睹，他所注疏的《十三经》可谓字字落在实处，无一字没有来历，据说他能将一部《十三经》倒背如流，生前很少著作，要等到不惑之年才开始论著，然而他英年早逝，所以让人哀叹不已。岳年却从这些轶事中重新认识了黄侃。他说："一个积极追求科学的人，必定要终身勤奋工作，死而后已。他看待生命的价值就在于此，而不愿沉湎到一些低级趣味中去。黄先生在生命的最后几天，还在攻读古籍，就是这种精神的体现。他在一生中始终如此不懈，似乎是平凡的，却也是伟大的。"从平凡中发现伟大，正是黄岳年的过人之处。再如，他说钱仲联几十年学术研究如一日。钱曾辑录沈增植《海日楼札丛》和《沈增植诗集校注》，倾注了几十年心血。这样的文字，不但令岳年自已心折，也同样令每位读者心折。

他的《弱水轩记》写得洋洋洒洒，让人读后回味无穷。他说家有书斋名"弱水轩"，是用客厅、阳台改造的。"四壁书画，阳台也辟为书柜，典籍满架。一派书卷之气，果然书香门第。"据其平时所读之书，再看他的文章知识面之广，的确可以断定他家的藏书量是可观的，保守估计也在万册以上。

小学三年级时，父亲给他买了第一本书。之后集腋成裘，渐渐有了二十五史，有了《道藏续编》《云笈七签》《鲁迅全集》《李太白全集》《杜诗镜铨》《苏东坡全集》《朱熹集》《普希金诗集》《周作人自编文集》《张爱玲典藏全集》《卡夫卡文集》《郑振铎文集》，还有了巴尔扎克、陀思妥耶夫斯基、海涅、拜伦、雪莱、歌德、罗曼·罗兰、托尔斯泰、钱穆等大师的著作。

下班归来，他焚香啜茗，把卷清心，惬意非凡。"《日知录》里的顾亭林，《骨董琑记全编》里的邓之诚，《负暄琐话》《续话》《三话》和《顺生论》《禅外说禅》

里的张中行,《留德十年》里的季羡林,《口述自传》里的胡适之，都会随心而来，与我共话桑麻，书上说‘无迎送之劳，有相知之乐’，此我之谓也。”

岳年得此书斋养性，能不发达吗？愿其多多著作，好让我们也能沐浴在他的书香氛围之中。

（原载于2013年1月10日《藏书报》）

《弱水书话》及其他

江西新余　易卫东

我进入天涯社区是很晚的事。大约是2007年的8、9月间，我头一回在“闲闲书话”里贴的一个帖子，是近两万字的《读书消暑录》。大菜鸟一枚，帖子贴出去，自己竟找不到，过了好久才弄清楚路径。等再次打开自己的帖子，好家伙，竟有人喝彩，心里那个美滋滋啊。于是决定在天涯落脚，建起了我的“有不读斋”。天涯博客里有一些热爱书话的人，七串八串，就相互认识了。也没多少联系，不过是在人家的博客里留个言、问个好之类。此所谓君子之交淡如水也。

我和岳年兄大约就是这样认识的。

当我认识岳年兄的时候，他已然是享有“河西第一读书种子”之美誉的名家了。果然是厚积薄发，水到渠成，眼见得他的书话著作迭出，只三两年工夫即蔚为大观。

我最早读到的《弱水书话》，得之于“己丑春日”，是岳年兄赐寄的毛边本。“二〇一二年春节”，又有《书林疏叶》莅临寒斋，不幸赶上中国式春运，邮路坎坷，倍遭蹂躏，佳册被拦腰折断书脊，我只得好生给它做一个书套，以百十册图书把它压住欲其平展如初。不意隐入书堆难再见，直到年关，要把一年来已读未读之书分而治之的时候，书才重现书斋。见到它书页平展如新，多少抵消了一点未及时拜读的不安。这两天周末闲空，把岳年兄2012年8月28日赐寄的《水西流集》一并找来重读。冬夜安静的书房里，只有裁读毛边书页的沙沙声，越发能够体会到夜读的愉悦和友情的温暖。

“教书、读书、写书，然后再教、再读、再写，把立德、立言、立功完美地结合起来，循环往复，这应该是让人向往的人生境界。能这样做的人，是有福之人。”这是岳年兄夫子自道。我和岳年兄同行，也教书，也读书，只这写书一项，差距不可以道里计。

读岳年兄的书话，叹服于他的视域广阔。我闲读杂览三十年，只在小圈圈里打转转，有许多书是不读的。岳年兄所涉，不只文学，内典、道藏、中医、武术皆能通晓，真不简单。苏州才子王稼句也说：“岳年的读，称得上是纵横广博，关心的范围很大。与他相比，我读得狭得多，但像对苏东坡、辛稼轩、袁中郎、黄尧圃、叶鞠裳、叶郎园、周作人、钱萼孙诸位，我也同样怀有很大的兴趣，只是没有像他那样认真地去做研究和考述。”我则连“怀有很大的兴趣”也谈不上，只是觉得好玩的书就翻翻，不懂的就拉倒。

读岳年兄的书话，感动于其中的书香浓郁、友情温暖。他说“身居塞外，大漠孤烟，本来是闭塞的，可是现代生活所赐予的视野和方便，却让我没有感到寂寞和辛苦，当世贤者……的友情，更让我倍感书香世界里的温馨和惬意。每念及此，欢欣就荡漾开来”。在他的师友中，也有我尊敬的老师和兄长。读着岳年兄写的《王稼句访问记》，会让我记忆起在南京《开卷》十周年座谈会上，王稼句先生带着醉意为我题签的情景；读着岳年兄写的《识得龚师》，就让我想起龚明德老师给我的令人受益匪浅的信，想起龚老师说“唯独读书，一点也假不得”；读着岳年兄写的《陈克希》，我就想起陈老师不住地说“见到你真开心”——更加开心的当然是我；读着岳年兄写的《烟雨嘉兴会笑我》，我当然想起在“书似青山常乱叠”的听讼楼里，笑我兄在《笑我贩书四编》的扉页随手写下“卫东兄惊现嘉兴”的率性；读着岳年兄写的《我与〈开卷〉》，董宁文兄亲切和善而又忙碌的身影就跳出眼前，想起岳年兄说“等待《开卷》到来，是开心的一个过程，收到《开卷》的那一天，就收到了节日般的快活”以及“三生有幸，和《开卷》相逢；此生有幸，与宁文为友”。相信这也是许多像我这样的读者共同的感受。

这样的读书，重温友情，慰藉心灵。诚如岳年见所言："以书会友，与读书人天涯比邻，交游谈艺，亦人生化境，智者所欣。"不亦快哉！

（原载 2013 年 12 月 17 日《新余晚报》读书版）

黄岳年的《书林疏叶》

陕西商洛　任　文

偶读黄岳年的博客，一读就放不下来，读博文，总觉不过瘾，干脆索要一本，于是，就收到了黄先生的赠书。这本《书林疏叶》从收到读完已有时日了，黄先生在书的扉页题识“任文先生教正，黄岳年，二〇一三年四月一日”，钤有朱文“岳年奉赠”印。《书林疏叶》，黄岳年著，内蒙古教育出版社二〇一〇年十月第一版，二〇一一年四月第一次印刷。书系《纸阅读文库・原创随笔系列》（第二辑）之一，是“中国西北读书星座”黄岳年从教之余醉于书香的结晶。黄先生是甘肃省优秀教师，喜读书，勤著述，被读书界誉为“河西第一读书种子”。已出版有《弱水书话》《走进河西》《弱水读书记》《书林疏叶》《书蠹生活》等著作。

收同行赠书，倍感亲切。每晚读一篇，琢磨一番，别有滋味。读黄先生的书，急不得，需要斟酌细品，像品茶一样品书。茶之香，在于细品，才能齿颊留芳、甘泽润喉；书之味，在于自悟，才能悦读回味、收获意趣。捧一卷《书林疏叶》，沏一杯家乡商南绿茶，以这样一丝不苟的沉稳来读这本书，一句句地看下去，潜心会文，始觉温暖入怀，书香心间。

书前，张阿泉作序的《当我们热爱阅读，我们在热爱什么》文中说，黄先生“读余更擅写品藻文字”，出版的著作两书名都嵌入了“弱水”字样，“弱水三千，取一瓢饮”，可提纯一个观点，就叫“弱水主义”，具体含义即“我所读的书并不多，就像从大海里舀起一瓢水”，黄岳年这本“细叙书人书事”的“一瓢水”，给“书林”又增“一叶”，且是疏朗朴茂的“一叶”。此言经典，悦读之，所言极是，深有教益！

读《书林疏叶》细叙的书事，既开阔视野，又增长见识。如读《香韵》一文，方知古人读书境界的高远。黄先生引用扬之水《古诗文名物新证》里若干关于古人读书时焚香沐浴的香事之说，从中深有所悟，感言“要是在雨天，读书的时候，燃起一炷香，当细雨如线在屋外檐间飘落时，沏一壶茶，看轻烟香袅娜，品茶香氤氲，那是怎样的境界呢”“天高云淡的日子，高楼隐隐，沐浴焚香，凭栏远望，一品香茗，夕阳都不忍归去，此时有国乐风华响起，又是何等写意”？如此焚香读书、品茗闲吟、悠然自在的读书境界，真令人神往。读《陈平原的书》一文，始觉心旌摇曳，欲读原作。陈平原“出书之多之精，在当世学者中是不多见的”。如《当年游仙人》《千古文人侠客梦》《中国现代学术之建立——以章太炎、胡适之为中心》等，“拉博大精深的学者和大众接近，把学术与生活对接，似乎是陈平原的心意”。难怪黄先生读陈平原的书“雪夜闭门，三九天的北国，看这样的书，心里也会暖起来”，因为，这些书使他的精神世界丰富起来了。《关于钱仲联》一文，详述钱仲联作为一位学者，一位诗人，以学问、诗词闻名于世，却把作诗填词、著书立说视为“副业”，最看重自己是一个教师。作为爱国的知识分子，钱仲联不曾忘记过自己的责任，他于“九一八”事件后在《申报》副刊发表诗作声讨侵略，令世人敬仰。《黄侃阅读小札》一文，记作者读黄侃《黄先生语录》的随札，指出关于研究学问，须有真知灼见，做学问，要讲道德。黄先生感慨“市场经济时代，浮泛已是蔚然成风，泡沫学术充斥庙堂”，“所谓的学问家既无德行，更无服务意识、造福意识，学问只成了幌子”。关于做学问与做人，黄先生认为，“做学问第二，做人第一”。学问做得好，是人做得好。做学问如此，做人做事亦如此，“要的是一份宁静，更要一份心境”。为人需要刻苦，“首先要有学，之后才可以传学”，即谓“殷勤传学”。黄先生读黄侃语录所悟所得，让人受益匪浅。

读《书林疏叶》细叙的书人，“把志行高洁、有知有行的人记在心里”，学做高人，“也就有了思齐之念”。因为，“贤者的书，是有益的精神食粮”。如《识得龚师》细叙作者结识川师大出版家龚明德的事，得龚明德赠书，与龚先生蒙古草原会面，天涯博客互访，记住了龚明德先生做学问的启悟：不跟风，读原典，读书。说来也巧，今年四月间我在孔夫子网四川“玥儿书店”淘得几册书，店主龚明义寄我书外赠一册他自编的书，并签名留言。南京书友万康平看到我的书事日记，留言“龚明义是读书大家龚明德先生的弟弟”。我与明义兄取得了联系，证实了此事。于是，我很想致信龚明德先生，却不好意思打搅。读黄先生这篇文章，更加深了我对龚明德先生的美好印象。《陈克希》一文，叙述作者与陈克希先生的交往，“克希是很重感情的人，对所有的读书人，他的心肠都是热的”。文中既详述了爱书人陈克希的主人翁精神，又评介了陈克希《旧书鬼闲话》书里书外的事，读来让人乐以忘忧。即使这样，还是难以忘怀，于是“五一”那天从当当网下订单，购得《旧书鬼闲话》一册，闲时品读。黄先生的书人随笔，总给人以启迪心智的东西。《初说扬之水》“一个勤奋的人”，《止庵》的“特别地能读和写”，书迷谷林的《书边杂写》等等，为爱书人、读书人指点明灯，撒播书香的种子。

读黄岳年的书，我是在细读细品中享受悦读之乐的。黄先生热爱阅读，读书有所悟，悟得深，得之多。或考证，或随札，或阐释，信手拈来，运笔自如。黄先生博学多闻，且精于鉴赏，读得遂心，解悟神速，成就一篇篇妙语生辉的文章。读这样读书和品书的随笔，我不敢怠慢，紧随作者的所思所悟，思作者对原著的评鉴，想作者感悟的真谛。往往一篇读后，品味不尽，又再读一遍，方略有所思。一本只有一百八十个页码的书，让我品读了一月有余，却还在深思中。有些一时难以深悟，待以时日，慢慢细品，“助我书香清心”，怡情养心。

2013 年 5 月 19 日于周村居印樱花南窗草写

弱水轩观书琐记

甘肃酒泉　吴浩军

弱水轩为黄君岳年书斋名号，因其处甘州古镇，临弱水而居，故名。我因与岳年兄有同窗之谊，曾几度观书其间，收益良多，曾有《江南好·弱水》三阕表示感荷之诚：

其一

弱水出，源出在祁连。周穆巡狩瑶池远，大禹开导合黎穿。竹木早经年。

其二

弱水流，西流是居延。天山雪融贯平畴，瀚海风清拂锦笺。逸兴薄云天。

其三

弱水好，风雅旧曾谙。插架盈宇书蠹在，翰墨流香有洞天。何日再观瞻？

其中第三阕之"弱水"即指弱水轩。

话说癸巳年腊月乙酉，午后循例校录《陇右金石录》，至第四卷（宋下）《重修真武殿记》，见鸿汀先生征引《缘督庐日记》，其间文字颇有可疑者。但我手头没有这本书，为了解疑，从网上下载电子本，未能如愿；与兰大、厦大常替我查找资料的几个博士联系，亦未果。于是打电话给岳年兄，想借他所藏校一下这段文字。电话一通，他的话匣子也就打开了，一口气讲了半个多小时，还没有打住的意思。在这过程中，我也从网上检索到了几种不同版本的《缘督庐日记》，以及几篇相关研究论文。最后我说，有江苏古籍2002年版全12册影印本，我还是买一套吧，特快专递，要不了几天就到了。他说，那要一大笔钱呢，你先不要急着下订单，过来看看我这部4卷本的《缘督庐日记钞》再说。正好我与他约定共同编撰《河西金石录》，各自负责其中的部分，想看看他近来所做张掖市辖区的情况，于是他调侃说你正好来“检查工作”。

已经是寒假了，但他还在学校的办公室里待着。打开近几个月来汇聚的碑铭文看，已有80余通，5万余字。我们讨论了下一步的工作方案，之后即去他家看《缘督庐日记》。他所收藏的是国家图书馆出版社2007年版的《缘督庐日记钞》，厚厚的四大册，王季烈等抄录者工整秀雅又不失书卷气的小楷字也让人神清气爽。他又一口气找出叶昌炽的《语石》《藏书纪事诗》等与金石文献相关的著作来让我浏览。

从王季烈序言中得知，叶昌炽在临终前嘱托亲友，其日记“勿以全稿示人”，须经删节才能付梓。作为“年家子”的王季烈忠实地执行了这一遗命，在战乱频仍、居处不定的情况下，对煌煌43册日记稿本作了精心处理，将其中“已梓行之古今体诗，及米盐凌杂、往来酬酢，无关宏旨之言，与夫规诲亲朋之失，年丈不愿示人以伤忠厚者，皆节去之”，把有关叶氏学术活动及藏书情况的文字细心抄出，形成16册的《缘督庐日记钞》稿本，于1933年交上海蟫隐庐石印出版。岳年兄供我观瞻的即是据此本重刊的影印本。值得一提的是，日记原稿的记事前后时间跨度达48年之久，日记天数共15332天，王季烈整理摘抄天数则为6471天，约为《日记》的三分之一。

《缘督庐日记》稿本除少量藏于上海图书馆（即《黎云仙馆日记》稿本一卷）外，其他都在苏州市图书馆。至2002年，江苏古籍出版社将此43册稿本分订为12册影印出版，一般读者始可得以目睹其全貌。岳年兄极力撺掇我购置这套大书，说："《缘督庐日记》，那是什么样的书啊！与《越缦堂日记》《湘绮楼日记》《翁同龢日记》同为晚清四大日记之一，你作为教授怎么能没有呢？"并且说话间，已通过手机上网，查得该书原价1200元，京东商城打七点几折，只售860多元。还说，这样就可与他的《缘督庐日记钞》配套互补了。

在浏览这些珍本秘籍的过程中，我还发现他几乎在每本书的扉页上都有或长或短的题跋，记录着购书的时间、地点及当时的心情等，在书页内的天头地脚有或三言两语或长篇大论的阅读感受，虽属信手为之，却也笔迹洒落，布局疏密有致，散发着浓浓的书卷气。如《缘督庐日记钞》，第一册扉页书名旁竖题："心仪之品也，三月春暖到我家。二〇〇八年四月十四日。"第二页天头批注："李越缦、翁文恭、王湘绮、郑海藏并此为晚清日记峰巅，收齐而读之，大快事也。"《前言》中述及1916年叶昌炽会见伯希和，有"令人汗颜的是……"之语，旁批："谁汗颜？叶？"隔页复落笔曰：

……然行文不美，亦眼高者也。读书不只要眼界好，手也要勤。如此，手低之病可免，文字之雅可见。言而无文，行之不远，思之思之。得书之第二日晨间。

圈点了《前言》之后，于日记起讫页的地脚处注曰："计四十七年间事。二十一岁始见日记。"复于目录前空闲处题识云：

此书凡六十万言，是原稿百五十万言之三分之一。原稿书当仍为可掘之大矿也。

到年底，他在书间空页上又有题识：

周末飘雪，手机上网，得观王立民氏《缘督庐日记稿本述略》……王氏系苏州市图书馆所存日记手稿目睹者，所述可信。当代科技赋予了研究的方便，知消息而读典籍，乐事也。惜乎图片不曾见到，异日当补此憾也。

他不仅读这些经典原著，还找来相关的研究成果浏览，如在金振华《叶昌炽研究》一书上题记：“近日读《缘督庐日记抄》，颇憾资料缺少。网上搜检，知南京有此书，便订购之。今日天晴，是书来仪，大佳事也。二〇〇九年一月十三日。”

在《藏书纪事诗》的扉页上，弱水轩主人的题记是：“多年求而未遇之书，今日喜得之。2006 年 5 月 11 日购于北京琉璃厂中国书店。”据称，那是他数年寻觅，一朝偶得的佳册。他给书包了书衣，说是朝夕相随了好几年。

我喜其简雅可诵，并受到他这种愉悦情绪的感染而称赏不已。他受了鼓舞，当即又在《语石》的扉页竖题了“冬日雅赏，可暖千秋”八个字。我说，你这书每本都有故事了，这些题跋赋予了书籍新的生命和价值。玩笑间，他笔走龙蛇，又在前面八字下的空白处写下这样一段话：

时为癸巳三九第五日也。浩军教授过访弱水轩，为金石事也。叶氏为一代宗师，《日记》《藏书诗》《语石》，俱臻上品，寒斋咸备。知音一赏，乐何如也。

这些字和原初购书时题写并加盖了印章的“购于一禾 2005/6/9”等字相映衬，熠熠生辉，宛若友朋晤对，兴味盎然。

高兴之余，他又起身到另一间书房，抱出一函线装书来，说：“这可是祖本啊！”我一看，是赵明诚的《金石录》，黄山书社出版，扬州文津阁古籍印务公司印制的。除封面隶书书名上方题有“宋淳熙龙舒郡斋刻本”外，内里扉页还有醒目的三行字：“壬辰年夏知津堂据宋淳熙龙舒郡斋刻本影印。”再三表明这是据真正的宋本影印的，其价值自不言而喻。

因近年来做《敦煌金石录》的缘故，我也曾翻阅过一些金石学方面的经典著作，如《寰宇访碑录》《金石萃编》《八琼室金石补正》《增补校碑随笔》等。对于将金石学推向成熟且成为该学问得名之渊的《金石录》，也曾通过冀淑英等先生的文字有一些了解，知道其版本流传的一些情况。原来，《金石录》编成后，在南宋最早刊刻的，有两个本子：一是孝宗淳熙（1174—1189）时的龙舒郡斋本，一是宁宗开禧元年（1205）浚仪赵不谫重刻本。但后来这两个本子都不显于世，元、明两代近四百年未见重刊。其间有明一代，虽有流传，但均系抄本，“转相抄录，且以意为更移”，以致“沿讹踵谬，弥失其真”，倍受后世学者诟病。至清代，有雍正时惨遭文字狱之祸的吕留良之子吕无党抄本，“抄笔精整，全书雠校极审慎，然抄校均不言所据何本”，是很有价值的善本，后为张元济所藏，于1934年收入商务印书馆《四部丛刊续编》。另有乾隆时卢见曾刻本，因被收入《雅雨堂丛书》而被通称为“雅雨堂刊本”。此本经过著名藏书家和校勘家卢文弨、黄丕烈、顾千里等的校勘，成为当时所见最好的本子，遂成为清代通行之本。

这样，《金石录》的宋刊本历经宋、元、明三朝，一直隐晦不为人所知。清初嘉兴人冯文昌曾藏有《金石录》宋刻残本，被钱曾《读书敏求记》所著录。虽然仅存十卷，但因弥足珍贵而盛传一时。冯氏因此还特为镌刻“金石录十卷人家”藏书印一方，遍钤自藏书帖，珍爱自得之情溢于言表，一时传为书林佳话。

十卷的宋刻残本经前人题咏跋尾，已称诵备至，岂知三十卷全本的宋刻《金石录》尚存天壤之间。1951年，现代藏书家、集邮家赵世暹在南京一书肆购得一部《金石录》，疑为宋刻，遂送张元济鉴定，确认此本即是久不见于人世的“龙舒初版”。当时国家文物局局长郑振铎正在上海，赵世暹就将此宋椠请郑振铎转献国家图书馆保存。此后，这部珍贵的宋版书先后由文物出版社、中华书局出版影印本，使数百年绝迹之品得以化身千万，广播人寰。那晚岳年兄拿出来让我观赏的正是这部“龙舒初版”的又一个影印本。

虽然我早已复制了台湾版的《石刻史料新编》，也曾下载有中华书局影印本《宋本金石录》，但亲手摩挲的感觉还是不一样的。岳年兄此藏自有其缘由，所以请他代购一函。他呵呵一笑说，你想看来我这里看就是了，又买它做什么？我说，现在做金石文献整理研究，家里没有这样的藏品岂不被有些人耻笑？他又手机上网，查到原价1380元，京东只售1100元。我说这正好，不劳您大驾了，我现在回去就在网上买。

说话间，随手翻阅其中一卷，“唐王方翼碑”几个大字赫然入目，仔细读，有如许文字：

右唐王方翼碑，张说撰。其事与《唐书》列传皆合，以校余家所藏燕公集本，不同者二十余字，皆当以碑为是也。

此碑久佚，民国年间张维《陇右金石录》曾予以著录，但仅抄撮了《旧唐书》的记载。这就是说，鸿汀先生在当时所能见到的《金石录》版本中并无此条，所以未能引证。见到如此珍贵的资料，当然不能放过。我用手机将这一页拍下来，预备回去补写进相关的条目下。岳年兄说，要不你先拿去看一段时间？我知道，他嗜书如命，多年来省吃俭用，孜孜以求，才有了今天的规模，所藏是轻易不外借的，所以说，那可不行，我拿走了，你睡不着觉，影响到身体健康，岂不是罪过？

把酒论道，坐谈已久，时间不早了，我起身告辞。他又让我拿走这套线装书，我不拿，他说，书终究还是要实现其价值的。我说，你这是一种外在的理性认知，并非固有的情感态度，还是算了吧；再说，我这次要拿去是为编《河西金石录》做参考的，而这又不是一天两天能完成的。当年毛主席借黄炎培先生藏王羲之真迹，讲好一个月，但不到一星期就电话催问不断，惹得主席大为恼火。你不要今天大度借我，明天天不亮就催索。他呵呵一笑。

送我下楼，来到大街上，说到《王方翼碑》，他又说，《金石录》你还是拿去先看吧，不要另买了。我说，我确实需要，但让你为此睡不着觉也是罪过。他说，睡不着就睡不着，也不是什么大事。我说，那要不我拿走，万一你睡不着了，就念佛号，怎样？于是转身回走，上楼，进屋。他夫人徐锦秀女士吃了一惊，以为有什么人事。拿了《金石录》后，我对嫂夫人说，万一他有睡不着觉的情况，你就给我打电话，我马上把书还回来。

就这样，抱着这套珍贵的“龙舒初版”的影印线装书，我心满意足地回来了，岳年兄要上街散步，一直送我到了河西学院校门口才回。

当然，今天的收获不止《金石录》，还有嫂夫人专为我做的可口的蘑菇揪片子。

2014 年 1 月 15 日于河西学院

后记

临帖的时候，临赵孟頫书《四时读书乐》法帖，真是乐趣无穷。太好了，忍不住要再抄一次。诗曰：

春

山光照槛水绕廊，舞雩归咏春风香。
好鸟枝头亦朋友，落花水面皆文章。
蹉跎莫遣韶光老，人生惟有读书好。
读书之乐乐何如？绿满窗前草不除。

夏

修竹压檐桑四围，小斋幽敞明朱晖。
昼长吟罢蝉鸣树，夜深烬落萤入帏。
北窗高卧羲皇侣，只因素谂读书趣。
读书之乐乐无穷，瑶琴一曲来薰风。

秋

昨夜前庭叶有声，篱豆花开蟋蟀鸣。
不觉商意满林薄，萧然万籁涵虚清。
近床赖有短檠在，对此读书功更倍。

读书之乐乐陶陶，起弄明月霜天高。

冬

木落水尽千岩枯，迥然吾亦见真吾。

坐对韦编灯动壁，高歌夜半雪压庐。

地炉茶鼎烹活火，一清足称读书者。

读书之乐何处寻？数点梅花天地心。

文徵明八十七岁的时候，曾写过这些诗，他的法帖里有些字和赵本不一样，但不影响文意。文徵明说诗的作者是朱熹夫子，法帖至今还在坊间流传。不过，《四库全书总目·读书乐趣》上却说："国朝伍涵芬撰。涵芬字芝轩，於潜人。康熙丁卯举人。是书首载朱子《四时读书乐歌》，以见命名之意。然四诗《晦庵集》不载，据《仙居县志》，载此四诗题为县人翁森作。称森字秀卿，号一瓢，宋亡后隐居不仕，著有《一瓢集》云云，则涵芬题为朱子者误也。"

百余年前，张元济也写过一副对联："数百年旧家无非积德，第一件好事还是读书。"出去旅游，老宅子里也能见到命意相似的抱柱联。

读书真是好啊。读书之乐的根源，是孔颜之乐。那是《论语》里说过了的："其为人也，发愤忘食，乐以忘忧，不知老之将至云尔。""饭疏食，饮水，曲肱而枕之，乐亦在其中矣。不义而富且贵，于我如浮云。""一箪食，一瓢饮，在陋巷。人不堪其忧，回也不改其乐。贤哉，回也！"这有多潇洒。孔夫子还说："君子谋道不谋食，忧道不忧贫。"呵呵，一切人欲的诱惑，在圣人那里都称不上真正的快乐。安贫乐道、精进勤勉、达观自信才是大家尊奉着的"孔颜乐处"，那是理想中的人格与道德境界。

孔子的心态太好了，他从读书学习和各种活动中体味到无穷乐趣，是典型的现实主义和乐观主义者。博尔赫斯说："如果有天堂，天堂应该是图书馆的模样。”那么天堂里的人，都该是读书的、如孔子一般积极向上的。

有点时间，有点心情，看看书，有点文字留下来，是一件幸福的事。人生不如意事常八九，哪能事事如愿？但求无愧我心。不过要做到，可是不容易。

阅读的时候例外。书使得平庸的生活升华了。哲人睿思，纷至沓来，异想天开，妙意无穷。可以长精神，能够生办法。书和书里的朋友们陪着我，精彩纷呈地度过了一个个原本寡淡的日子。

半生浸渍在书香墨海里，读书、教书、写书，现在又到了图书馆，貌似是得其所哉了。唠唠叨叨，饥者歌其食，劳者歌其事，我算是读者乐其书。日月飞驰，也有了些许印痕。书里的文字，多在纸媒上刊载过，这次结集，又进行了一些修订。5 月间春花绽放，秋日里硕果累累，在甘州，这是一年中最好的时节，打理书稿，亦赏心乐事也。这要感谢朱晓剑兄和崔文川兄，既为书香社会做义工，还为我制序出书。这是尘世间难得的情谊呢。

2015 年 8 月 26 日

光阴荏苒，白驹过隙。回看过往，感慨良多。书稿将在国家图书馆出版社付梓，好事也。写一些字，聊志感恩。

2017 年 4 月 19 日